24 Türchen bis zur Heiligen Nacht

Impressum:

Deutsche Erstausgabe November 2021
Alle Rechte am Werk liegen beim Autor
Copyright@ Jaliah J., Berlin

24 Türchen bis zur Heiligen Nacht
24 Kurzgeschichten zu den Büchern von Jaliah J.

Lektorat: Günter Bast
Covergestaltung: NH Buchdesign

Herstellung und Verlag: BoD – Books on Demand, Norderstedt.

ISBN 978-3-7557-1083-7

www.jaliahj.de
Instagram: jaliahj_official

24

Türchen

bis zur Heiligen

Nacht

24 Kurzgeschichten zu den Büchern von

Jaliah J.

Dieses Buch ist eine kleine

Weihnachtsüberraschung an meine Leser.

Es ist ein Adventskalender.

Lest jeden Tag ein Türchen, ihr findet all eure

Lieblinge wieder und erfahrt, was bei ihnen um die

Weihnachtszeit herum alles so passiert.

Ich hoffe, diese 24 Türchen versüßen euch diese

heilige Zeit ...

Türchen 1

Hope

»Jetzt komm schon, erzähle mal. Ich meine, im Grunde haben wir euch ja zusammengebracht, und jedes Mal, wenn du hier bist, sprichst du kaum über dein neues Leben. Man sieht ja, dass es dir gut geht, aber wie ist es wirklich?«

Hope muss lachen, als Steve und Mustafa sich näher zu ihr setzen, während Nilay ihnen allen einen Kaffee einschenkt. Die beiden arbeiten immer noch im Autohaus. Hope hat gerade ihre alten Kollegen besucht und holt Nilay ab, die gleich Feierabend macht. Sie hat das Café im Autohaus mittlerweile gekauft und führt es mit Recep zusammen. Eine Studentin arbeitet auch für sie, die Nilay gleich ablösen kommt, damit sie etwas essen gehen können. Danach ist Hope mit Anne, der Freundin ihrer Mutter verabredet. Sie liebt es, zurück in Deutschland zu sein, auch wenn seit einem Jahr nichts mehr wie vorher ist.

Sie versteht, dass die Leute Fragen haben und wissen möchten, wie es ist, mit einem arabischen Prinzen zusammenzuleben. Sie spricht nicht viel darüber. Sie mag es nicht, wenn ihre Ehe als etwas ganz anderes angesehen wird als jede andere, auch wenn sie es verstehen kann, sieht sie selbst es nicht so. Doch wenn alte Freunde, wie die beiden, sie fragen, dann gibt sie sich einen Ruck und erzählt ein wenig davon.

»Um ehrlich zu sein, ist das unspektakulärer als ihr wahrscheinlich denkt. Farhan arbeitet viel und ich habe alle Hände voll zu tun mit unseren wilden Kindern. Wir leben in Dubai, was immer touristischer wird, man bekommt dort mittlerweile sogar unser

Schwarzbrot und Brezeln, doch zurück in Deutschland zu sein, ist natürlich immer schön. Erzählt euch Nilay denn gar nichts? Sie ist doch fast jede Ferien bei uns.«

Nilay nickt und rechnet dabei ab. »Im Januar fliegen wir wieder für zwei Wochen runter. Ihr könnt gerne in der Kälte bleiben.« Hope muss lachen und Steve sieht zu ihr. »Aber jetzt zu Weihnachten ist es schon schöner, zurück zu sein, oder? Ich meine, feiern sie das überhaupt in Dubai?«

Hope leert ihren Kaffee. »Wie gesagt, es ziehen immer mehr Leute aus der ganzen Welt nach Dubai, also auch dort findest du Weihnachtsbäume, doch natürlich ist es hier noch einmal anders. Es ist immer schön, hier zu sein, doch es regnet den ganzen Tag … es hätte ruhig mal schneien können, wenn wir wieder da sind.« Hope lacht und Steve hebt die Augenbrauen. »Also will unser Sonnenschein jetzt lieber Schnee?« Hope sieht in den Regen hinaus. »Gestern auf dem Weihnachtsmarkt war es schön, doch obwohl heute Weihnachten ist, kommt bei dem Wetter nicht so wirklich Weihnachtsstimmung auf.«

Mustafa lacht und packt seine Papiere zusammen. »Bei mir auch nicht. Ich bin nur froh, dass wir heute früher Feierabend haben. Aber sage mal, was ist damit, dass fast alle Prinzen mehrere Frauen haben?« Nilay lacht, sie kennt Farhan mittlerweile sehr gut, doch Hope nickt ehrlich. Sie wird auch nichts verheimlichen. »Das ist so, die meisten Prinzen haben zwei oder mehrere Frauen, aber es gibt auch einige, denen eine Frau reicht. Ich denke, die jüngere Generation weicht eher davon ab. Farhan ist, denke ich, mehr als ausgelastet mit unserer Familie, das ist bei uns überhaupt kein Thema.« Und das ist tatsächlich so, Hope weiß von Amal, dass schon mehrmals Väter auf ihn zugekommen sind und gefragt haben, ob er Interesse an einer Zweitfrau hat, doch Farhan hat immer sofort abgelehnt und Hope noch nicht einmal etwas davon gesagt.

Es gibt kaum etwas auf der Welt, dessen Hope sich so sicher ist wie der Liebe von Farhan.

Nachdem sie beide verzweifelt sind, als sie sich entschlossen haben, getrennte Wege zu gehen, sich dem Druck wegen der Religion und der Presse zu beugen und am Ende doch gemerkt haben, dass sie nicht ohne den anderen leben wollen, hat Farhan nie wieder gezweifelt. Seitdem steht er an ihrer Seite wie ihr eigener Fels und auch Hope hat nicht einen Tag mehr Zweifel gehabt.

Natürlich haben auch sie mal Streit, doch dabei geht es niemals um die Themen, wegen der alle sich so sicher waren, dass das zwischen ihnen niemals funktionieren kann, es geht niemals um die Religion, sondern eher um alltägliche Dinge, wie sie in allen Ehen vorkommen.

Mustafa lächelt. »Das ist schön, und du bist nicht konvertiert? Es freut mich, dass es trotzdem so gut zwischen euch beiden klappt und dass es keine Probleme in eurer Ehe hervorbringt.« Nilay kommt zu ihr, ihre Aushilfe ist da und sie sind schon spät dran. Hope gibt Mustafa und Steve einen Kuss auf die Wange.

»Das Einzige, was dabei wichtig ist, ist es, immer die andere Religion zu respektieren und den Menschen so zu nehmen, wie er ist. Das ist das wahre Geheimnis. Frohe Weihnachten euch beiden.« Nilay zwinkert den beiden auch noch einmal zu. »Zwischen Hope und mir funktioniert es doch auch schon eine ganze Weile und wir haben unterschiedliche Religionen. Feiert schön und ich erwarte am Montag Geschenke.«

Auch wenn Hope ihre neue Heimat Dubai mittlerweile sehr liebt, genießt sie es jedes Mal, zurück in Deutschland zu sein, obwohl ihr bei diesem Besuch ein bitterer Stein im Magen liegt. Es ist das zweite Mal, dass sie zurück in Deutschland ist, nachdem sie ihre Mutter verloren hat.

Es war letzten Herbst. Ihre Mutter hatte sich die Grippe eingefangen und daraus hat sich eine schwere Lungenentzündung entwickelt. Da sie eh schon immer Probleme mit Asthma hatte, ging es auf einmal sehr schnell. Es war ... wenn Hope daran denkt, kommt ihr das noch immer irreal vor. Sie hat es gerade mal geschafft, nach Deutschland zu fliegen, innerhalb weniger Tage ging es ihrer Mutter so schlecht, dass sie verstorben ist. Von heute auf morgen, einfach so. Hope war damals gerade mit Maryam schwanger und es hat ihr den Boden unter den Füßen weggerissen, wenn sie ehrlich ist, tut es das heute noch. Sie vermisst ihre Mutter wahnsinnig.

Sie war nicht in der Lage, damals die Feiertage zu genießen oder zu feiern. Selbst dieses Ostern haben sie ausfallen lassen, weil es Hope noch zu nahe ging, doch jetzt so langsam weiß sie, dass sie diese Seite nicht vergessen darf, dass auch diese Feiertage wichtig für ihre Kinder sind und wollte unbedingt über Weihnachten mit ihnen herkommen.

Farhan war ihr in allem eine Stütze. Er hat sie nächtelang gehalten, als Hope das Gefühl hatte auseinanderzubrechen und sich um alles gekümmert. Da in Dubai Weihnachten keine Feiertage sind, hat er Termine, eigentlich wollte er morgen herkommen, doch Hope kann noch immer nicht länger hier sein. Es erdrückt sie, es geht für ein paar Tage, doch dann quält es sie zu sehr, hier zu sein und ihre Mutter nur auf dem Friedhof besuchen zu können, deswegen hat sie Farhan gesagt, dass sie mit den Kindern zurückkommt. Heute nach der Kirche werden sie zurückfliegen und das macht Hope traurig. Sie weiß nicht, ob Weihnachten jemals wieder das Gleiche für sie sein wird.

Trotzdem schafft sie es wenigstens, die Zeit mit ihren Freunden zu verbringen. Sie hat die Tage mit Nilay und Anne verbracht. Selina lebt mittlerweile auch in Dubai und hat gerade ihren zweiten Sohn auf die Welt gebracht. Sie treffen Recep, Liam und Kaan im Restaurant. Auch Liam ist sehr gerne hier, während es für ihre Zwillinge immer nur ein Besuch ist, für sie war Deutschland niemals die Heimat, doch Liam erinnert sich an das Leben hier und Kaan und ihn verbindet eine tiefe Freundschaft.

Als sie dann vom Restaurant zur Kirche fahren, schläft Maryam in Hopes Armen, während sie den Einklang in die heilige Zeit feiern.

Es ist schön, sie hat vergessen, wie schön es ist, diesen Gottesdienst mitzuerleben, und obwohl es so spät am Abend ist, gehen sie mit Anne noch zum Grab ihrer Mutter, das hinter ihrer geliebten Kirche auf dem Friedhof ist. Sie waren jeden Tag hier und nun verabschieden sie sich. Statt Weihnachten zu feiern, kehren sie nach Hause zurück. Hope hat nicht die Kraft, alles zu schmücken, all das aufleben zu lassen, was ihre Mutter so geliebt hat und sie nicht dabei zu haben. Sie weiß, dass sie das wieder machen muss für ihre Kinder und sie hofft, dass sie im nächsten Jahr die Kraft dazu findet.

Als sie gerade in ihren Mietwagen steigen wollen, um zum Flughafen zu fahren, halten sie zwei Frauen auf, die aus der Kirche kommen. Hope kennt sie von ihren früheren Besuchen in der Kirche.

»Es ist sehr schön, dass ihr wieder hier seid, deiner Mutter haben die Feiertage immer viel bedeutet. Die Kleinen sind so groß geworden. Weißt du, jedes Mal, wenn wir deine Mutter hier getroffen haben, hat sie von ihren Enkelkindern erzählt, wie alt seid ihr jetzt bereits?«

Liam antwortet für sie alle und erklärt, dass er zehn Jahre alt ist, die beiden Zwillinge sechs geworden sind und Maryam, die sich an Hope kuschelt, in ein paar Tagen ein Jahr alt wird. »Sie ist nach Maria benannt.« Anne, die beste Freundin von Hopes Mutter, stellt sich zu ihnen. Sie waren mit ihr zusammen in der Kirche. »Das ist schön, das freut uns. Wir haben eh immer bewundert, wie ihr das alles macht … ich meine, so eine Heirat mit einem arabischen Prinzen, es ist doch sicherlich nicht leicht, dort zu leben, das ist ja doch noch einmal etwas ganz anderes, oder?«

Hope lächelt nur mild und sieht zu den beiden älteren Frauen, die sie neugierig ansehen. Sie kennt sie kaum, sie weiß, dass ihre

Mutter manchmal mit ihnen nach der Kirche einen Kaffee getrunken hat. »Es ist das Beste, was mir passieren konnte. Ich bin sehr dankbar für mein Leben. Mein Mann ist ein toller Ehemann und meine Mutter hat ihren Schwiegersohn sehr geliebt.« Die beiden älteren Frauen lächeln und drücken ihre Hand, dann streichen sie den Kindern über die Wange.

»Das wissen wir. Gott schütze euch alle und schöne Weihnachten.« Sie wünschen ihnen auch alles Gute und einen Moment bleibt Hope stehen und sieht zum Kirchturm hoch, dessen Glocken noch immer erklingen und die heilige Zeit einläuten.

Sie weiß, dass viele Menschen gewisse Vorurteile im Kopf haben, was der Presse und einfach einem gewissen Unwissen geschuldet ist, manche Sachen stimmen aber natürlich auch. Sie hat oft mit diesen Fragen zu tun und sie wünschte wirklich, dass die Menschen Farhan einmal mit ihren Augen sehen könnten.

Sie muss den gesamten Rückflug darüber nachdenken und auch, dass es nicht richtig ist, dass sie Weihnachten nicht so feiern wie früher. Sie sollte den Kindern das nicht nehmen, weil ihr Herz trauert, und sie beschließt, sobald sie zu Hause sind, zumindest ein wenig was zu machen. Sie wird Kekse backen, ein paar Weihnachtsfilme anschalten und vielleicht schafft sie es auch noch, ein paar Überraschungen zu organisieren.

Auch wenn sie in Dubai hohe Temperaturen und der Wüstensand erwarten, ist sie glücklich, wieder zu Hause zu sein. Ihr Chauffeur holt sie ab, Farhan ist ein Termin dazwischengekommen. Da die Kinder alle auf dem Flug geschlafen haben, sind sie nun munter. Auch Hope hat es geschafft, ein wenig zu schlafen, und als sie jetzt ihre Haustür öffnet, will sie gleich loslegen, um den Kindern doch noch ein klein wenig Weihnachten nach Dubai zu holen, doch sie stockt, als sie die Tür öffnet.

Es ist alles liebevoll geschmückt.

Ihre gesamte untere Etage ist weihnachtlich geschmückt, es duftet nach Braten, auf bunten Tellern liegen kunstvoll verzierte Kekse, an ihrem Kamin, der nie benutzt wird, hängen sechs rote Socken, die mit Nüssen, Süßigkeiten und Mandarinen gefüllt sind. Hope treten Tränen in die Augen, als sie auf den Weihnachtsbaum blickt, der so ähnlich geschmückt ist wie der ihrer Mutter. Farhan steht daneben, unter dem Baum stapeln sich Geschenke. Ihr gesamter Garten ist mit Kunstschnee bedeckt und es ist eine kleine Eislaufbahn aufgebaut.

Vielleicht wollten ihre Kinder ihr nicht zeigen, dass es sie traurig macht, dass Hope Weihnachten ausfallen lassen wollte, doch jetzt strahlen ihre Augen. Die Zwillinge schnappen sich Kekse und rennen zum Baum. Maryam sieht sich begeistert um und greift in die Luft, als sie ihren Vater erkennt und zu ihm will und auch Liam sieht sich um. Ihr Tisch ist geschmückt, es stehen genau die Desserts in der Küche, die ihre Mutter immer zubereitet hat und eine große Gans ist im Ofen.

Hope streicht sich die Tränen weg, die vor Überraschung und Freude aus ihren Augen entwichen sind und Farhan kommt zu ihr. Ihr kommen all die fragenden Gesichter vor das innere Auge, die Vorurteile, und sie sieht ihrem Mann in die Augen, der lächelt, Liam einen Kuss auf den Kopf gibt, Maryam auf seinen Arm nimmt und Hope in seine Arme zieht.

»Ich will nicht, dass du eure Traditionen aufgibst, weil es dir zu sehr wehtut. Es ist ein Teil von dir und von unseren Kindern. Lass uns feiern und an deine Mutter denken, mein Engel. Ich liebe dich über alles. Frohe Weihnachten.«

Hope küsst ihren Mann und lächelt, genau dieser Respekt und diese tiefe Liebe hat all die Vorurteile und die Unterschiede überwunden.

»Du weißt nicht, wie glücklich ich bin, dich als meinen Mann zu haben. Frohe Weihnachten.«

Türchen 2

Bittersüßer Herzschlag
Selena & Aiden

»Hier steckst du!«

Selena lacht laut auf, als vertraute starke Arme sie umfassen und an sich ziehen. Sie schließt einen Moment die Augen und genießt dieses Gefühl der Nähe, welche sie so sehr vermisst hat.

Sie hat Aiden wahnsinnig vermisst.

Nach ihrer schweren Operation war sie richtig glücklich, als langsam die Feiertage auf sie zugekommen sind. Auch wenn sie den Alltag besser als jemals zuvor gemeistert hat, hat sie doch gespürt, dass dieser Eingriff sie auch psychisch an ihre Grenzen gebracht hat und eine andere Art der Erschöpfung sie nach und nach eingeholt hat. Sie hat sich auf die friedlichen Tage gefreut und auch besonders auf die ersten Feiertage zusammen mit Aiden.

Gerade als sie allerdings angefangen haben, die Feiertage zu planen, hat Aiden die Nachricht bekommen, dass sich seine Mutter beim Skifahren in Aspen einen Fuß gebrochen hat. Das hat all ihre Pläne umgeworfen. Aiden ist direkt am letzten Schultag nach Aspen geflogen. Er hat sie gebeten, sie zu begleiten, doch das konnte Selena ihrer Familie nicht antun. Die Operation ist erst wenige Wochen her und ihre Mutter hat noch immer damit zu kämpfen, sie alle haben das. Ihre Reha ist vorbei, doch Selena spürt, dass es nicht so leicht wegzustecken ist, dass sie so kurz vor dem Tod stand, wie sie es am Anfang vermutet hatte. Es steckt ihnen allen noch in den Knochen.

Ihrer Familie bedeuten die Weihnachtstage alles und sie haben sie zusammen verbracht. Sie haben Javier und seine Mutter überrascht und Selena hat die Zeit in vollen Zügen genossen, doch Aiden hat ihr gefehlt.

Als sie sich jetzt zu ihm umdreht und in seine wunderschönen grünen Augen sieht, beginnt ihr Herz aufgeregt zu klopfen, doch mittlerweile ist das völlig in Ordnung. Er strahlt und gibt ihr einen langen Kuss auf die Lippen. »Du weißt gar nicht, wie sehr ich dich vermisst habe.« Selena legt ihre Arme um ihn, eine bittersüße Sehnsucht pocht in ihrem Herzen. »Doch, das weiß ich. Du hast mir auch wahnsinnig gefehlt.«

»Jetzt macht mal Platz. Aiden, beweg dich ...« Ace geht an ihnen vorbei und trägt große Musikboxen nach draußen. Sie sind schon eine ganze Weile auf dem Dach der Cardiff Highschool, Aiden ist leider gerade erst gekommen und hat einen Großteil der Feier verpasst. Sie haben ewig versucht, eine Silvesterparty zu planen. Die Mannschaft hat so gut gespielt diese Saison, dass der Coach die Jungs, die nicht verreist sind, sehen wollte, eigentlich zu einem gemütlichen Essen am Abend, dann wollten Javier und Ace mit Ethan und den anderen zusammen ins neue Jahr feiern und immer mehr haben sich angeschlossen, sodass sie nun am Ende gemeinsam hier auf dem Dach der Highschool gelandet sind. Sie waren bis jetzt in der Aula, haben getanzt, gegessen und gefeiert. Es gibt ein großes Buffet und wirklich alle sind da, die zur Mannschaft und den Cheerleadern gehören.

Jetzt bereiten sie das Dach vor. Von hier können sie auf das große Feuerwerk sehen und der Coach hat ihnen eine extra Überraschung versprochen, es ist nicht mehr lange Zeit. Aiden sollte eigentlich schon um 22 Uhr ankommen, doch wegen eines Schneesturms hat sich sein Flug verspätet und Selena ist nur froh, dass er es noch vor Mitternacht geschafft hat.

»Ja, wir gehen aus dem Weg, du Sack, ich habe hier die Shirts, die du wolltest.« Aiden wirft Ace eine Tüte zu und nimmt Selenas

Hand in seine. »Komm mit.« Selena will ihn noch nicht aus ihren Armen entlassen, sie hat ihn wirklich vermisst, doch offensichtlich hat ihr Freund etwas geplant.

Er bringt sie vom Dach, jeder den sie treffen, begrüßt sie, und als es Aiden zu viel wird, versucht er alle Türen zu öffnen, doch erst in der Schwimmhalle hat er Glück und drückt sie auf. Selena lacht auf, als Aiden sie ungeduldig an sich zieht und ihre Lippen verlangend teilt, während sie an der Wand landen.

Selena liebt ihn. Nach ihrer Operation ist Aiden so gut wie nie von ihrer Seite gewichen. Er hat sogar bei ihr im Haus geschlafen oder sie waren bei ihm, sie hat auf ihn gewartet, bis das Training zu Ende war und er hat sie zur Reha und zu jedem Arzttermin begleitet. Sie sind eins geworden und Aiden hat ihr seine tiefe Liebe bewiesen.

Selena kennt das nicht, sie kennt diese starke Sehnsucht und diese tiefe Liebe nicht, sie wusste nicht, dass man so empfinden kann, doch als Aiden jetzt ihre Lippen verlässt und seine Lippen ihren Hals entlangstreichen, ihren empfindlichen Punkt unter ihrem Ohr finden und ihr Schlüsselbein liebkosen, schließt sie die Augen und wünschte, sie wären gerade ganz ungestört bei ihm zu Hause.

»Du hast keine Vorstellungen, wie sehr ich das vermisst habe, aber warte …« Langsam trennt sich Aiden von ihr. Er holt aus einer Tüte, die er die ganze Zeit in seiner Hand gehalten hat, eine rosafarbene Mütze mit einer Bommel heraus und einen kleinen Kunstweihnachtbaum im Topf, der bereits geschmückt ist. Er zieht Selena die Mütze über, hält den Weihnachtsbaum neben sie beide und wirft Kunstschnee über sie. »Fröhliche Weihnachten, Baby, es tut mir leid, dass wir dieses nicht zusammen verbringen konnten.« Selena lacht und schüttelt sich den Kunstschnee aus den Haaren.

»Du bist unmöglich, ich habe dir schon hundertmal gesagt, dass es nicht schlimm ist. Hauptsache du bist jetzt da, es ging einfach nicht anders, lass uns nach oben gehen und …« Aiden hebt die

Hand. »Würdest du bitte unser Weihnachten nicht zerstören, ich bin noch nicht fertig.« Er zieht eine Schachtel aus der Tüte und hält sie ihr hin. Selena schüttelt lächelnd den Kopf.

»Wir haben uns doch schon etwas geschenkt.« Sie haben beide, bevor Aiden weggeflogen ist, das Wochenende in einem kleinen gemütlichen Hotel verbracht und jeder hat sich ein paar Dinge für den anderen einfallen lassen. Es war ein sehr intimes und schönes Wochenende. »Ich weiß, aber das musste sein. Es passt perfekt.«

Selena öffnet die kleine Schachtel und zieht ein goldenes Armband heraus. Es ist mit vielen kleinen Steinen besetzt, die sehr teuer aussehen und zwei Anhänger hängen daran. Ein Hai, für die Cardiff Sharks und ein Herz, für ihr nun gesundes Herz.

Selena lässt das wunderschöne Armband durch ihre Finger gleiten und muss wieder gegen ihre Tränen kämpfen. Das passiert ihr oft in letzter Zeit. Es wird ihr jetzt erst richtig bewusst, wie viel Glück sie hat, mit allem, mit dieser neuen Chance durch die OP, mit ihrer Familie und ihren Freunden und dass sie nun Aiden an ihrer Seite hat. Er bemerkt, wie gerührt sie ist und bindet ihr das Armband um. »Danke, es ist wunderschön.« Sie legt ihre Arme noch einmal um seine Schulter, dabei bemerkt sie ein Pflaster. »Was hast du da? Bist du verletzt?«

Aiden grinst frech und zieht sich seinen Pullover aus. Er hat an seiner rechten Schulter ein langes Pflaster, das er abmacht und worunter sich ein Tattoo verbirgt. Selena versteht sofort, was es bedeutet und sieht ihm überrascht in die Augen.

»Aber du hast doch gesagt, dass du dir niemals ein Tattoo stechen lassen willst und ...« Aiden sieht auch auf das Kunstwerk, es ist wunderschön. Es ist ihr erster gesunder Herzschlag nach der Operation. Aiden hat ihn sich im Krankenhaus mitgeben lassen, doch Selena hat nicht damit gerechnet, dass er sich diesen wirklich für immer auf die Haut tätowieren lässt. Sie hat ihren Herzschlag als Baby eintätowiert und daneben die Worte der Krankenschwester: *Kämpferin* auf spanisch. Neben Aidens Tattoo steht *meine Kämp-*

ferin auf spanisch. Nun kann Selena nicht mehr und beginnt wirklich zu weinen.

Aiden lächelt mild und nimmt ihr Gesicht in seine Hände. »Ich wollte niemals irgendein Tattoo, doch das ist nicht irgendeins. Der Tätowierer und ich haben lange überlegt, wo wir es stechen sollen, damit es noch mehr Bedeutung bekommt und haben es hier auf die Schulter von meinem Arm gemacht, mit dem ich die wichtigsten Bälle spiele und fange, damit es mir Kraft gibt. Es ist nicht irgendein Tattoo, es ist das Wichtigste für mich.«

Selena küsst ihn und schließt vorsichtig das Pflaster wieder. »Du bist das Wichtigste für mich. Ich liebe dich.« Er lächelt über ihre Worte und küsst ihre Stirn. »Ich dich auch. Okay, damit hätten wir Weihnachten wieder gutgemacht, jetzt ...« Er nimmt ihr die Pudelmütze vom Kopf und legt ihr eine Luftschlange um die Schultern. »Feiern wir Silvester, komm.«

Selena muss lachen, sie liebt diese Seite an Aiden, er bringt sie immer zum Lachen und er hat die verrücktesten Ideen. Sie hören, wie es immer lauter auf dem Dach wird. Mit Aiden an ihrer Seite wird ihr niemals langweilig, er lässt sich immer etwas einfallen.

Sie kommen genau auf das Dach, als alle zu zählen beginnen und stellen sich neben Javier, der Hailey fest im Arm hält.

»8,7,6,5,4,3,2,1 ...« Selena und Aiden geben sich einen langen Kuss, während über ihnen der Himmel in bunte Farben getaucht wird.

»Ein frohes neues Jahr, mein Herz.« Selena schmiegt sich an ihn und schließt einen Moment die Augen.

Das letzte Jahr hat ihr Leben komplett verändert.

Sie wusste, dass sich einiges ändern wird, als sie den ersten Tag zur Cardiff High gefahren sind, doch sie hat niemals damit gerechnet, dass sich einfach alles ändern wird. Sie hat Aiden getroffen und sich für die riskante Operation entschieden, die ihr eine neue Chance auf ein normales Leben ermöglicht hat.

»Ein frohes neues Jahr, Selena.« Aiden lässt sie auch nicht los, als Javier und Hailey zu ihnen kommen und sie umarmen. Nach und nach kommen auch die anderen, sie wünschen sich ein gesundes neues Jahr und Selena ist froh, dass sie hier alle zusammen sind und das neue Jahr begrüßen. Dann deutet der Coach zum Himmel und über ihnen wird das Wappen der Cardiff Sharks mit Feuerwerk in den Himmel gesprengt und dazu die Worte 'Go Sharks'.

Sie alle lächeln. Javier gibt Selena einen Kuss auf die Wange. »Auf das, was im neuen Jahr alles kommen wird.«

Einen Moment sieht sie ihrem Cousin in die Augen. Kayle wird bald entlassen. Noch immer trauen sich Maison und Javier nicht über den Weg und es stehen noch einige schwere Prüfungen an, die sie zu bewältigen haben, doch als Selena dann auf all die Leute hier blickt, an den Zusammenhalt denkt, der sich zwischen ihnen gebildet hat und die warmen Arme des Mannes, den sie so sehr liebt, um sich spürt, während sein Lachen an ihrem Rücken vibriert und das Glück in ihr Herz strömt, ist sie sich absolut sicher, dass sie all das, was kommen wird, gut überstehen werden.

Türchen 3

Catalina-Reihe
Natia & Armando

»Ich werde dich sooo sehr vermissen.«

Natia küsst die weichen Wangen von Adam, dabei gluckst ihr süßer Neffe zufrieden und strahlt sie an, bevor sie ihn an Santiago reicht, der Natia umarmt und ihr auch einen Kuss auf die Wange gibt. Ihre Mutter umarmt im selben Augenblick noch einmal Catalina und dann hebt ihre Schwester den Finger und sieht Natia in die Augen. »Also denk daran. Nächste Woche kommst du! Dieses Silvester wird groß gefeiert.« Natia nickt und lächelt. Sie hat es Catalina versprochen, im letzten Jahr hat sie es nicht geschafft. Sie wusste nicht, was es zu feiern geben sollte und hat die Nacht einfach verschlafen. Ihr Verstand und ihr Herz waren noch nicht bereit dazu, wieder Freude zuzulassen und sie konnte gar nicht daran denken, irgendetwas zu feiern.

Doch dieses letzte Jahr hat ihr geholfen. Sie hat es selbst nicht geglaubt, aber ihre Wunden beginnen so langsam zu heilen. Langsam, sie würde sich selbst nicht als die alte bezeichnen, wobei sie sich eh die Frage stellt, ob sie das jemals wieder werden wird. Sie wird wahrscheinlich niemals wieder die unbeschwerte Natia sein wie damals, bevor ihr Vater die Leben für ihre Schwester und sie vorbestimmt hat, doch es wird besser.

Ihre Mutter legt den Arm um Natia und sie beobachten zusammen, wie Santiago, Catalina und der sechs Monate alte Adam in den Privatjet steigen und zurück nach Puerto Rico fliegen. Natia ist beruhigt, ihre Schwester so zufrieden zu sehen. Das war nicht immer so, auch das hat gedauert, bis sie die tiefe Liebe, die sie beide verbindet, wieder zulassen kann.

Zuerst hat sie sich wahnsinnige Sorgen um Catalina gemacht, hat aber nach und nach gemerkt, dass ihre Schwester dabei ist, ihr Glück zu finden, während ihr Leben schlimmer und schlimmer wurde. Statt zusammenzubrechen hat Natia einfach gelächelt und krampfhaft versucht, glücklich zu sein und hat gleichzeitig angefangen, ihre Schwester zu hassen, weil es bei ihr wirklich der Fall war. Tief im Inneren wusste Natia immer, dass ihre Schwester für all den Wahnsinn nichts kann und doch ist sie froh, dass sie ihr jetzt wieder in die Augen sehen und sich aus tiefstem Herzen für sie freuen kann. Bei Catalina ist alles gut gegangen. Sie führt ein traumhaftes Leben, doch auch der Weg dahin war sehr lang und schwer.

Natia wünscht sich, dass auch sie eines Tages dieses Glück in ihrer Brust verspüren kann, doch sie fühlt sich davon noch viel zu weit entfernt.

Catalina, Santiago und Adam waren die Tage vor Weihnachten und den ersten Weihnachtstag bei ihnen in Kolumbien, nun fliegen sie zurück, um mit Santiagos Familie weiterzufeiern. Franco und ihre Mutter bleiben noch etwas und wollen dann zu Silvester auch mit nach Puerto Rico fliegen. Sie sind wieder vereint, auch wenn es lange gedauert hat.

Das letzte Jahr hat Natia geholfen. Sie hat sich Zeit genommen, hat eine Weile bei ihrer Mutter gelebt, dann bei Catalina und nun lebt sie wieder in ihrem Zuhause in Kolumbien. Eine ganze Weile hat sie sich innerlich wie tot gefühlt. Sie war kaum noch in der Lage, etwas zu fühlen, sie hat kaum gesprochen. Sie hat am Leben teilgenommen, doch irgendwie auch nicht, sie war wie ein Schatten, der zwar immer da war, aber einfach nur teilnahmslos den Tag überlebt hat.

Das hat sich erst geändert, als sie zurück nach Kolumbien gekommen ist. Sie hat wieder eine Aufgabe gefunden und sich mit

Armando und den anderen aus den inneren Kreisen um die Familia zu kümmern begonnen.

Armando hat die Führung übernommen. Er führt ihre Familia mit einer strengen, aber auch sehr gerechten Hand. Alle respektieren ihn und er bezieht Natia und Catalina bei den wichtigsten Fragen immer mit ein.

Sobald Natias Gedanken in seine Richtung wandern, flattert es in ihrem Magen unruhig auf, ein weiteres neues Gefühl, das Natia noch niemals zuvor erlebt hat und womit sie noch nicht so genau umzugehen weiß.

Diese neue Aufgabe hat ihr geholfen, wieder mehr am Leben teilzunehmen. Die Geburt von Adam und die tiefe Liebe, die sie für ihren Neffen empfindet, aber auch die Nähe zu Armando hat sie wieder fühlen lassen. Es ist noch schwer für sie, damit umzugehen, doch sie fühlt sich das erste Mal wieder lebendig, und deswegen ist es vielleicht dieses Jahr so weit, Silvester zu feiern in der Hoffnung, dass das nächste Jahr ein ganz besonderes werden wird. Ja, vielleicht ist das sogar die größte Veränderung. Natia verspürt das erste Mal seit ewiger Zeit wieder Hoffnung.

Sobald die drei im Jet sind, verlässt sie zusammen mit ihrer Mutter den Flughafen und sie fahren zurück zur Finca. Dabei sprechen sie über das Fest gestern. Es war das erste Fest, das seit Langem richtig unter den Delgardos gefeiert wurde. Richtig gefeiert wurde wie früher, zu besseren Zeiten. Es war wichtig, dass sie alle hier waren und sie zusammen Weihnachten gefeiert haben, zumindest den ersten Abend. Catalina und Natia haben sich viel Mühe gegeben, um es zu etwas Besonderem zu machen.

Mittlerweile spielen die Delgardos wieder ganz oben mit. Sie haben sich nicht nur von Milo erholt, Natia ist sich sicher, dass die Geschäfte unter der Leitung von Armando, Hermano und den anderen besser als je zuvor laufen.

Deswegen haben sie sich auch etwas Besonderes überlegt. Die Finca wird schon seit Monaten erweitert und modernisiert. Jeder hat sein eigenes Reich. Für gestern haben sie für jeden einzelnen Mann ein besonders Geschenk besorgt und das war viel Arbeit, dazu haben sie ein Festmenü kochen lassen, und ein Priester hat bei ihnen im Hof einen Gottesdienst abgehalten, bevor gegessen wurde und die Geschenke verteilt wurden. Danach wurde viel getanzt und gelacht, es war ein schöner Abend, man spürt, dass die Familia zur Zeit stärker ist als jemals zuvor und auch der Zusammenhalt fester.

Natia fährt in Richtung Finca und sieht zu ihrer Mutter, die gerade davon geschwärmt hat, wie schön der Abend gestern war. »Mir tut es so gut zu sehen, wie es der Familia jetzt geht. Damals … als Milo all das getan hat, habe ich immer davon geträumt, wie Papa wütend auf uns hinabblickt, wütend darüber, was wir aus der Familia haben werden lassen und dass ich einfach so daneben gesessen habe, statt wie Catalina dagegen zu kämpfen …«

Trotz all der Zeit, die vergangen ist, redet Natia nicht oft und nur sehr ungern über all das, was Milo getan hat, auch was er ihr angetan hat, erzählt sie nicht. Sie will das weit von sich schieben und die Erinnerungen nicht mehr an sich heranlassen. Catalina und ihre Mutter versuchen, hin und wieder mit ihr darüber zu sprechen, doch Natia möchte das nicht und lenkt sie jedes Mal ab. Vielleicht wird sie eines Tages dazu in der Lage sein, doch noch ist es nicht so weit. Es dauert einige Zeit, bis alle Wunden heilen, sie hat Narben, Narben von den vielen Malen, die Milo sie geschlagen hat, weil sie nicht Catalina ist, oder weil sie irgendwann nicht mehr ihren Mund gehalten hat. Doch mit diesen Narben hat sie gelernt zu leben, und auch die Erinnerungen an diese schreckliche Zeit in ihrem Leben wird sie irgendwann beherrschen können.

»Catalina und du, ihr wart in einer komplett anderen Situation, mein Schatz, und um ehrlich zu sein ist es mir völlig egal, was dein Vater von alldem hält, im Grunde hat er das alles ins Laufen gebracht, auch wenn keiner von uns damit gerechnet hat, dass Milo sich in diese Richtung verändert. Aber ich, Natia, ich bin sehr stolz auf dich. Als ich dich in der Wüste an diesem Hotel gefunden habe, so dünn, so niedergeschlagen, ein Hauch deiner selbst, wusste ich nicht, ob ich jemals meine kleine Natia wiederbekommen würde, doch jetzt sitzt du hier, stärker als jemals zuvor und ich könnte nicht stolzer sein.«

Sie weiß, wie ehrlich die Worte ihrer Mutter sind, sie hat die Sorgen in ihren Augen gesehen, jeden Tag, nachdem sie Natia gefunden und wieder aufgepäppelt haben. Sie lebt jetzt bereits einige Monate wieder in Kolumbien, doch noch immer kommt ihre Mutter so oft es geht her, und erst die letzten Male hat Natia bemerkt, dass die Sorge aus ihren Augen gewichen ist und stattdessen ein glückliches Lächeln in ihrem Blick liegt, wenn sie nun Natia betrachtet.

Natia greift nach der Hand ihrer Mutter und drückt sie. »Ich bin auch glücklich, dass wir alle so langsam wieder lachen können und einen Abend wie gestern genießen können.« Ihre Mutter streicht über ihre Hand und in dem Moment fahren sie vor die Finca und Natia hält.

Sie sehen, wie ein Lieferwagen vor der Finca hält und einige Kisten auslädt. »Wofür ist das?« Auf den Lippen ihrer Mutter liegt ein wissendes Lächeln. »Armando hat auch für heute Abend etwas geplant, es wird gegrillt und der Hof wird zu einem kleinen Freiluftkino umgebaut, es wird gemütlich, ich habe vorhin schon die ganzen Möbel und Kissen gesehen.« Natia sieht zu dem Lieferanten. Rakim hilft ihm ausladen. Als sie nichts sagt, räuspert sich ihre Mutter.

»Armando gibt sich viel Mühe. Ich habe euch beide beobachtet und es kommt mir so vor, als würdest du ihm mittlerweile sehr vertrauen.« Natia lehnt ihren Kopf an die Lehne ihres Geländewagens, den Armando ihr gekauft und auch mit ihr geübt hat, in diesem hohen Auto zu fahren. Er hat ihr bei fast allem geholfen. »Wir verbringen viel Zeit zusammen. Am Anfang hat er mich immer besucht, sei es bei Franco oder bei Catalina, doch seitdem ich zurück bin, hat er sich noch mehr um mich gekümmert. Ich schlafe nicht gut und er ist nächtelang mit mir wachgeblieben. Irgendwann habe ich gemerkt, dass ich gut schlafe, wenn er in meiner Nähe ist, seitdem schläft er im Wohnzimmer und ich im Schlafzimmer, manchmal schlafen wir auch im gleichen Bett, aber er ist sehr respektvoll, lässt mir alle Zeit der Welt und … ist einfach nur für mich da.«

Natia kann sich ein Lächeln nicht verkneifen, wenn sie an all das denkt, was Armando in den letzten Monaten für sie getan hat. Er lässt sich ständig etwas einfallen, um sie zum Lachen zu bringen. »Das ist doch schön, er ist ein guter Mann.« Natia nickt. »Ja, das ist er. Ich meine, weißt du noch, wie viele Frauen er früher hatte? Elias und er hatten ständig irgendwelche Affären und nun kommt es mir manchmal so vor, als würde es nur mich für ihn geben.« Ihre Mutter sieht sie ernst an, Natia weiß, dass sie sich noch immer viele Sorgen wegen ihr macht. »Aber das ist doch gut.« Natia zieht den Autoschlüssel aus dem Zündschloss.

»Ich weiß es nicht. Ich empfinde mehr für Armando, jetzt schon, und das ist auch der Grund, wieso ich versuche, keine weitere Nähe zuzulassen. Er ist ein guter Mann und er hat eine gute Frau an seiner Seite verdient. Sieh doch, was aus mir geworden ist, ich bin noch immer nicht die alte Natia, und er sollte eine Frau an seiner Seite haben, die ihm das Gleiche geben kann, wie er es bereit ist zu geben.«

Statt ihr zu widersprechen oder zuzustimmen, legt ihre Mutter nur ihren Kopf schief und steigt aus dem Auto, dreht sich aber noch einmal zu ihr um, bevor sie die Tür schließt.

»Das wird er alleine entscheiden und ich glaube, man muss blind sein, um nicht zu erkennen, dass er das schon längst getan hat.« Ihre Mutter lächelt und zwinkert ihr zu. Natia steigt auch aus, sie sagt nichts mehr dazu, sie kennt ihre Mutter, wenn sie von etwas überzeugt ist, bleibt sie dabei.

Natia sieht in den Himmel, der sich langsam zu verfärben beginnt. »Ich gehe noch einmal zu den Gräbern, ich komme gleich nach.« Ihre Mutter sieht in Richtung des Hügels und zum Himmel. »Okay, aber die Sonne geht gleich unter. Ich gucke mal, ob ich noch bei den Vorbereitungen helfen kann.«

Natia dreht sich um und läuft zu dem Hügel, unter dem ihr Vater und Elias ihre letzte Ruhe gefunden haben. Auf dem Weg dorthin sieht sie zu dem Baum, unter dem sie früher so oft mit Catalina gesessen hat. Ihre Schwester hat gelesen und Natia hat von ihrer Zukunft geträumt, sie hätte sich damals nie vorstellen können, dass sie so aussehen wird.

Es ist besser, ihr geht es besser, doch sie ist enttäuscht. Enttäuscht von sich, enttäuscht von dem Leben, welches sie sich früher in so vielen bunten Farben ausgemalt hat. Sie fragt sich oft, was wäre, wenn ihr Vater diesen Deal nicht geschlossen hätte, wenn er noch leben würde, doch jedes Mal bricht sie diese Gedanken schnell ab, man kann nicht ändern, was passiert ist, man kann nur lernen, damit zu leben.

Natia geht an den beiden Gräbern vorbei, sie streicht über das Kreuz von Elias und spricht ein leises Gebet. Heute war es warm und trotzdem weht nun ein kühler Wind hier oben auf dem Hügel. Nachdem Natia das Gebet gesprochen hat, sieht sie fasziniert zum Himmel, lehnt sich an den Baumstamm und betrachtet das frohe Farbenspiel. Es ist immer schön, die Sonne beim Untergehen zu betrachten, in dieser heiligen Weihnachtszeit hat es noch einmal etwas Magisches.

Sie muss an den gestrigen Abend denken und ist dankbar, dass sie mittlerweile wieder so unbeschwert mit Catalina umgehen kann wie damals. Zwischen ihrer Mutter und ihr war alles sehr schnell wieder wie immer, mit Catalina hat es etwas länger gedauert, einfach, weil Natia über vieles nicht sprechen wollte und ihre Schwester das nur schwer akzeptieren konnte.

»Hey, unser Kinoabend fängt gleich an.« Natia zuckt zusammen, als Armando sich plötzlich neben sie setzt. Sie fasst sich ans Herz und sein freches Grinsen setzt sich auf seine Lippen. »Tut mir leid, ich wollte dich nicht erschrecken.« Natia blickt ihm einen Moment in die Augen und sieht dann wieder zum Himmel, der allmählich immer dunkler wird.

»Schon gut, ich wollte mir nur den Sonnenuntergang ansehen. Wie hast du die Männer dazu bekommen, einen Kinoabend zu machen?« Armando lehnt sich auf seinen Händen zurück. Er trägt eine schwarze Jogginghose und ein graues Shirt, gestern haben sie sich alle feiner angezogen und Natia musste immer wieder zu ihm sehen, er sieht immer gut aus, doch gestern war er wirklich ganz besonders anziehend.

Armando war schon immer ein Frauenschwarm und das hat sich auch bis heute nicht geändert. Mit seinen rabenschwarzen Haaren, den dunklen Augen, dem frechen Grinsen im Gesicht und dazu dieser durchtrainierte Körper, damit hat er so einigen Frauen den Kopf verdreht, Natia hat das oft genug mitbekommen. Sie fand ihn früher auch sehr attraktiv, doch er ist fast sechs Jahre älter als sie und hat sie damals immer nur wie eine jüngere Schwester behandelt. Sie kann noch immer nicht wirklich glauben, dass sich seine Gefühle geändert haben können, vielleicht ist sie noch immer nur so etwas wie seine kleine Schwester. Sie hat in den letzten Wochen immer wieder darüber nachgedacht. Sie spürt, wie sehr sie seine Nähe genießt, wie gerne sie mit ihm zusammen ist und ja, wie sehr sie anfängt, Gefühle für ihn aufzubauen, doch der Gedanke, dass er in ihr noch das junge Mädchen von damals sieht, stoppt sie immer wieder, wenn sie dabei sind, sich näher zu kommen.

»Einige ziehen nachher noch los und gehen feiern, doch wir sehen den neuen Film, der nächste Woche ins Kino kommt, der mit den illegalen Autorennen, sie wollen den sehen.« Natia nickt und wendet ihren Blick wieder zum Himmel, dabei streicht sie ihre Haare nach hinten, mittlerweile sind sie ihr wieder ein ganzes

Stück über die Schultern gewachsen und haben ihre alte Fülle zurück. Sie hat ihre Beine angezogen und ihre Arme um sie gelegt, sie denkt an die Worte ihrer Mutter und wendet ihren Blick dann doch wieder zu Armando um. »Und du? Wirst du auch feiern gehen?«

Er ist immer noch nach hinten gelehnt, sein Blick ruht aber auf ihr. »Nein, ich bleibe hier.«

Vielleicht liegt es an dem Zauber der Weihnachttage, an den immer mehr wachsenden Gefühlen in ihrem Bauch oder den Worten ihrer Mutter, dass sie sich traut weiterzufragen, normalerweise würde sie jetzt einfach schweigen und seine Nähe genießen, doch jetzt sieht sie ihm weiter in die Augen.

»Ich kann mich noch daran erinnern, wie du früher niemals eine gute Party ausgelassen hast.« Armando hebt die Augenbrauen. »Das stimmt, doch die Zeiten ändern sich. Es ist viel passiert und jetzt liegen meine Prioritäten woanders. Ich ziehe es vor, hier zu sein, als irgendwo auf einer Party unbedeutenden Spaß zu haben.«

Auch wenn er es nicht genau sagt, weiß sie, dass er sie diesen Partys vorzieht und wendet sich nun komplett zu ihm um, sodass sie nicht mehr zum Himmel, sondern zu ihm blickt.

»Weißt du, Armando, ich ... kann das, was hier zwischen uns entsteht, nicht genau einschätzen. Ich denke, du siehst noch die kleine Natia in mir, die euch damals mit ihrer Schwester belauscht und geärgert hat oder die Natia, die einen Mann geheiratet hat und vor allen gedemütigt wurde, weil er sie nie wirklich wollte und sie zu feige war, das zuzugeben und allen etwas vorgespielt hat oder die Frau, die ihr zerbrochen wiedergefunden habt und die nur langsam, Stück für Stück, wieder zu Kräften kommt und die viel zu viele Narben hat und nichts mit den Frauen gemein hat, die du sonst haben könntest.«

Armando setzt sich auf, es waren sicherlich die längsten Sätze, die Natia seit ihrer Rückkehr mit ihm gesprochen hat. Er schüttelt nur leicht den Kopf. »Ich sehe in dir die Frau, die ich von klein auf kenne, die vor meinen Augen von einem Mädchen, das sich tief in mein Herz gelacht hat, zu einer wunderschönen Frau geworden ist. Die ich an der Seite des falschen Mannes zum Traualtar habe gehen lassen und bei der ich es kaum ertragen konnte, ihr gespieltes Glück mit anzusehen. Es hat mir wehgetan, dich so wiederzufinden, doch ich war erleichtert, dass du lebst und ich wusste, dass du dich da wieder herauskämpfst. Und alles, was ich jetzt sehe, Natia, ist eine wunderschönen Frau, mit der ich am allerliebsten meine Zeit verbringe, bei der ich es liebe, sie zum Lachen zu bringen. Und auch wenn ich mich freue, wie glücklich du bist, wenn deine Familie da ist, ich konnte die Nächte, die deine Schwester und deine Mutter bei dir übernachtet haben, kaum schlafen, weil ich mich so sehr an deine Nähe gewöhnt habe.« Er hat nicht einmal seinen durchdringenden Blick von ihr abgewandt.

»Ich verstehe, dass du Zeit brauchst und ich bin hier, egal was du brauchst und was du möchtest, doch ich wünschte, du könntest dich nur für ein paar Minuten durch meine Augen sehen und mit meinem Herzen fühlen und du würdest keinen Zweifel mehr haben, wie ernst es mir mit dir ist.«

Natia spürt, wie sich ihre Augen mit Tränen füllen bei seinen wunderschönen Worten. Schon gestern, als er ihr einen Traumfänger geschenkt hat, der all ihre schlimmen Träume und Erinnerungen von ihr fernhalten soll, hatte sie Tränen in den Augen, doch dieser Mann schafft es immer wieder, sie zu überraschen.

Sie rückt näher zu ihm und greift nach seiner Hand. »Ich weiß nicht, ob ich das sein kann, was du brauchst, Armando. Ich wünsche es mir, du weißt gar nicht, wie sehr ich mir das wünsche, doch ich weiß nicht, ob ich es schaffe, jemals wieder die Alte zu werden und dich glücklich zu machen.«

Nun rückt Armando noch näher, sie verschränken ihre Finger miteinander und er legt die andere Hand liebevoll an ihre Wange. »Das ist es ja, ich will nicht, dass du zu irgendetwas wirst oder bist. Ich will dich mit allem, was dazugehört und ich bin glücklich.«

Er lächelt und dann hört Natia das erste Mal seit einer langen Zeit auf ihr Herz und beugt sich zu ihm.

In diesem winzigen Augenblick, in dem sich ihre Lippen berühren, schließt sie die Augen und spürt ein so intensives Gefühlschaos, dass sie sich fast zurückziehen muss, doch es fühlt sich viel zu gut an, als dass sie es könnte.

Sie ist berauscht von dem Gefühl, Armando so nah zu sein, so sehr, dass sie ihre Angst und Zweifel unterdrückt und sich ihm öffnet, als er zärtlich den Kuss vertiefen will.

Natia spürt das erste Mal seit Langem wieder das Leben durch ihre Adern fließen, wie das Flattern in ihrem Bauch, was sich schon lange durch Armando gebildet hat, zu einem tosenden Rauschen wird und dann spürt sie, wie es sich anfühlt, wenn ein Mann sie will, sie alleine, so wie sie ist, mit all ihren Fehlern. All diese Gefühle lassen sie den Kuss so lange ausdehnen, wie es geht. Auch Armando trennt ihre Lippen nur ungerne, er küsst sie noch einige Male und dann muss Natia lächeln, als sich die ersten Sterne in dieser heiligen Nacht über ihnen bilden.

»Fröhliche Weihnachten, Armando.« Ihre Stimme ist viel zu zittrig, doch sie kann und will nicht verbergen, wie viel ihr das gerade bedeutet hat. Armando küsst ihre Lippen ein weiteres Mal, als könne auch er nicht genug bekommen und sieht ihr in die Augen. »Fröhliche Weihnachten, Natia.«

Türchen 4

El Puerto-Reihe
Alena & Elian

»Was genau soll das werden, mein Schatz?«

Vida malt konzentriert auf den weißen Pappkarten herum, die sie alle vor sich aufgereiht hat. Neben den vielen bunten Stiften liegen Glitzersticker, Schleifen und alle möglichen Utensilien herum.

Ihre kleine Nichte sieht nur kurz auf und ihre wunderschönen grün gesprenkelten Augen strahlen Alena an. »Ich male für alle Weihnachtskarten, ich kann doch jetzt meinen Namen schreiben und deswegen mache ich das auch schon ganz allein. Die Jungs sind alle bei Paz und machen dort einen Schwimmwettbewerb. Die sind solche Angeber. Salva hat gesagt, dass man bei Männern kein rosa benutzen kann, aber das darf man trotzdem, auch Jungs können rosa mögen. Mariza kommt auch gleich, ich habe Mama gesagt, sie soll sie herschicken, hier haben wir unsere Ruhe.«

Alena lächelt und streicht über das weiche Haar von Vida und füllt einen Teller mit Weihnachtskeksen und stellt Vida ein Glas Milch hin. »Tante Alena, wusstest du, dass Paz noch nicht seinen Namen schreiben kann? Mama wollte es ihm zeigen und er hat einfach die Stifte heimlich in den Mülleimer geworfen und ist Fußball spielen gegangen.« Alena lacht auf und nimmt sich auch einen der leckeren Zimtkekse. »Das hört sich ganz nach deinem Bruder an.«

Sie haben in dem Zentrum für die Kinder der Umgebung an der Sombras Cuidad angebaut und einen kleinen Kindergarten für all die Kinder aus der Familia errichtet, doch nach dem Sommer kommen Vida und Paz und auch Daliah in die Schule. Bisher hat sich eine Privatlehrerin darum gekümmert, doch die Kinder sollen eine richtige Schule besuchen. Sie werden auf eine Privatschule am Hafen gehen, die die Männer ihrer Familia dann absichern werden. Anders konnten sie es nicht lösen, doch so können sie wenigstens eine einigermaßen normale Kindheit verbringen. Seit die Mädchen wissen, dass es nach dem Sommer losgeht, sind sie wahnsinnig aufgeregt, die Jungs sind etwas weniger begeistert.

Im selben Moment geht ihre Haustür auf und Belinda kommt zu ihnen. »Vida, Tante Camilla ist jetzt bei den Jungs, ich kann dir noch helfen, bis die Vorbereitungen für die Weihnachtsfeier anfangen.« Sie kommt zu Alena und gibt ihr einen Kuss auf die Wange. »Wieso warst du heute Morgen nicht beim Frühstück? Elian meinte, du schläfst noch.«

Heute Nacht ist die Heilige Nacht und ihr Weihnachtfest beginnt. Sie wollten alle zusammen frühstücken und noch die letzten Planungen machen, doch sie hat es einfach nicht aus dem Bett geschafft. »Ich bin so müde, ich glaube, die letzten Wochen waren echt etwas viel, wenn dann etwas Ruhe einkehrt, merkt man das sofort. Ich schätze, ich habe auch etwas Eisenmangel. Gibt es denn noch etwas Wichtiges zu erledigen? Ich denke, die Partyplanerin hat alles im Griff?«

Belinda nickt und nimmt sich auch einen Keks, dabei setzen sie sich beide zu Vida. »Es ist perfekt geworden. Ich habe die Entwürfe gesehen, dieses Jahr wird es ein Traum aus weiß, gold und grün. Für die Kinder werden extra kleine Bäume aufgestellt, die sie mit ihren bunten Kugeln schmücken dürfen. Wir wollen das machen, sobald es dunkel wird und bevor wir in die Kirche gehen. Es wird gerade ein Holzstall aufgebaut mit echten Tieren und wunderschönen Figuren, damit die Kinder ein besseres Gefühl für Weihnachten bekommen.«

Alena sieht zum Teller und würde sich am liebsten noch einen Keks nehmen, lässt es aber bleiben. Sie hat zugenommen, sie hat das schon die ganze Zeit gemerkt, doch als sie heute Morgen in ihre Lieblingsjeans schlüpfen wollte, hat sie die nicht zubekommen und sich stattdessen ein helles Kleid angezogen. Sie sollte ein wenig darauf achten, dass sie sich in den nächsten Tagen den Bauch nicht nur mit Süßem vollstopft.

»Hat das wirklich geklappt? Wie schön. Ich gehe mir das gleich mal ansehen. Sollen wir noch einmal losfahren? Die Geschäfte schließen bald, brauchen wir noch …?« Ihr Handy unterbricht sie und sie nimmt verwundert an.

»Cassandra, du arbeitest doch heute nicht etwa, oder doch?« Alena geht verwundert an ihr Handy. Mittlerweile ist die Ärztin, die sich um Alenas gesamte innere Wunden gekümmert hat, eine gute Vertraute von ihr geworden. Sie ist regelmäßig bei ihr. Auch wenn es ihr gut geht, muss sie sehr regelmäßig zu Routineuntersuchungen. Kurz nach ihrer Traumhochzeit mit Elian sogar sehr regelmäßig. Sie wollte damals unbedingt schwanger werden, doch obwohl es körperlich eigentlich gehen sollte, hat es nicht geklappt. Sie haben es sehr lange probiert, bis sie eingesehen haben, dass es aussichtslos ist. Alena war damals am Boden zerstört. Elian nicht. Er hat niemals damit gerechnet, dass sie ein Kind bekommen werden. Nicht nach allem, was Alena und ihr Körper durchgemacht hat, und es hat ihn nicht gestört. Er hat ihr in all den Jahren niemals das Gefühl gegeben, dass ihm etwas fehlt.

Mittlerweile hat Alena verstanden, wie stark die Liebe von Elian für sie ist und dass ihm alles andere egal ist, doch es hat sie trotzdem verletzt. Sie hatte Hoffnung und es hat lange gedauert, bis sie verstanden hat, dass sie die Hoffnung aufgeben muss. Ihr Körper ist nicht bereit dazu und sie ist mittlerweile einfach nur froh, dass sie wieder vollkommen gesund ist und Elian an ihrer Seite hat. Sie liebt ihre vielen Neffen und Nichten, und Elian und sie überlegen, ob sie ein Kind adoptieren werden, doch damit wollen sie sich erst im nächsten Jahr beschäftigen.

Dr. Martinez hat ihr durch all das hindurchgeholfen, Alena wird ihr das niemals vergessen und auch jetzt, wo sie so müde und schlapp ist, hat sie ihr vor zwei Tagen gleich Blut abgenommen. Sie wird wieder ein paar Vitamine und wahrscheinlich auch Eisen brauchen, das passiert ihr immer mal wieder. Auch wenn sie wieder gesund ist, arbeitet ihr Körper noch nicht wie jeder andere, das wird er wahrscheinlich auch niemals. Ihr nächster Termin ist nach den Feiertagen, sie hatte nicht mit diesem Anruf gerechnet.

»Ja, das tue ich tatsächlich. Eigentlich nur den Vormittag über, doch es kam ein Notfall rein und ich bin länger geblieben. Als ich noch einmal in mein Büro kam, lagen da die neuen Unterlagen und Laborergebnisse. Deine Akte lag gleich oben drauf. Ich dachte, ich sehe mal rein und gebe dir gleich die Präparate durch, die du brauchen wirst, dann kannst du sie noch besorgen und es geht dir nach den Feiertagen schon besser.«

Alena lächelt und nimmt sich einen Stift und ein Blatt ihrer Nichte. »Das passt doch gut. Ich wollte eh noch einmal ins Einkaufszentrum.« Belinda hilft Vida, einige Herzen auszuschneiden, Alena beobachtet sie dabei und lächelt, doch die nächsten Worte ihrer Ärztin lassen das augenblicklich auf ihren Lippen einfrieren.

Nicht einmal fünf Minuten später verlässt Alena völlig fahrig ihr Haus. Belinda sieht ihr besorgt hinterher, doch sie versucht, sie noch einmal anzulächeln, um nicht zu zeigen, wie sehr sie die Worte ihrer Ärztin aufgewühlt haben. Sie blickt zu dem großen Stall, der schon aufgebaut ist und das viele Heu, was gerade angeliefert wird. Eine beeindruckende Josef-Figur wird ausgepackt und Alena spricht ein stilles Gebet, bevor sie schnell zum Gemeinschaftshaus läuft.

Elian wollte trainieren und ein paar Unterlagen durcharbeiten, doch als Alena in das Haus kommt, findet sie erst einmal niemanden. Es ist ungewöhnlich still hier. Erst als sie die Tür zum Besprechungsraum öffnet, stockt sie.

Es sind alle versammelt.

Elian, Vidal, die inneren Kreise der Puentes, aber auch ihre beiden Cousins, Alejandro und Santos sitzen am Tisch und sehen überrascht zu ihr. »Oh, ich wusste nicht, dass ihr eine Besprechung habt ...«

Sie sieht zu Elian, auf seiner Schulter schlummert April, Belindas und Vidals jüngste Tochter, die erst im April zur Welt gekommen ist. Elian ist ein großartiger Onkel und alle Kinder hier hängen sehr an ihm. »Was ist los, soll ich kommen?« Ihr Mann sieht sie aus seinen dunklen Augen an und Alenas Herz schlägt schneller. Das wird sich niemals ändern. Sie liebt ihn über alles und sie reagiert immer auf ihn. Jedes Mal.

Er sieht ihr in die Augen und wird erkennen, dass etwas nicht stimmt. Er kennt sie mittlerweile besser als jeder andere. Sie versucht zu lächeln. »Ähmm nein, ich kann … das kann warten. Ich warte.« Elian hebt die Augenbrauen und steht auf. Er reicht seinem Bruder seine Tochter und kommt zu ihr.

»Schon gut. Wir sind fast fertig.«

Elian schließt die Tür hinter sich und die Männer besprechen sich weiter. Sie waren bestimmt noch nicht ganz fertig, doch Elian hat sie immer allem vorgezogen, auch jetzt gibt er ihr einen Kuss auf den Mund und sieht sie fragend an. »Du hättest die Besprechung nicht unterbrechen müssen. Es ist nur ... die Ärztin hat angerufen. Ich soll wegen meiner Blutergebnisse vorbeikommen und ich dachte, wir könnten danach noch ins Einkaufszentrum.« Sie versucht, so locker wie möglich zu klingen.

Elian legt den Arm um sie und sie gehen zusammen nach draußen, wo ihr silberner Mercedes steht. »Okay, dann machen wir das. Ich brauche auch noch etwas für Paz, er hat sich einen bestimmten Kran gewünscht und ich musste ihn bestellen lassen.«

Alenas Herz rast in ihrer Brust, während sie einsteigen und losfahren, die Worte der Ärztin trommeln in ihren Gedanken, doch sie will es gar nicht zu sehr zu sich durchdringen lassen. Sie muss sich absolut sicher sein, deswegen will sie noch nichts zu Elian sagen.

Um ihn abzulenken, fragt sie ihn nach dem Treffen eben aus. Die Männer planen etwas Neues, Alena hat davon schon gehört, doch jetzt erzählt ihr Elian alle Details und dass alles direkt nach Silvester starten soll.

Alena sieht ihn von der Seite an. Sie liebt ihren Mann über alles. Elian ist ihr großer Halt und mittlerweile hält sie selbst ein paar Tage ohne ihn kaum aus. Man könnte meinen, so etwas ändert sich mit den Jahren, doch das hat es nicht. Im Gegenteil. Wenn, dann ist es nur noch stärker geworden. Sie ist ihm dankbar, dass er nie aufgehört hat, um sie beide zu kämpfen, selbst in Zeiten, wo sie sie schon aufgegeben hatte.

Als er vor dem Haus, in dem Dr. Martinez ihre Praxis mittlerweile hat, hält, greift sie nach seiner Hand. Er ahnt nicht, dass sie diesen Halt jetzt von ihm braucht, doch sie weiß, dass er ihn ihr immer geben wird.

Dr. Martinez öffnet ihnen alleine die Tür und strahlt sie an.

»Willkommen, bleibt es dabei?« Alena nickt und Elian sieht verwundert zu ihr. »Sehr schön, kommt bitte mit. Alle anderen sind schon nach Hause gegangen. Heute ist Weihnachten und ich dachte, das sollte unbedingt heute noch erledigt werden.«

Sie folgen ihr und nun scheint auch Elian zu spüren, dass etwas nicht stimmt. Er sieht sie fragend an, doch Alena atmet tief ein und die Ärztin deutet zur Liege.

»Alena, lege dich bitte auf die Liege, ich muss mir noch einmal etwas angucken, bevor ich dir die Rezepte ausstellen kann.« Alena schluckt schwer und nickt. Sie legt sich hin und Elian bleibt neben ihr an der Liege stehen.

»Was ist los? Gibt es wieder Probleme? Ich dachte …

Dr. Martinez kommt zu ihnen mit einem rollenden Hocker und schaltet den Ultraschall an. »Hast du etwas festgestellt? Ich dachte, die letzten Untersuchungen waren alle gut, die alten Narben sind verheilt, was ...« Dr. Martinez deutet Alena, ihr Kleid hochzuziehen und beginnt, mit dem Ultraschall über ihren Bauch zu fahren. Sofort bildet sich ein Strahlen auf ihrem Gesicht und auch Alena hält den Atem an.

»Ja, waren sie auch. Es ist alles in Ordnung, besser als das. Als Alena wegen ihrer Müdigkeit in die Praxis kam und wir Blut abgenommen haben, wurde festgestellt, dass eine Schwangerschaft besteht. Und da ich weiß, wie lange ihr beide versucht, ein Baby zu bekommen, wollte ich ganz sicher gehen. Seht mal hier, hier ist euer Baby, hier der Herzschlag ...«

Alena weint, sie kann nicht anders.

Sie hat niemals damit gerechnet. Als die Ärztin ihr das am Telefon gesagt hat, hatte sie das Gefühl, ihr werden die Füße weggezogen, sie hat keine Luft mehr bekommen, doch sie wollte es nicht glauben. Die Angst, dass nur ein Irrtum vorliegt, hat ihr den Hals zugeschnürt. Während sie jetzt aber auf das Bild sieht, ihr Baby erkennt, fängt sie an zu weinen.

Elian und sie haben nicht einmal mehr darüber gesprochen, gar nicht mehr daran gedacht, dass sie schwanger werden könnte. Sie waren glücklich und haben die Zeit mit ihren Neffen und Nichten verbracht. Sie beide lieben ihre Nichten und Neffen. Mittlerweile sind beide Cuidads voller Kinderlachen. Belinda und Vidal haben ihr viertes Kind bekommen. Camilla und Dante erwarten ihren dritten Sohn und Santos und Lilly haben auch schon zwei Kinder. Selbst Roman ist vor einem halben Jahr Vater geworden, Alejandros Sohn hat vor wenigen Tagen seinen ersten Geburtstag gefeiert und Ponce und Alina erwarten ihr erstes Baby. Es wird immer bunter und wilder, doch sie alle lieben es und nun sind auch sie endlich mit diesem Glück gesegnet.

Sie sieht zu Elian, der verblüfft auf den Bildschirm blickt, auf dem man schon ein richtig kleines Wesen erkennen kann. Er greift nach Alenas Hand und küsst sie, doch er ist nicht in der Lage, etwas zu sagen.

»Du hast nichts gemerkt? Du bist bereits im vierten Monat, es ist kein Wunder, dass du müde bist.«

Alena streicht sich die Tränen weg und nun reagiert auch Elian, er beginnt zu strahlen und beugt sich zu ihr, gibt ihr einen Kuss und sieht sofort wieder zum Bildschirm. Auch er kann es nicht fassen und hat noch immer kein Wort gesagt. Er sieht zu dem Baby. Ihrem Baby.

»Nein, ich meine … ich war müde und habe etwas zugenommen, doch ich … meine Periode kommt ja nie regelmäßig und nein, ich habe nichts gemerkt.«

Elian gibt nun auch Dr. Martinez einen Kuss auf die Wange, küsst Alena noch einmal und findet endlich seine Stimme wieder. Alena hat ihn wirklich schon in vielen Situationen gesehen, doch noch niemals so gerührt und freudig überrascht. »Du weißt gar nicht, was uns das bedeutet, es ist ein Wunder. Geht es dem Baby gut?«

Die Ärztin lacht auf und nickt. »Ja, es ist alles, wie es sein sollte und seht mal, man kann sogar erkennen, was es wird, so weit bist du schon. Willst du es wissen?«

Alena ist zu keiner Reaktion mehr fähig, sie sieht zu ihrem kleinen Wunder und weint, doch Elian scheint jetzt erst richtig zu begreifen, was passiert, er küsst Alena auf die Stirn und nickt, dabei nimmt er ihre Hand in seine.

Die Ärztin verschiebt den Ultraschall noch einmal und zeigt ihnen einiges, bevor sie das Gerät wegschiebt und sie beide anstrahlt.

»Ich kenne eure Geschichte und deswegen wollte ich das unbedingt selbst machen. Heute beginnt die heilige Zeit und es gibt keinen passenderen Moment, um solche Wunder mitzuerleben. Herzlichen Glückwunsch. Ihr bekommt einen wunderhübschen gesunden Sohn. Frohe Weihnachten!«

Türchen 5

Hijas de la luna
Saphira & Calin

»Meinst du, es ist etwas passiert?«

Saphira läuft unruhig mit Calin den Weg zum Schloss der Wächter hinauf. Sie haben vor einer Stunde den Anruf erhalten, dass sie dringend kommen sollen und seitdem überschlagen sich Saphiras Gedanken.

Es sind die heiligen Feiertage. Hier in Barnar wird Weihnachten zwar nicht so richtig gefeiert, da die Mitglieder des Yasus-Stammes eigentlich dieses Fest nicht feiern, doch zumindest haben alle frei. Es gibt ein paar Familien in der Stadt, die Weihnachten immer gefeiert haben und es sind auch offizielle Festtage hier in Rumänien, sodass die Geschäfte geschlossen sind, doch außer dass hier und da ein Tannenbaum geschmückt ist, passiert leider nicht sehr viel Weihnachtliches, dabei gibt es hier die besten Voraussetzungen dafür. Sie versinken geradezu im Schnee.

Allein der Anblick des eingeschneiten Schlosses lässt Saphiras Herz schneller schlagen.

Besonders Saphira und Luna finden diese nicht vorhandene Weihnachtsstimmung schrecklich.

Im ersten Jahr, als sie hier waren, hat keiner von ihnen an Weihnachten gedacht, sie waren mitten im Kampf und haben keinen Gedanken daran verschwendet.

Im letzten Jahr war Saphira schwanger und da sie vor der Geburt noch einmal nach Venezuela wollten, haben sie die Feiertage genutzt, um ihre Familie zu besuchen und das erste Mal Calin und Vlad mitgenommen.

Es war schön, dort haben die beiden erlebt, wie Saphira und Luna das Fest normalerweise feiern und dieses Jahr sind die Zwillinge fast ein Jahr und laufen seit einigen Wochen. Sie sind kaum mehr aufzuhalten, bewegen sich schnell fort und besonders Elias erkundet gerade alles, während Elena noch etwas zurückhaltender und abwartender ist.

Saphira hat ihre Wohnung weihnachtlich geschmückt und auch einen Tannenbaum vor die Werkstatt gestellt, über der sie wohnen. Sie möchte unbedingt, dass Elena und Elias den Zauber der Weihnachtszeit kennenlernen.

Vlad und Luna renovieren gerade ein altes Haus, was Vlad für sie gekauft hat und in das sie bald einziehen möchten. Somit hat ihre Schwester gerade viel zu tun, deswegen hat Saphira gestern Abend ein schönes Weihnachtsessen vorbereitet. Calins Eltern, Anis, Luna und Vlad waren da, es gab Geschenke und sie saßen gemütlich zusammen, und als Saphira heute aufgewacht ist, dachte sie wirklich, sie können die restlichen Festtage in Ruhe genießen, doch dann kam der Anruf und seitdem ist sie in Alarmbereitschaft.

Es ist seit geraumer Zeit Ruhe über Barnar eingekehrt, doch sie alle wissen, dass jederzeit wieder ein Angriff passieren kann und was für einen mächtigen Gegner sie haben.

Shanja kann jederzeit etwas Neues planen, sie gehen davon aus, dass sie in der Zeit, in der sie die Ruhe genießen, schon etwas auf die Beine stellt, und auch wenn es ruhig ist, sind eigentlich immer alle in Alarmbereitschaft, doch Saphira ist trotzdem erschrocken, dass gerade jetzt wirklich etwas passiert zu sein scheint.

Sie waren erst vor einigen Tagen im Schloss, sie sind wegen Amanda immer wieder hier, auch Felicitas ist eine gute Freundin geworden, doch dass sie anrufen und sie ins Schloss gebeten werden, hat garantiert nichts Gutes zu bedeuten.

»Es wird schon nichts Schlimmes sein, sonst hätten sie nicht gesagt, wir sollen die Kinder mitnehmen.« Calin ist entspannt, wie die meiste Zeit in den letzten Monaten. In der Schwangerschaft war er sehr nervös, doch seit die Kinder da sind, ist er sehr ausgeglichen, obwohl die beiden sie sehr auf Trab halten, aber Saphira hat Calin noch nie entspannter erlebt als jetzt.

Wenn die Kinder nachts wach waren, hat er sie nach seiner Wache oft Stunden im Arm gehalten und mit ihnen gekuschelt, es gibt nichts Schöneres für ihn, als mit den beiden zu spielen. Er tobt viel mit Elias und vergöttert seine kleine Prinzessin, er zeigt Saphira jeden Tag, wie sehr er sie liebt und wie glücklich er ist. Seine Mutter sagt, man merkt Calin an, dass er in seinem Leben angekommen ist, er ist da, wo er sein sollte und er ist glücklich.

Genau das strahlt er auch jetzt aus, als er Saphiras Hand nimmt und sie hinter Alyssia herlaufen, die die Hände von Elena und Elias hält. »Aber natürlich sollen die Kinder mitkommen, hier im Schloss sind sie am sichersten, deswegen ...«

Saphira hört hinter ihnen ein Auto und würde am liebsten laut auffluchen, sie sind nicht als Einzige informiert worden.

»Solltet ihr auch vorbeikommen? Oh je, dann hat das ja doch etwas Schlimmes zu bedeuten, wer wurde noch alles verständigt?« Sobald Vlads Wagen hält und Luna und er aussteigen, sieht Saphira sie besorgt an.

»Ich habe die anderen gefragt, doch noch hat keiner von ihnen geantwortet. Alle haben frei ...«

Vlad sieht noch einmal auf sein Handy, doch Calin zuckt nur die Schultern und hält ihnen allen die schwere Tür auf.

»Mir hat auch keiner etwas gesagt. Es wird schon nichts Schlimmes sein, entspannt euch. Ich kenne Gabriel mittlerweile gut genug. Wenn wirklich etwas Schlimmes bevorsteht, gibt er nicht per Handynachricht Bescheid. Er hasst das. Dann steht er in unserem Schlafzimmer und holt uns alle aus den Betten, egal wie viel Schlaf wir hatten.«

Vlad lacht leise auf, doch Luna und Saphira sehen sich trotzdem einen Moment besorgt an, bevor sie hinter den Kindern hergehen, die freudig zu dem großen Saal laufen, in dem sie überwiegend empfangen werden. Auch wenn sie alle mittlerweile freundschaftlich miteinander umgehen, treffen sie meistens im Saal auf Gabriel, fast immer fängt Felicitas oder Raphael sie vorher ab, doch heute ist keiner zu sehen und die beiden Flügeltüren zum Saal sind geschlossen.

Saphira liebt diesen Saal, hier müssen schon so einige Könige gelebt haben, wobei Calin denkt, dass Gabriel schon ewig in diesem Schloss lebt. Alle Räume sind beeindruckend. In der Schwangerschaft ist sie mit Felicitas oft im Schloss spazieren gegangen und hat sich jede Ecke angesehen. Es ist eindrucksvoll, doch dieser Saal mit seinen ovalen großen Fenstern, der massiven und sehr langen Speisetafel, den roten edlen Läufern und dem großen Kamin und alten Thronstühlen aus dunklem Holz ist ehrfürchtig.

Saphira zieht die Augenbrauen hoch, meistens sind die Türen geöffnet, sie hofft wirklich, dass sie sich umsonst Sorgen macht. Calin hält noch immer ihre Hand, Vlad geht nach vorn und öffnet die Flügeltüren und einen Moment halten sie alle ein.

Der Raum war schon immer beeindruckend, doch gerade sieht er aus wie gemalt. Mitten im Raum steht ein großer Weihnachtsbaum, der bis unter die hohe Decke geht und liebevoll mit goldenen und roten Kugeln und Schleifen bedeckt ist. Darunter liegen Geschenke, es duftet nach Lebkuchen und Schokolade und die gesamte Tafel ist eingedeckt mit leckerem Weihnachtsessen, selbst am Kamin hängen Strümpfe, die mit Orangen und Nüssen gefüllt sind, alle Stühle tragen eine rote Samtabdeckung, hier müssen einmal Könige Weihnachten gefeiert haben.

»Woooow.«

Alyssia findet als Erste ihre Worte wieder und hüpft fröhlich zum Weihnachtsbaum und die Zwillinge gleich hinterher.

Erst da sieht Saphira zu Gabriel, Amanda, Felicitas und Raphael, die neben dem gedeckten Tisch stehen und ihnen entgegenblicken. Die Zwillinge rennen sofort zu ihnen.

Sie lieben die Wächter und das Schloss.

Auch wenn die vier andere Menschen erst einmal einhalten lassen, so sind ihre beiden Zwillinge verrückt nach ihnen.

Für sie ist Gabriel wie ein dritter Opa, sie können Stunden auf seinem Schoß sitzen und sich seine Geschichten anhören. Auch wenn Elena und Elias noch kein Wort von dem verstehen, so hört Alyssia aber genau zu und die beiden Zwillinge bleiben trotzdem ruhig sitzen.

Felicitas hat die beiden auf die Welt gebracht und nimmt auch jetzt Elena auf ihren Arm, als die zu ihr gerannt kommt, während sich Elias wie immer auf Raphaels Schultern setzt.

Der mächtige Gedankenleser liebt ihre beiden Zwillinge. Er sagt, es ist sehr erholsam, den unschuldigen Gedanken von Kindern zu lauschen und die anstrengenden Erwachsenen auszublenden.

In dem Moment, als sie das denkt, sieht Raphael zu ihr und zwinkert ihr zu.

Calin und Vlad treten nun auch in den Raum und um Calins Lippen liegt ein Schmunzeln. »Das sieht nach einem absoluten Notfall aus.« Saphira atmet erleichtert durch und sieht zu Gabriel, der die Arme hebt.

»Wir feiern kein Weihnachten, keine unserer Legenden. Doch da wir wissen, dass ihr es tut und wie wichtig euch das ist, wollten wir dieses Fest auch mit euch begehen und gleich dafür sorgen, dass wir einmal alle zusammenkommen.« Er lächelt mild. »Und das nicht, wie Saphira schon vermutet hat, weil es etwa schlechte Neuigkeiten gibt, sondern einfach, weil schon viel hinter uns liegt, was wir gemeinsam geschafft haben und wir so unseren Zusammenhalt stärken und dafür sorgen, dass wir das, was noch vor uns liegt, ohne Probleme überwinden werden.«

Er nimmt Alyssia auf seinen Arm und gibt ihr einen Kuss, bevor auch Elena zu ihm kommt.

Man hört Stimmen vor dem Schloss und nun kann auch Saphira aufatmen, als sie hört, dass es Davud und Tolja sind. Gabriel lächelt, als er Elena die blonden Haare aus dem Gesicht schiebt.

»Wir haben jetzt diese zwei jungen Legenden, die wir alle tief in unser Herz geschlossen haben und über die wir zusammen wachen und das wird uns alle immer verbinden. Nicola und Catalina stoßen später auch dazu. Die anderen sind gerade bei einem anderen Zirkel, aber lassen euch grüßen.«

Er hat recht, sie alle lieben die Zwillinge, selbst der Zirkel der Vampire. Catalina und Nicola sind ganz verrückt nach ihnen und sehen sie mehrmals die Woche, doch Saphira war auch schon bei ihnen im Haus mit den beiden, und selbst der sonst eher zurückhaltende Vladan oder auch Tristan ... sie alle sind den beiden verfallen und Dorian, den die Zwillinge durch Sora auch häufiger sehen, muss den beiden immer zeigen, wie schnell er auf Bäume klettern kann.

Für ihre beiden Engel ist all das völlig normal, sie kennen die tiefen Gräben nicht, die zwischen ihnen lagen und immer noch vorhanden sind, auch wenn sie mittlerweile geschickt drum herumlaufen können.

Gabriel hat recht, sie sollten die Tage nutzen, zusammenkommen und dankbar sein für das, wie es gerade ist, deswegen geht Saphira zu dem alten Mann und umarmt ihn.

Sie atmet tief aus, sie mag ihn, sie erkennt in seinen Augen die Weisheit von so vielen Jahrhunderten und als sie die Umarmung löst, lächelt sie und nickt.

»Du hast recht. Wir sollten dankbar sein für das, wie wir uns nun gegenüberstehen und alles tun, damit es so bleibt. Frohe Weihnachten.«

Der mächtige alte Wächter lächelt. »Frohe Weihnachten.«

Türchen 6

El Destino
Los Natos

»Nichts wird uns noch einmal trennen, an unsere Familie oder unsere Familia herantreten oder sich uns in den Weg stellen!«

Sie alle blicken hoch, als Arturo als Erster seine Stimme wiederfindet. Er hat diese Worte erst vor wenigen Wochen auf der Beerdigung von Gabriels Mutter gesprochen, doch sie liegen ihm noch immer auf dem Herzen nach allem, was sie die letzten Jahre durchgemacht haben. Erst haben sie Gabriel fast verloren und dann Nathan.

Seine vier Brüder sehen ihn an, niemand sagt etwas dazu, doch er weiß, dass sie alle so denken. Bei all dem Chaos um sie herum ist es wichtig, dass sie zusammenhalten, dass sie das Fundament des riesigen Imperiums bilden, das mittlerweile für die Los Natos steht. Die letzten Jahre haben gezeigt, was passiert, wenn einer nicht dabei ist, wie sehr sie einander brauchen und das sollten sie niemals wieder vergessen.

So hart das auch alles für sie war, hat es ihnen doch auch gezeigt, wie wichtig der Zusammenhalt zwischen ihnen ist. Sie kümmern sich gemeinsam um die Familia, haben ihr Gebiet weiter ausgebaut und noch mehr geschützt, da ihre Familie wächst und wächst, und auch ihre Geschäfte laufen immer besser.

Doch sie alle haben verstanden, was wichtig ist und so ist Ruhe eingekehrt. Sie hatten die letzten Monate wirklich Zeit, nach allem, was passiert ist, durchzuatmen. José sieht zu Nando und Nathan, die genau wie Gabriel und er in der ersten Reihe der Kirche sitzen und auf das alte Holzkreuz blicken.

Sie sind wie jedes Jahr um diese Zeit auf dem Friedhof, doch dieses Jahr sind sie noch länger geblieben. Statt direkt wieder nach Hause zu fahren, hat der Pfarrer, den sie hier angetroffen haben, sie gefragt, ob er eine kleine Andacht für ihre Eltern halten soll. Die Frauen sind schon vorgefahren, um das Essen vorzubereiten und sie hatten es nicht eilig, hier wegzukommen und haben die tröstenden Worte des Pfarrers in sich aufgenommen. Doch auch danach sind sie einfach sitzengeblieben und der Pfarrer hat ihnen die Zeit gegeben, um noch alleine ihrer Eltern zu gedenken.

»Papa, dürfen alle Kinder Oma und Opa auch Oma und Opa nennen?« Cassandra dreht sich zu ihrem Vater um. Ihre drei Wirbelstürme knien vor dem Kreuz und haben ihre Hände zum Beten erhoben, so wie sie es immer bei ihren Müttern sehen.

Arturo lächelt und nickt. »Alle Kinder aus unserer Familie, es sind auch ihre Oma und ihr Opa.« Cassandra beginnt, alle anwesenden Kinder durchzuzählen. »Wir sind so viele Kinder.« Pablo sitzt neben Gabriel und lacht leise über seine Schwester. Gabriel hat Sergio und Mateo auf seinem Schoß. Die Kinder wollten alle bei ihnen bleiben, selbst Amanda und Amalia sitzen bei ihren Vätern, nur Arturos Sohn, der gerade mal zwei Wochen alt ist, haben die Frauen mitgenommen.

Sie wachsen und wachsen. Wenn sie alle zusammen sind, ist es immer laut und ihre Haustüren stehen eigentlich tagsüber die meiste Zeit offen, da die Mädchen von einem zum anderen Haus rennen, um ihre Cousinen oder Cousins zu besuchen. Es ist schön, wahrscheinlich hätte niemand von ihnen vor einigen Jahren gedacht, dass sie mal so leben werden, doch jetzt genießen sie es alle.

»Meint ihr, Mama und Papa wären zufrieden, so wie es ist?« Nando küsst die weichen Haare seiner kleinen Tochter, die sich müde an seine Brust lehnt und Nathan nickt. »Ich denke, dass sie sehr stolz auf uns sind und sie ihre Enkel über alles lieben.« Mateo steht von Gabriels Schoß auf, man merkt ihm sofort an, dass er allmählich Langeweile bekommt. Er läuft zu seinen Cousinen hinüber, wo Cassandra sich umwendet und beginnt, mit ihm den langen Weg von der Kirchentür bis zum Altar hin- und herzurennen.

Vielleicht sind es genau die Kinder, die sie heute so lange auf dem Friedhof einhalten lassen. Sie waren immer hier, sie alle besuchen oft die Gräber ihrer Eltern, doch besonders an ihrem Todestag zu Weihnachten. Sie haben danach dieses Fest nie wieder gefeiert. Sie sitzen zusammen und essen und die Kinder bekommen Geschenke, doch sie haben es nie wieder so gefeiert, wie sie es gewohnt waren. Mit Musik, Tannenbäumen, Keksen, den alten Traditionen und allem, was dazugehört. Sie fahren jedes Jahr hierher und gedenken ihrer Eltern und heute hier mit ihren Kindern liegt ihr Herz besonders schwer in ihrer Brust, weil sie wissen, wie sehr sich ihre Eltern freuen würden, ihre Kinder aufwachsen zu sehen. Deswegen behalten sie die Kinder noch etwas bei ihren Eltern.

Nando bekreuzigt sich noch einmal, doch noch immer macht keiner von ihnen Anstalten, aufzustehen.

Es dauert nicht lange und auch Elena und Lorin rennen durch den Gang, Sergio beobachtet sie dabei und klatscht in die Hände, bis sich die Tür zur Kirche öffnet und Alonzo seinen Kopf hereinsteckt. Er sieht zu den fünf Brüdern und schüttelt den Kopf. »Kommt ihr hier auch mal raus?«

Nathan streckt sich und Alonzo sieht zu den laut umherrennenden Kindern. »Euch ist schon klar, dass ihr ganz Lateinamerika unter eurer Kontrolle habt, doch eure Kinder nicht.« Nando und Gabriel lachen auf, als Cassandra, Elena und Lorin auf Alonzo zurennen und alle gleichzeitig auf seinen Arm wollen.

Erst dann bewegen sie sich gemeinsam aus der Kirche heraus. So langsam haben sie alle Hunger. Die Frauen haben sie auch schon vor dem Friedhof mit den Kindern losgeschickt, um das Essen vorbereiten zu können, sie waren jetzt so lange unterwegs, dass sie wirklich Hunger haben.

Alonzo fragt, wer in seinem Auto mitfahren will, und die drei wilden Mädchen setzen sich zu ihm nach hinten, während Nando und Nathan mit Amalia, Amanda und Mateo fahren. Gabriel, José und Arturo steigen mit Sergio und Pablo in das letzte Auto. Die Frauen haben die anderen Autos mitgenommen. Auch wenn sie jetzt alle Familienväter sind, verzichten sie nicht auf ihre Sportwagen, doch in jeder ihrer Garagen stehen nun auch immer eine Menge Kindersitze herum.

Das Leben ändert sich und sie alle nehmen diese Veränderungen dankbar an, doch gleichzeitig denken sie auch respektvoll an die alten Zeiten zurück. Jedem der Brüder liegt das Herz schwer in der Brust, als sie den Parkplatz des Friedhofes verlassen und nach Hause fahren.

Sie fahren an den Wachhäusern vorbei in ihr Gebiet ein, doch bevor sie um die Ecke nach oben in den Teil der engeren Kreise kommen, stehen plötzlich ihre Frauen auf der Straße und halten sie auf.

»Was hast du angestellt?« Nando seufzt leise auf und hält neben den Autos seiner Brüder mitten auf der Straße, doch Nathan zuckt nur die Schultern. »Nichts, das wirst dann wohl du gewesen sein.« Da auch die anderen aussteigen, verlassen sie ebenfalls ihre Autos und die Kinder hüpfen freudig zu ihren Müttern.

»Was wird das? Werden wir aus unserem Gebiet geschmissen?« Gabriel lehnt sich gegen seine Autotür und sieht grinsend zu den Frauen, die alle ein wenig nervös scheinen. Sie sind zurechtgemacht, sie alle sechs tragen feine Kleider und sehen ihnen angespannt entgegen.

»Nein, das nicht, aber wir haben etwas vorbereitet und wollten euch vorher … sagen wir mal, vorwarnen.« Nandos Frau findet als Erste ihre Worte wieder und dann ist es ihre Schwester Elisa, die noch ein paar Schritte auf sie zukommt.

»In meinem Herzen trauere ich genau wie ihr um Mama und Papa. Wir haben sie heute vor vielen Jahren verloren und seitdem hat Weihnachten für uns an Bedeutung verloren. Auch unsere Kinder bekommen immer nur einen Bruchteil von dem mit, was Weihnachten in Wirklichkeit bedeutet, was es uns immer bedeutet hat, wie wir damit groß geworden sind. Wir haben schon vor Wochen angefangen, darüber zu sprechen, seht euch unsere Kinder an. Mama wäre traurig, wenn sie wüsste, dass sie nicht solch schöne Erinnerungen an Weihnachten haben, wie wir es aus unserer Kindheit kennen.«

Nando räuspert sich leise, seine Brüder sehen zu ihren Frauen. »Wir müssen heute an die beiden denken und das werden wir immer tun, doch das bedeutet nicht, dass wir danach diesen heiligen Tag nicht feiern können, mit allem was dazugehört. Ich war mir sicher, dass wenn wir euch das nur vorschlagen, ihr nicht begeistert sein werdet, deswegen haben wir es einfach geplant und seit heute Morgen wurde alles aufgebaut und vorbereitet. Es ist ein Fest für die ganze Familie und die ganze Familia und ich hoffe, dass wir ab jetzt wieder anfangen können, diesen Tag mit unseren Familien zu genießen.«

Elisa lächelt, Arturo und Nando haben einen Moment den Blick gesenkt, sie alle haben es nicht übers Herz gebracht, nachdem ihre Eltern Weihnachten gestorben sind, weiter zu feiern, doch schon als sie jetzt sehen, wie aufgeregt ihre Kinder zwischen ihren Müttern stehen, wissen sie, dass es an der Zeit ist, auch das wieder zuzulassen. Die Zeiten ändern sich, sie müssen es nur zulassen.

»Dann lasst uns diesen Tag genießen, auch wenn wir immer an sie zurückdenken werden.« Arturo atmet tief ein und gibt als Erster seine Zustimmung, Nando begrüßt seine Frau mit einem Kuss, José streicht über Janines riesige Babykugel und sie gehen zusammen mit ihnen um die Ecke.

Sobald ihre Kinder erblicken, was ihre Frauen sich haben einfallen lassen, schreien sie begeistert auf und rennen zu den vielen geschmückten Weihnachtsbäumen, die die Straße entlang aufgestellt sind. Es hängen Lichterketten in den Bäumen, riesige

Zuckerstangen sind in die Gärten gesteckt und mehrere lange Tafeln sind mitten auf der Straße aufgestellt, die vollgestellt sind mit Braten, Kartoffeln, Gemüse und allem, was das Herz begehrt, es duftet die gesamte Straße entlang. Es gibt eine große Theke mit Torten und Keksen, eine Weihnachtsmannfigur auf einem übergroßen Schlitten mit Rentierfiguren, auf dem Unmengen an Geschenken gestapelt sind. Die Kinder rennen von einem Highlight zum anderen und ihre Augen strahlen, während die Männer der Los Natos bereits versammelt sind, trinken, lachen und sich unterhalten und nur darauf warten, dass sie zu essen beginnen können. Sie alle zusammen, als Familie und Familia. Auch Linas Mutter, Malik, Janines Eltern, sie alle sind hier versammelt, um an diesem besonderen Tag mit ihnen zusammen zu sein.

In dem Moment, als die fünf Brüder das sehen, wissen sie, dass es Zeit ist, dieses Gefühl von Weihnachten wieder in ihr Herz zu lassen. Jeder nimmt seine Frau in den Arm und bedankt sich.

Nando gibt Lina einen langen Kuss und küsst auch Amalias Wange, die nun wieder ganz wach ist und begeistert auf die vielen Lichter sieht. Er sieht Mateo dabei zu, wie er sich Kekse vom Tisch nimmt und lachend zu den Geschenken läuft und sieht sich zufrieden um.

»Frohe Weihnachten, Los Natos!«

Türchen 7

Llora por el amor

Latizia

Latizia setzt sich in ihrem Bett auf.

Sie kann einfach nicht mehr einschlafen. Sie ist viel zu aufge-wühlt, viel zu rastlos.

»Alles in Ordnung, Prinzessin?« Adán öffnet seine Augen und sein Arm umfasst sie noch immer. »Ja, es … ich kann nicht mehr schlafen. Ich fahre zu meinem Vater.« Nun setzt sich ihr Mann auch auf und sieht sie verschlafen an.

»Jetzt? Es ist fünf Uhr morgens.« Latizia kann nicht anders, sie strahlt ihn an, obwohl er nicht einmal seine Augen richtig aufhal-ten kann.

»Ich kann nicht schlafen, ich habe dir doch gesagt, dass ich mir Sorgen um meinen Vater mache, es war wirklich viel, was er in letzter Zeit mitgemacht hat und ich sehe ihn so oft herumgrübeln und heute ist Weihnachten und ich denke …«

Adán lacht leise auf. »Ich dachte, du willst damit bis Silvester warten?« Latizia ist schon aus dem Bett und ihr Mann reibt sich mit seiner Hand über die Augen.

»Aber er ist mein Vater und ich denke, es tut mir und ihm gut, wenn er schon jetzt und als Erster davon erfährt.« Latizia zieht sich eine Jogginghose über ihre Shorts. Mittlerweile sieht man ihre Narben kaum noch, doch sie sind da, sie werden Latizia immer daran erinnern, was passiert ist. Auch wenn sie nicht mehr an den Albträumen leidet, so erinnern sie die vielen hellen Striche auf ihrem Körper an die Zeit, in der sie fast ihr Leben verloren hat.

»Aber doch nicht jetzt, er schläft doch und ...« Latizia beugt sich zu ihrem Mann und gibt ihm einen Kuss.

»Das ist so ein Ding geworden zwischen meinem Vater und mir, es muss jetzt sein. Ich schreibe dir, wenn ich angekommen bin. Schlaf noch, du bist gerade erst ins Bett gekommen.« Adán schüttelt nur leicht den Kopf und atmet tief aus. »Du und dein Vater ... Okay, aber melde dich, sonst schlafe ich nicht wieder richtig ein.«

Latizia verspricht es, sie trägt nur ein Top über der Jogginghose und schlüpft an ihrer Haustür in ihre Flipflops. Außer ihrem Handy und dem Autoschlüssel steckt sie nichts ein. Sie setzt sich in den neuen silbernen Mercedes, den Adán erst vor einigen Tagen gekauft hat. Sie mag ihn, weil er nicht ganz so protzig ist wie die anderen Fahrzeuge.

Sobald sie losgefahren ist, schaltet sie leise das Radio an, wo gerade die vielen alten Weihnachtslieder gespielt werden. Sie lehnt sich zurück, fährt an den Häusern der Tijuas vorbei und hinein in das Gebiet ihrer Familia. So kann man das eigentlich nicht mehr sagen, auch die Tijuas sind ihre Familia und mittlerweile macht zwar noch jede Familia ihre eigenen Geschäfte, doch auch immer mehr gemeinsame Geschäfte finden statt und sie halten sich immer wieder auf dem Laufenden.

Gerade waren Adán und Musa mit Damian und Leandro in der Dominikanischen Republik, um sich dort die Goldminen anzusehen. Sie haben Land gekauft, wo es noch unbenutzte Minen geben soll und dieses Projekt wollen sie gemeinsam aufziehen. Die Männer sind ganz begeistert und reden kaum noch von etwas anderem. Adán hat ihr einen Klumpen Gold mitgebracht. Latizia kann noch nicht so wirklich etwas mit ihren Plänen anfangen, doch solange es ihre Familien noch enger zusammenschweißt, ist sie für alles offen.

Latizia ist glücklich, sie kann gar kein anderes Wort dafür finden.

Sie hat den Mann an ihrer Seite, den sie über alles liebt, sie liebt ihr Haus, dass Dilara und Musa nebenan wohnen, und gerade ist es tatsächlich so, wie Latizia es sich damals am Anfang, als sie mit Adán zusammengekommen ist, vorgestellt hat. Sie sitzt im Garten am See und Dilara kommt hochschwanger und glücklich aus dem Nebenhaus. Dazu ist Ruhe in der Familia eingekehrt. Seit sie Ramon zurückhaben, ist wirklich Ruhe. Die Geschäfte laufen, doch die Familia ist so groß und mächtig, dass sie alle genug Zeit haben, um auch die Familien zu genießen.

Sie hatte immer ein gutes Verhältnis zu ihrem Vater, man sagt nicht einfach so, dass das Band zwischen Vater und Tochter ein ganz besonderes ist. Doch seitdem sie damals fast gestorben wäre, ist es noch einmal stärker geworden. Schon davor haben ihr Vater und sie begonnen, wenn einem etwas auf dem Herzen liegt, am frühen Morgen zusammen zum Strand am Hafen zu fahren, einen Kaffee zu trinken und gemeinsam den Sonnenaufgang zu betrachten. Das haben sie getan, als sie ihren ersten richtigen Streit hatten, als ihr Vater damit klarkommen musste, dass sie nun heiraten wird, als ihr Vater mit Ramon zurückkam und völlig durch den Wind war und nun ist es wieder so weit. Es ist eine kleine Tradition zwischen ihnen beiden geworden, die keiner weiteren Worte bedarf.

Ihr Vater hatte Angst, dass er seine Tochter durch die Hochzeit verlieren wird, doch das Gegenteil ist eingetreten. Latizia verbringt viel mehr Zeit mit ihm, er holt sie oft ab und sie gehen essen oder unternehmen etwas zusammen. Er ist und wird immer der wichtigste Mensch in ihrem Leben sein, noch einmal ganz anders als alle anderen. Latizia könnte nicht einmal in Worte fassen, was ihr Vater ihr bedeutet.

Zwar geht es ihrem Vater gut, doch ihr ist nicht entgangen, dass er in letzter Zeit sehr oft nachdenklich wirkt und herumgrübelt. Ihre Mutter hat ihr heute Nacht in der Kirche erzählt, dass er die letzten Nächte nicht sehr gut geschlafen hat, deswegen wundert es Latizia auch nicht, dass sie, als sie auf den Parkplatz des riesigen Anwesens der Surenas einfährt und ihm eine Nachricht schreibt, dass er runterkommen soll, er diese nach nicht einmal einer Minute liest.

Latizia hält ihr Auto und schreibt Adán, dass sie angekommen ist. Auch er liest sie gleich und sie weiß, dass er erst jetzt wieder richtig weiterschlafen wird. »Was tust du denn hier?« Sie lässt ihr Fenster herunterfahren, als Kasim und Ciro zu ihrem Auto kommen, sie hat gar nicht gemerkt, dass auch sie gerade erst geparkt haben müssen.

»Ich warte auf meinen Vater und was ist mit euch?« Kasim gibt ihr einen Kuss und Ciro hält ihr seine Tüte mit frischen Churros hin. Latizia mag die eigentlich nicht besonders, doch als ihr jetzt der Geruch des Zimtes entgegenschlägt, nimmt sie ihrem Cousin einfach die ganze Tüte ab, was er aber auch ohne zu murren hinnimmt.

Kasim geht nicht auf ihre Frage ein, sondern stellt lieber eine Gegenfrage. »Die Sonne ist noch nicht einmal aufgegangen, was habt ihr so früh vor?« Latizia zieht die Augenbrauen hoch und muss leise lachen. »Ich würde eher fragen, die Sonne geht gleich auf, wieso kommt ihr gerade erst nach Hause?«

Kasim lacht, doch bevor er antworten kann, kommt ihr Vater aus dem Haus und sieht zwischen Kasim, Ciro und Latizia hin und her. »Was treibt ihr alle hier draußen?« Ihre Cousins heben unschuldig die Hände, zwinkern ihr noch eimal zu und gehen zu den Häusern, während ihr Vater zu ihr ans Auto kommt.

Latizia macht automatisch Platz und rutscht auf den Beifahrersitz, ihr Vater setzt sich und gibt ihr einen Kuss auf die Wange. »Ist etwas passiert? Wieso bist du so früh unterwegs?«

Ihr Vater trägt auch nur eine schwarze Jogginghose und ein weißes Shirt, er sieht noch müde um die Augen aus, wahrscheinlich hat sie ihn wirklich geweckt, vielleicht war das doch nicht so eine gute Idee, doch sie konnte es einfach nicht abwarten.

»Es ist nichts passiert, ich wollte einfach mal wieder mit dir zusammen den Sonnenaufgang betrachten, besonders in dieser heiligen Zeit.« Er hebt die Augenbrauen und lächelt. »Okay, dann machen wir das, Engel. Ist das das neue Auto? Ich bin gespannt, wie es sich fährt.«

Wie immer lehnt Latizia sich zurück, teilt mit ihrem Vater die Churros und sieht aus dem Fenster. Ihr Vater fährt vom Anwesen und streicht ihr über die Wange. »Es war eine gute Idee, mich abzuholen. Ich bin froh, dass wir beide uns diese Momente nehmen.« Latizia wendet ihren Kopf zu ihm.

»Mama hat gesagt, du schläfst schlecht und ich sehe, wie du oft grübelst. Es ist doch gerade alles in Ordnung. Wieso bist du so unruhig, Papa?«

Nun lacht ihr Vater leise auf und zieht die Augenbrauen hoch. Er ist ein sehr attraktiver Mann und das wird er auch immer bleiben.

»Das ist es ja. Ich weiß auch nicht. Vielleicht ist die letzten Jahre so viel passiert, dass ich alldem nicht traue. Ich sehe meine Kinder, die glücklich sind, halte meine Frau im Arm, habe meine Brüder, Neffen und Nichten und alle um mich, die ich liebe und frage mich, wann kommt wieder etwas. Ich weiß, das soll man nicht tun, doch ich kann es auch nicht abstellen.«

Deswegen stand er so neben sich. »Das musst du aber, Papa. Es kann immer etwas passieren, jeden Tag, jede Sekunde, doch davon dürfen wir unser Hier und Jetzt nicht bestimmen lassen.« Ihr Vater nimmt Latizias Hand in seine und küsst ihren Handrücken. »Ich weiß, Engel. Ich habe das die letzten Tage auch wieder besser in den Griff bekommen. Vielleicht liegt es auch an den Feiertagen, da werden die meisten Leute nachdenklich.«

Er hält einen Moment an der Tankstelle, holt ihnen beiden Kaffee und fährt dann zu dem Strandabschnitt, an dem sie beide immer zusammen sind.

Als sie sich zusammen in den Sand setzen und auf die aufgehende Sonne blicken, legt Paco den Arm um Latizia und sie ihren Kopf an seine Schulter. »Wir dürfen das, was wir hier haben, nie verlieren, hörst du?« Latizia nickt und lächelt.

»Heute ist ein ganz besonderer Tag.«

Ihr Vater sieht in den Himmel.

»Ja, das ist er und es ist schön, ihn mit dir zu starten.«

Latizia wendet sich noch mehr zu ihrem Vater.

»Ich weiß nicht wieso, eigentlich wollten Adán und ich das alles noch bis Silvester für uns behalten, doch ich wollte, dass du es als Erster und von mir alleine erfährst. Es ist mir wichtig, dass du es vor allen anderen erfährst. Ich weiß ja, wie sehr du dich über Rodriguez lustig machst, weil er Opa wird, doch ich denke, dass du ...«

Ihr Vater sieht sie verdutzt an, gleichzeitig geht seine Hand an Latizias noch nicht vorhandenen Bauch und er strahlt über das ganze Gesicht.

»Willst du ... bist du schwanger?« Latizia strahlt ebenfalls und nickt.

»Das war nicht geplant, ich wollte ja erst zu Ende studieren, doch irgendwie haben wir auch nicht mehr sehr aufgepasst seit unserer Hochzeit und na ja ... wir haben gestern den Test gemacht und ich wollte es dir unbedingt sagen. Ich konnte nicht schlafen, bevor du es erfährst.«

Ihr Vater sieht ihr glücklich ins Gesicht. Sie weiß, dass es ihm vollkommen egal ist, ob man ihn jetzt Opa nennen kann oder nicht, Latizia erkennt die tiefe Liebe in seinen Augen.

»Das ist doch egal, Engel. Du kannst weiterstudieren. Wir kümmern uns um das Baby, ich bin so ... es bedeutet mir alles, dass du es mir hier und jetzt sagst. Ich liebe dich und ich bin stolz und kann es nicht erwarten, mein erstes Enkelkind im Arm zu halten.

Er beugt sich vor, noch immer hält er Latizias Bauch und gibt ihr einen langen Kuss auf die Stirn. Latizia sieht ihrem Vater in die Augen, die Sonne breitet sich immer mehr aus und Latizia lächelt.

»Frohe Weihnachten, Papa.«

Türchen 8

Da Silva-Reihe
Nael

»Und, bist du dabei?«

Copan sieht zu Nael, während sie die Auffahrt zu ihrem Gebiet hinauflaufen. »Natürlich, immer doch. Was denkst du denn?« Copan zuckt die Schultern und deutet zu Elan, der weiter vorn mit den anderen läuft. »Dein Bruder wollte auch unbedingt mitkommen, und weil du gerade erst krank warst und heute so ruhig ...«

Nael schnauft auf und zieht seinem Cousin die Mütze vom Kopf. »Es war meine Idee, also wenn du mir weiter auf die Nerven gehst, kommst du nicht mit.« Copan lacht und nimmt ihm die Mütze wieder aus der Hand, während Manuel von hinten ankommt und den Arm um sie beide legt. »Und ich bin der Älteste und alle hören auf mich.«

Manuel musste sich noch einen Eintrag abholen und sie sind schon vorgegangen, doch nun hat er sie schnell eingeholt und sie laufen zusammen zum ersten Wachhaus. Manuel ist der Älteste, doch Copan und er sind die geborenen nächsten Anführer. Manuels Vater gehört auch zu den engeren Kreisen, wie er es später auch tun wird, doch auch wenn er älter ist, hat er ihnen nichts zu sagen, das wissen sie alle, doch Copan und Nael sagen nichts dazu, wenn es drauf ankommt, hören eh alle auf Nael.

Die Jüngeren sind vorgelaufen und gehen am Wachhaus vorbei, wo die Männer etwas zu ihnen sagen. Als sie näherkommen, kommt Milan aus dem Wachhaus und hält ihnen einige Sandwiches hin. Nael nimmt sich das mit Thunfisch, bevor es sich Manuel schnappen kann, der aufflucht und sich einen bösen Blick von

Milan einfängt. »Ihr seid heute spät dran, musstet ihr wieder nachsitzen? Die Kleinen haben gesagt, Manuel hat mal wieder Ärger gemacht.« Copan hat von seinem Salami-Sandwich bereits abgebissen und Milan greift nach seinem Kinn, um Copans Gesicht zu sich zu wenden und sich das blaue Auge, was er sich gestern bei einem Streit mit einem Jungen aus der Nachbarklasse geholt hat, noch einmal anzusehen. Allerdings sah der andere Junge noch viel schlimmer aus.

Copan grinst frech und beißt noch einmal von seinem Sandwich ab, während er Milan antwortet. »Wie immer und wir haben auf ihn gewartet.« Java sitzt mit im Wachhaus und lacht auf. »Je älter die werden, umso frecher werden sie, wir werden bald richtige Probleme haben, die im Griff zu halten. Wegen euch wachsen Dario und Diego schon die ersten grauen Haare.«

Milan bleibt weiter bei ihnen stehen und streicht einmal über Naels Haare, nachdem er Copans Gesicht losgelassen hat, dabei sieht man einen Hauch von Stolz über sein Gesicht huschen, doch Manuel platzt dazwischen und schupst Copan zur Seite. »Gewartet? Wir mussten dich aus dem Gebüsch ziehen, du lagst schon halb auf Jasmin drauf.« Nun muss auch Nael lachen und ist froh, dass Manuel nicht erwähnt, dass er sich die Zeit mit Shirin vertrieben hat.

»Ich glaube auch, dass da noch einiges auf uns zukommt, geht nach Hause. Copan, du musst dein Auge weiter kühlen. Eure Väter kommen früher wieder, sie werden heute Nachmittag schon da sein.« Copan und Nael sehen sich einen Moment in die Augen, nicken nur und gehen schnell weiter.

»Das bedeutet, wir müssen das sofort machen. Wenn alle zurück sind, werden wir niemals an ihn rankommen. Wir machen das sofort! Wir bringen nur unsere Taschen nach Hause.« Nael beißt von seinem Sandwich ab, doch wie auch alles andere heute schmeckt es ihm nicht. Und das, obwohl Milan ihm vom Hafen aus seinem Lieblingsgeschäft die Sandwiches gekauft hat, normalerweise schafft Nael davon zwei ohne Probleme. Die anderen haben recht, er ist noch nicht wieder ganz fit nach seiner Erkältung, doch er wird das nicht zeigen. Sie alle behandeln ihn anders, weil er nach der Geburt Probleme mit seinem Herzen hatte und es gibt nichts, was Nael mehr hasst. Er ist noch nicht wieder ganz fit wie seine Cousins und sein Bruder und es wird Zeit, dass das auch endlich alle begreifen.

Deswegen beißt er noch einmal ab und zwingt das Stück herunter, auch wenn er keinen Appetit hat und ihm eher übel ist. Manuel muss vor ihnen abbiegen und stimmt nur schnell zu. Chapo und er wohnen nebeneinander und beeilen sich. Nael öffnet die Tür zu seinem Haus und fällt fast über Elans Rucksack, der am Boden liegt. Er tritt ihn zur Seite und schmeißt seinen darauf, bevor er schnell in die Küche geht und sich etwas zu trinken nimmt.

»Nael, ich habe extra noch einmal eine Hühnersuppe für dich gemacht. Du siehst immer noch ganz blass um die Nase herum aus, wer hat dir schon wieder ein Sandwich mitgebracht?« Seine Mutter steht am Herd und tut gerade einen Teller für Elan auf, der bereits am Esstisch sitzt und etwas auf seinem Handy eintippt.

»Milan. Ich esse später etwas. Ich muss los und mir geht es gut.« Seine beiden kleinen Schwestern kommen ins Haus gestürmt, sie waren gerade offenbar im Kinderpool und kommen nun klitschnass angerannt und wollen ihn umarmen. Seine Mutter greift nach Handtüchern, die auf dem Küchentresen liegen und versucht die beiden einzufangen, nachdem sie Elan seinen Teller gegeben hat.

»Ich wollte eigentlich, dass dich der Arzt noch einmal ansieht, was hast du denn so Wichtiges vor?« Nun legt Elan sein Handy weg und sieht zu Nael. »Ja, was hast du denn so Wichtiges vor, dass ihr uns schon seit zwei Tagen verscheucht, wenn ihr euch besprecht?« Nael deutet seinem Bruder mit den Augen, seine Klappe zu halten, doch Elan legt nur den Kopf schief und sieht ihn fragend an, im selben Moment pfeift es draußen laut: Copan. Er würden sein Pfeifen unter Tausenden wiedererkennen.

»Ich muss los, Mama, ich bin nicht lange weg. Wenn ich wiederkomme, esse ich deine Suppe, aber jetzt muss ich ...« Seine Mutter hat eine der beiden Wilden eingefangen. »Aber dein Vater kommt bald, du solltest ...« Nael hebt die Hände und ist schon halb draußen. Er ist eigentlich viel zu müde. Er ist seit der Erkältung nur müde und schlapp, doch er muss sich einfach nur aufraffen, dann geht das schon.

»Ich bin gleich wieder da.« Er fängt auf dem Weg nach draußen Amalia ein und wickelt sie schnell in ein Handtuch, dabei küsst er die Wangen seiner kleinen Schwester und sie kichert vergnügt auf. Während er sie seiner Mutter reicht, lächelt diese liebevoll. »Okay, aber beeil dich, du solltest dich noch etwas ausruhen.« Am liebsten würde er die Augen verdrehen, doch die Sorge seiner Mutter ist es nicht, was ihm Probleme bereitet. Der Blick seines Vaters ist es.

Er weiß, dass sein Vater ihm nicht so viel zutraut wie den anderen Jungs der Da Silvas und das nur wegen etwas, was er nach der Geburt hatte. Sein Vater sagt es nicht, doch Nael weiß, dass er ihn anders behandelt.

Sie alle werden immer anders behandelt, einfach weil sie Da Silvas sind, damit leben sie alle. Sie genießen ein besonderes Ansehen in Puerto Rico, das war ihnen schon sehr schnell bewusst. Nur dank ihrer Mütter können sie eine normale Schule besuchen, ihnen war es wichtig, dass sie trotzdem eine normale Kindheit haben, zumindest soweit es geht. Die Schule liegt an ihrem Gebiet und wird von ihren Männern bewacht, doch trotzdem merken sie dort kaum einen Unterschied zwischen sich und den anderen Jungen, auch die anderen Schüler behandeln sie normal und ein paar ganz Mutige legen sich sogar hin und wieder mit ihnen an.

Doch obwohl sich Nael nicht von den anderen Jungs der Da Silvas unterscheidet, behandelt sein Vater ihn immer anders. Wenn sie mittrainieren, sagt er ihm schneller als den anderen, dass er eine

Pause machen soll, er tobt nicht so sehr mit ihm wie mit den anderen, selbst seinen kleinen Bruder nimmt er strenger ran als ihn und das soll sich heute ein für alle Mal ändern. Nur deswegen tut er das.

Sobald er bei Copan draußen ist, laufen sie los. Die gesamten Straßen sind schon mit geschmückten Weihnachtsbäumen eingerahmt. Heute war der letzte Tag Schule, Nael liebt die Ferien und Feiertage, doch all das ignorieren sie heute. Sie treffen an der Kreuzung auf Manuel und laufen schnell weiter zum Gemeinschaftshaus.

Erst am Gebüsch davor halten sie an und verstecken sich einen Moment dahinter.

»Seid ihr sicher, dass niemand da ist?« Copan holt nur einmal tief Luft, während Nael schnell ein- und ausatmet, sein Herz rast, er ist doch nur ein bisschen gerannt und fühlt sich, als wäre er einen Marathon gelaufen. »Es ist niemand da, wenn die meisten Männer weg sind, ist das Haus leer, es finden auch keine Besprechungen statt.«

Er will hinter dem Gebüsch hervorkommen, doch Copan hält ihn zurück. »Und wer bewacht den Mann dann?« Manuel macht sich los und geht weiter. »Er ist eingesperrt, niemand bewacht ihn. Jetzt kommt, hier draußen wird uns eher jemand entdecken als drinnen.« Manuel betritt schnell das Gemeindehaus und geht sofort zu der Kellertreppe, doch Nael holt ihn ein und greift nach dem Beutel in Manuels Hand.

»Gib mir die Waffe!« Manuel holt die Waffe aus dem Beutel. »Ich habe die besorgt und ich bin ...« Statt darauf einzugehen, hält Nael nur seine Hand hin. »Gib sie!« Und Manuel tut es. Nael hält die Waffe in der Hand und achtet darauf, die Mündung auf den Boden zu halten.

Manuel geht vor und Nael achtet darauf, dass Copan hinter ihm bleibt. Sie wissen, dass vor zwei Tagen ein Mann hergebracht worden ist, der als Spitzel enttarnt wurde. Manuel hat ihnen gesagt, dass er im Keller gefangengehalten wird, bis ihre Väter zurück sind, und damit ihre Väter begreifen, dass sie sich auf sie verlassen können, werden sie sich den Mann vornehmen und alles aus ihm herausbekommen. So ist der Plan, doch als sie jetzt in den dunklen Keller gehen, weiß Nael nicht mehr, ob diese Idee so gut war. Überall stehen Kisten herum, es gibt viele Ecken und nur eine Tür ganz am Ende des Ganges.

Manuel geht auf sie zu, Nael hebt die Waffe hoch. Vor der Tür ist ein Riegel angebracht und als Manuel den Riegel aufschieben will, meldet sich noch einmal Copan. »Meint ihr wirklich, wir sollten das tun?« Manuel hat ihn schon halb aufgeschoben. »Das ist ein Verräter. Er hat unter uns gelebt und Informationen weitergegeben. Ich will ihm ins Gesicht sehen und du willst doch, dass wir auf der nächsten Reise endlich mal mitdürfen, also mach dir nicht in die Hose.«

Nael hebt die Waffe noch höher und Manuel sieht ihm in die Augen. Er zeigt, dass er bereit ist, genau da öffnet Manuel die Tür und sie springt so schnell auf, dass sie alle drei nach hinten gehen, im selben Moment schreit jemand hinter ihnen auf und Nael schießt vor Schreck in die Luft.

»Verdammte Scheiße.«

Manuel sieht auf das Loch in der Decke und gleichzeitig in den Raum, der vollkommen leer ist, bis auf weitere geschlossene Kisten. Dafür sind ihre kleinen Brüder hinter ihnen und für das Geschrei verantwortlich, sie wollten sie erschrecken und sehen nun völlig schockiert auf die Waffe. »Ihr seid so was von am Arsch.«

Copan flucht auf und schnappt sich seinen Bruder und gleichzeitig Elan, die beide laut zu schreien beginnen, im selben Moment kommt ihr Onkel Daniel die Treppen nach unten. »Was ist hier los und wer hat geschossen?« Sein Onkel sieht wütend und verwundert zu Nael, gleichzeitig befreit er die Kleinen aus Copans Armen und lässt sie laufen.

Nael weiß, dass sie jetzt eine Menge Ärger bekommen, doch er hat sich gerade so sehr erschrocken, dass sein Herz rast und er nach Luft schnappen muss.

Manuel ergreift das Wort. »Wir wollten zu dem Mann, dem Spitzel, um unseren Vätern zu zeigen, dass wir ...«

Daniel ist wütend, er ist sauer und sieht auf das Einschussloch. Er nimmt Nael die Waffe aus der Hand und scheucht sie alle nach oben.

»Ihr habt nur Blödsinn im Kopf. Denkt ihr im Ernst, dass wir hier bei den Familien irgendwelche Männer einsperren, und woher habt ihr die Waffe? Was wäre passiert, wenn ihr vor Schreck auf die Kleinen geschossen hättet ... ihr ...?«

Sie alle drei wissen, was ihnen blüht. Daniel ist schon wütend, ihre Väter werden ihnen die Köpfe abreißen. Nael kommt das Sandwich wieder hoch, er muss sich zusammenreißen und ringt gleichzeitig nach Atem. Daniel bringt sie auf die Straße und in Richtung ihrer Häuser, Manuel versucht, alles zu erklären. »Aber Emilio hat gesagt, dass ...«

Daniel hört ihnen gar nicht zu. »Ab mit euch nach Hause, wenn eure Väter kommen ...«

Nael kann nicht mehr, er bekommt kaum Luft und muss sich übergeben; bevor er das aber auf der Straße tut, läuft er schnell los und hört nur noch von Weitem Daniels Stimme.

Alles beginnt sich zu drehen und als er bei seiner Haustür ankommt, sieht er in das Gesicht seiner Mutter und von Nicky, der bei ihr steht. Beide sehen ihn an und ihr Gesichtsausdruck verändert sich, er hört seinen Namen und den Schrei seiner Mutter und dann wird alles schwarz.

Es ist eine ganze Weile ruhig, angenehm ruhig um Nael, es ist alles dunkel, doch er fürchtet sich nicht. Irgendwann hört er ein Weinen oder ein Schluchzen, was vielleicht von seiner Mutter kommen könnte, doch dann ist wieder diese angenehme Ruhe da, und als er dann langsam wieder wacher wird, ist das Einzige, was er vernimmt, ein stetiges Piepen.

Es dauert ein wenig, bis er seine Augen öffnet, es ist angenehm dunkel um ihn herum.

Nael erkennt, dass er sich in einem abgedunkelten Raum befindet, und das Nächste, was er sieht, sind die strengen und vor allem besorgten Augen seines Vaters.

Mit einem Mal kommen all die Erinnerungen wieder hoch und Nael will sich aufsetzen, doch er hat keine Kraft und sein Vater deutet ihm, liegen zu bleiben. »Was ist passiert?« Ist das seine Stimme? Das raue Kratzige, was ihm entweicht, ist kaum zu hören. Sein Vater setzt sich auf, er sitzt am Rand seines Bettes und sieht ihm in die Augen.

»Du bist zusammengebrochen, durch deine Erkältung hast du eine Herzmuskelentzündung bekommen und dein Körper hat das nicht mehr tragen können. Du liegst seit gestern hier im Krankenhaus und erst jetzt schlagen die Medikamente langsam an und du wirst wacher. Du hattest sehr hohes Fieber und ...«

Nael würde am liebsten laut auffluchen, doch nicht einmal dafür hat er die Kraft. »Wieder das Herz ... ich ...« Sein Vater hebt die Hand. »Weißt du, wo wir hier sind? Im selben Krankenhaus wie nach deiner Geburt. Hier habe ich dich das erste Mal im Arm gehalten, hier hatten wir Angst, dich zu verlieren und nun hatte ich wieder Angst, dich zu verlieren, und ich habe noch niemals solch einen Schmerz empfunden wie in dem Moment, als ich dich hier regungslos vorgefunden habe.«

Nun sieht Nael seinem Vater wirklich in die Augen und das erste Mal überhaupt erkennt er Tränen darin. Auch wenn er nicht weint, so erkennt man die Tränen und sie treffen Nael tief. Tiefer als jedes Wort es könnte. Jetzt erst sieht er, dass sie nicht alleine sind.

Er bemerkt seine Mutter neben ihm in einem Bett schlafen und seinen Onkel Diego auf der Couch, auch er scheint zu schlafen.

Nael liebt seinen Vater über alles, er ist der mächtigste und stärkste Mann, den es gibt und ihn so tief getroffen zu sehen, ist das Letzte, was er wollte.

»Es tut mir leid, Papa, ich wollte nur … wir dachten …« Sein Vater schüttelt den Kopf. »Ich weiß, dass ihr nur Blödsinn im Kopf hattet und dafür bekommt ihr auch eure Strafe, doch ich verstehe nicht, wieso du nicht auf deinen Körper gehört hast, wieso du nicht zu Hause geblieben und dich ausger...«

Dieses Mal schafft es Nael, sich mehr aufzusetzen, so schwer es ihm fällt. Das wird ihn noch weiter zurückwerfen, sein Vater wird ihn nicht mehr aus den Augen lassen.

»Weil du aufhören musst, mich anders zu behandeln. Ich merke doch, dass du mir nicht zutraust, der Anführer zu sein, dass du Angst hast, dass ich zu wild tobe, dass du anders zu mir bist als zu Elan, doch das will ich nicht. Ich bin der nächste Anführer der Da Silvas und ich will das nicht verlieren, weil mein Herz mich daran hindert, oder weil ihr mir das nicht zutraut!«

Einen Moment weicht die Sorge aus den Augen seines Vaters ehrlicher Überraschung, er hat das offenbar nicht geahnt. Er hat damit nicht gerechnet, doch dann seufzt er auf und streicht über Naels Wange.

»Nael, du bist der nächste Anführer der Da Silvas. Du bist dazu geboren. Du bist schlauer und weiter als die anderen, du bist schnell und fit und auch wenn du dich öfter untersuchen lassen musst, ist dein Herz nicht das Problem. Vielleicht bist du etwas anfälliger, wenn du mal krank bist und musst dich länger schonen, doch das macht dich nicht schwächer.«

Er sieht Nael ernst in die Augen.

»Ich habe dich niemals als schwächer angesehen. Du bist mein Erstgeborener und ich werde dich immer anders behandeln als alle anderen. Du musst mir nichts beweisen. Außerdem musst du, um für die Familia wichtig zu sein, nicht der Schnellste und Kräftigste sein, davon gibt es genug in jeder Familia. Viel wichtiger ist deine mentale Stärke, die Fähigkeit zu führen und die besitzt du schon jetzt.«

Sein Vater lächelt und auch Nael fühlt sich befreiter bei seinen Worten, er scheint keine Zweifel daran zu haben, dass Nael eines Tages ein guter Anführer wird. Sein Vater streicht über seine Wange und atmet tief ein, dann rückt er vor und umarmt ihn.

Nael schließt die Augen und atmet den vertrauten Duft seines Vaters ein. »Du hast mir Angst gemacht, Nael, jage mir nie wieder so einen Schrecken ein, hörst du? Und wenn du etwas auf dem Herzen hast und dich etwas bedrückt, dann musst du immer zu mir kommen. Dafür bin ich da.« Er gibt ihm einen Kuss auf die Haare und sieht ihm noch einmal ins Gesicht.

»Ich habe und werde niemals an dir zweifeln und das darfst du auch nicht.«

Nael nickt, er weiß nicht, ob er diese Gedanken jemals wirklich los wird, doch die Worte seines Vaters bedeuten ihm alles und er sieht, dass er sie ernst meint.

Er merkt erst jetzt, dass auch seine Wangen nass sind und wischt sich über das Gesicht, was seinen Vater mild lächeln lässt. Genau in diesem Moment klingen überall die Glocken und sein Vater sieht auf die Uhr auf seinem Handy.

»Jetzt lass uns deine Mutter wecken und ihr das schönste Geschenk bereiten, indem sie dich wieder wach vorfindet.«

Er beugt sich vor und küsst Naels Stirn.

»Frohe Weihnachten, mein Sohn. Ich liebe dich!«

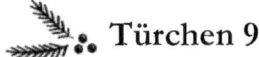 **Türchen 9**

Der Tag, an dem ich begann, dich zu lieben

Tamina & Enzo

»Ich liebe dich.« Enzos Lippen verlassen nur widerwillig meine, als wir den Kuss lösen, und ich schmiege mich noch enger an ihn. »Ich liebe dich auch. Und auch wenn wir noch nicht wissen, was alles passieren wird, ist das doch erst einmal das Wichtigste.«

Enzo lacht leise an meinem Hals und seine Lippen ziehen eine zarte Spur aus Küssen bis zu meinem Schlüsselbein. »Ich denke, was auch kommen wird, daran wird niemand mehr etwas ändern können.« Er lässt von meinem Hals ab und unsere Blicke treffen sich noch einmal, ich streiche über das Kreuz an seinem Hals und sehe ihn ernst an, bevor ich unsere Lippen erneut zu einem Kuss vereine. »Nein, niemand kann das!«

Sobald ich wieder an dieses Versprechen denke, was erst wenige Monate zurückliegt, schnürt die Enttäuschung mir die Kehle zu. Niemals hätte ich gedacht, dass ich hier jetzt nur wenige Monate später sitze und mir der Gedanke an diese unbeschwerte Zeit weh-tut. Doch so ist das Leben, es steht nie still, ich war nur sehr naiv zu glauben, dass die Beziehung von Enzo und mir dem Alltag ent-kommen kann.

Ich sehe mich gelangweilt auf der Feier um. Es ist dieselbe typi-sche Silvesterfeier, wie sie jedes Jahr in unserem Strandhaus in Baja California stattfindet. Ich habe diese Feier eigentlich immer sehr geliebt und mich darauf gefreut, heute sehe ich ständig auf die Uhr und warte nur darauf, schlafen gehen zu können.

Mein Vater hat immer darauf geachtet, dass unsere Weihnachts-feier nur in der engsten Familie und Familia stattfindet, doch die

Silvesterpartys von uns sind legendär. Es waren schon einige Prominente dabei, auch heute sind zwei Schauspielerinnen hier, die schon den ganzen Abend mit meinen Brüdern flirten.

Ich stehe auf und leere mein Glas Champagner. Ich muss mich ablenken, bevor ich wieder zu viel grüble. Ich weiß genau, dass ich mich zu sehr in alles hineinsteigere. Je länger ich die Aussprache mit Enzo hinauszögere und mich in meinen eigenen Gedanken verrenne, umso mehr gebe ich Dingen Bedeutung, die mir so vielleicht gar nicht aufgefallen wären.

Die letzten Monate waren ein Traum, vielleicht lief alles viel zu gut, ich hätte wissen müssen, dass das kein Dauerzustand sein wird. Dass uns der Alltag einholt, so wie das in allen Beziehungen passiert, doch ich hatte nie etwas, was auch nur annähernd vergleichbar mit dem wäre, was da zwischen Enzo und mir entstanden ist und was ich für ihn empfinde. Deswegen hat es mich auch so getroffen, als ich gemerkt habe, dass die Zeit, in der wir auf einer rosa Wolke schweben, langsam vorbei ist.

Nachdem wir Freya geholfen haben, Fuß zu fassen und alles in die richtigen Bahnen zu lenken, habe ich mich wieder mehr auf mein Studium konzentriert und es ist langsam Ruhe eingekehrt.

Ich lebe quasi bei Enzo, oder habe bei ihm gelebt, ich kann nicht einmal genau einschätzen, an welchem Punkt wir uns gerade befinden. Wir haben lange um diese Liebe kämpfen müssen, sodass wir dann, als wir es geschafft haben, sehr schnell sehr fest zusammen waren. Sicherlich schneller, als man es normalerweise tut. Es gab seitdem kaum eine Nacht, die wir nicht zusammen verbracht haben und wir haben immer, wirklich jeden Tag, Kontakt. Sei es über das Handy, wenn er verreist ist, oder wir sehen uns.

Die letzten Tage waren die ersten, wo wir nichts voneinander gehört haben und mir ist noch niemals etwas so schwergefallen.

Es war wirklich alles perfekt. Das hört sich so klischeehaft an und doch war es so. Wir haben viel Zeit zusammen verbracht, wir haben unsere Leben aufeinander abgestimmt. Wenn er länger wegmusste, habe ich ihn begleitet und von dort meine Unisachen erledigt, was ohne Probleme ging, nachdem ich das extra beantragt hatte. Enzo hat immer Zeit für mich eingeplant, mich auch mal überrascht ... wir beide haben alles gegeben, was wir konnten und in diese tiefe Liebe zwischen uns gesteckt. Er ist in diesen wenigen Monaten zu einem so wichtigen Teil meines Lebens geworden, dass ich mich gerade fühle, als würde ich einen Teil von mir verlieren, den ich nicht verlieren will.

Es war traumhaft, anders kann man es nicht beschreiben. Wir konnten die Finger nicht voneinander lassen, Enzo hat mich immer und überall als seine Freundin vorgestellt, was nicht selbstverständlich ist. Nicht als Anführer. Nicht in Anbetracht dessen, wie unsere Familias zueinander stehen. Es gab niemals einen Grund, an unserer Liebe zu zweifeln, für niemanden, selbst meine Brüder und mein Vater hat das Glück, was ich durch ihn empfunden habe, verstummen lassen.

Doch wahrscheinlich war all das einfach zu schön. Ich bin eigentlich alles andere als naiv, und mir hätte doch klar sein müssen, dass das nicht ewig nur gut laufen wird. Ich habe wie in einer Blase gelebt, habe und wollte mir gar nicht vorstellen, dass das mal aufhört. Dass auch bei uns der Alltag einkehrt und die ersten Streitigkeiten auf den Tisch kommen werden.

Jetzt im Nachhinein, mit einigen Tagen und einigen Kilometern Abstand, kommt mir das meiste kindisch vor. Eigentlich ist das größte Problem meine Enttäuschung darüber, dass auch wir uns diesem Alltag stellen müssen, dass unsere Beziehung eben nicht jahrelang in solch einer Blase existieren kann.

Vor ungefähr einem Monat hat das Ganze angefangen. So schnell und so fest unsere Beziehung angefangen hat, so plötzlich hat sich der Alltag eingeschlichen. Wir haben uns die ersten Male gestritten. Erst nur wegen Kleinigkeiten. Ich habe es nicht zu Verabredungen geschafft wegen der Uni, er ist nach Geschäftsterminen noch länger weggeblieben. Es waren keine Streitereien, eher

Diskussionen, doch sie wurden immer häufiger und es hat angefangen, die schönen Seiten unserer Beziehung zu überdecken.

Der erste Mal, dass wir uns dann richtig gestritten haben war, weil Enzo wollte, dass ich mit ihm zusammen Weihnachten und Silvester feiere. Er hat schon mit den Planungen begonnen und als ich das mitbekommen habe, habe ich ihm gesagt, dass ich zu meiner Familie fliege, wie immer. Wir verbringen jedes Jahr in Aspen die Feiertage und sind dann über Silvester hier in Mexiko.

Natürlich wollte auch ich Zeit mit Enzo verbringen, ich habe vorgeschlagen, dass ich einen Weihnachtstag mit ihm verbringe, um dann nach Aspen zu fliegen, doch Enzo wollte alle Feiertage mit mir verbringen. Er hat mir vorgeworfen, dass er bereits alles fest geplant hat und er nie daran denken würde, die Feiertage ohne mich zu verbringen und wieso ich das tue. An dem Punkt bin ich sauer geworden und habe ihm vor den Kopf geknallt, dass er mir nicht vorwerfen kann, dass ich mir die Zeit aufteilen muss, wenn keiner bereit ist, die Feiertage zusammen zu verbringen. Enzo kann ohnehin nicht ohne Probleme in die USA einreisen, doch er würde das auch nicht tun. Er würde nie freiwillig Zeit mit meiner Familie verbringen. Da wurde sehr schnell wieder klar, dass es noch immer große Kluften zwischen allen Beteiligten gibt.

Meine Familie und er akzeptieren sich. So ist es gut erklärt.

Meine Brüder und meine Cousins mögen ihn, mein Vater respektiert ihn mittlerweile an meiner Seite, doch ansonsten sind auch diese Bemühungen, aufeinander zuzugehen, eingeschlafen. Sophian und Enzo haben sich zusammen mit den Kolumbianern getroffen, danach ist es auch da ruhiger geworden. Ich habe mir nicht sehr viele Gedanken darüber gemacht und war einfach nur dankbar, dass alles läuft und alle sich respektieren, doch dann so kurz vor den Feiertagen kam alles zusammen und wir haben begonnen, uns zu streiten.

Und das war nicht der letzte Streit. Erst ging es um Weihnachten, dann ist Enzo weggeflogen und wegen einer mündlichen

Prüfung konnte ich doch nicht wie geplant mit. Der Termin wurde verschoben und ich musste Enzo absagen, was zum nächsten großen Streit geführt hat, weil er genervt davon war, dass ich mal wieder nicht mitgekommen bin und ich ihn angezickt habe, dass immer ich diejenige bin, die all ihre Pläne umwirft und sich für seine Sachen umstellt. Wenn ich aber mal möchte, dass er zu meiner Familie mitkommt, wenn ich sie hier in Mexiko besuche, zieht er das nicht einmal in Betracht. Mit ihnen essen zu gehen, wenn sie in seinem Gebiet sind, ist kein Problem für ihn, doch einen weiteren Schritt zu gehen und über ihre Grenzen zu kommen, daran denkt er nicht einmal.

Ich atme tief aus und versuche, diese langen und lauten Streitereien zu verdrängen. Ich laufe über die volle Terrasse zum Strand, an dem sich schon einige für das Feuerwerk versammelt haben und atme die Meeresluft ein.

Irgendwie kam das alles schleichend.

Wir haben uns immer öfter gestritten, aber auch nicht so, dass es ausgeartet wäre. Wir haben uns die Meinung gesagt und sind uns dann ein paar Tage aus dem Weg gegangen, doch es war nichts, wo man sagen könnte, es wäre eskaliert. Das kam erst nach diesem Streit, als Enzo dann weggeflogen ist und ich erfahren habe, dass sie ihre neu geschlossenen Geschäfte mit einer sehr lauten und fröhlichen Party gefeiert haben. Vera hat zufällig ein paar Bilder von Cantara erhalten, die er eigentlich jemand anderem schicken wollte und die dann aber, da er viel zu betrunken war, doch bei ihr gelandet sind, weil er die Chats vertauscht hatte.

Das war der Punkt, als es von einigen Streitigkeiten zu einem wirklichen Streit gekommen ist. Ich war sauer, wirklich sauer. Ich weiß, dass ich Enzo eigentlich vertrauen kann, doch der Anblick dieser halbnackten Frauen um Enzo herum, er mit einem Joint im Mund und völlig entspannt auf dieser Party hat mich wütend werden lassen, so sehr, dass ich ihn nur noch angeschrien habe, als er zurückgekommen ist.

Es kam alles heraus, ich habe ihm all das vorgeworfen, was mir auf dem Herzen lag, dass es mich enttäuscht und traurig macht, dass unsere Beziehung nun so verläuft und es so typisch für ihn ist, sich beim ersten Problem wieder in sein altes Leben zu stürzen. Ein Wort gab das andere, wir haben uns beide verletzt, sodass ich mir meine Sachen geschnappt habe, nur noch zur Uni gefahren bin, die restlichen Prüfungen vor der Weihnachtspause abgelegt habe und ohne noch einmal mit ihm zu sprechen früher als geplant nach Aspen geflogen bin.

Wir haben seitdem nicht einmal miteinander gesprochen und das ist nun fast zwei Wochen her. Ich bin enttäuscht, enttäuscht darüber, dass unsere Beziehung nicht weiter so perfekt gelaufen ist und im selben Moment enttäuscht von mir selbst, dass ich tatsächlich so naiv war und geglaubt habe, dass es möglich ist, ewig nur auf einer rosa Wolke zu schweben. Ich sollte es besser wissen. Jedes anfängliche Hochgefühl flaut irgendwann auf ein normales Niveau ab, doch es verletzt mich, dass Enzo und mir das passiert ist, weil es sich so besonders zwischen uns beiden anfühlt, so einzigartig, und es sich herausgestellt hat, dass es das wahrscheinlich nicht ist.

Sobald ich aus Mexiko weg war, habe ich aus Wut mein Handy ausgeschaltet. Ich wollte von niemandem etwas hören. An Weihnachten habe ich nur meinen Freunden geschrieben und dann die Zeit mit meiner Familie verbracht. Natürlich musste ich mir die ganze Zeit die Frage anhören, ob alles in Ordnung ist und was los ist, doch ich habe nur gesagt, dass Enzo und ich Streit haben, was sie sich natürlich denken konnten und sie haben mich deswegen in Ruhe gelassen.

Nachdem ich dann mein Handy wieder angeschaltet habe, wäre es vielleicht beruhigend gewesen zu sehen, dass Enzo mich versucht hat zu erreichen, dass ich viele Nachrichten verpasst habe, doch er hat mir nur eine Nachricht geschrieben, am Heiligen

Abend, dass er mich liebt und dass er mir frohe Weihnachten wünscht.

Damit hat sich meine Laune auch nicht wieder gehoben. Es ist kindisch, ich weiß, dass ich anders reagieren müsste, doch es verletzt mich und es überrascht mich selbst, dass ich immer stärker merke, wie viel mir die Beziehung zu Enzo bedeutet.

Wir sind wahrscheinlich einfach nur beide sauer oder vielmehr enttäuscht, dass sich unsere Beziehung von diesem Hoch in diese Richtung entwickelt und das zeigen wir auch beide. Ist das verwunderlich? Nein, wir beide haben das Recht, darüber enttäuscht zu sein, doch das wird uns da nicht heraushelfen.

Sobald ich aus Aspen zurück in Mexiko war, bin ich unruhig geworden. Ich weiß, dass wir noch einmal miteinander sprechen müssen. Neben der Enttäuschung über die letzten Wochen hat sich dann auch immer mehr Sehnsucht ausgebreitet und das gibt mir auch wieder Hoffnung. Er fehlt mir, wir haben so viel Zeit zusammen verbracht, dass es sich merkwürdig anfühlt, ihn nun so gar nicht mehr in meinem Leben zu haben. Nicht mit ihm zu sprechen, seine Nähe zu spüren und ihm in die Augen zu sehen.

Ich erkenne mich selbst nicht wieder, ich schwanke von einem Hoch ins tiefste Tief. So bin ich eigentlich nicht, ich habe mein Leben immer im Griff. Nur weil die erste Beziehung, die ich jemals wirklich gewollt und richtig geführt habe, gerade ins Wanken gerät, sollte ich mich nicht so runterziehen lassen, deswegen greife ich nach dem nächsten Glas Champagner und setze mein schönstes Lächeln auf, während ich an Freunden, Verwandten und Geschäftspartnern meiner Familie vorbeigehe.

Ich mache mich auf die Suche nach meiner Cousine, die es immer schafft, meine Stimmung zu heben, da wird mir mein Glas aus der Hand genommen. »Ich denke, das war genug. Ich liebe dich, Cousinchen, und ich muss zugeben, ich hätte nicht gedacht, dass dir der Streit mit Enzo so zusetzt. Ich denke, ich habe eure Beziehung wie die meisten hier doch unterschätzt.« Mufasa legt den Arm um mich und leert mein Champagnerglas. »Oder überschätzt, ich denke, das ist mein wirkliches Problem. Ich habe wirklich gedacht, dass ... ich weiß auch nicht.« Mufasa lacht leise, während ich mir meine Stirn reibe, so langsam bekomme ich Kopfschmerzen, ich glaube, all das war wirklich zu viel. Ich habe sehr schlecht geschlafen die letzten Nächte. Sobald das Feuerwerk vorbei ist, gehe ich schlafen und morgen werde ich direkt zurückfliegen und mit Enzo sprechen. »Wo ist eigentlich Sophian?« Mein Cousin und ich gehen in Richtung Strand. »Der kommt gleich, es hatte noch jemand etwas gut bei ihm, er müsste gleich wieder da sein.«

Mufasa will mich mit zum Strand nehmen, doch im selben Moment beginnen die Leute um uns herum zu tuscheln und sehen zur Terrasse, von der ich gerade gekommen bin. Sobald ich mich auch dahin umdrehe, sehe ich in vertraute dunkle Augen, die auf mir liegen und die mein Herz sofort schneller schlagen lassen.

Enzo.

Er ist da.

Neben Sophian ist er gerade auf die Terrasse getreten, und ehe ich reagieren kann, ist schon mein Vater zu den beiden gekommen und umarmt Enzo sogar einen Moment. Dann sehen die drei in den Garten hinab. Es ist kein Geheimnis, dass unsere Familien verfeindet sind. Auch wenn sich unsere Beziehung sicherlich schon herumgesprochen hat, hat es nie wirklich offiziell ein Friedensabkommen gegeben. Enzo war noch niemals auf unserem Gebiet, deswegen reagieren die Leute hier so überrascht und auch mein Herz beginnt unruhig in meiner Brust zu schlagen.

Ich atme verwundert ein und Mufasa, der noch immer den Arm um mich gelegt hat, beugt sich zu mir. »Ich glaube, dass dich da jemand sehr liebt und dir gerade einen bedeutenden Liebesbeweis liefert.«

Ich spüre, wie mir Tränen in die Augen steigen, als mir die Tragweite von alldem hier klar wird. Ich weiß, was es bedeutet, dass

Enzo hier ist. Bei meiner Familie, ganz alleine, vor allen. Mein Vater hebt die Hand und legt den Arm um Enzo, der nicht einmal seinen Blick von mir nimmt. »Ich möchte euch einen neuen Teil unserer Familie vorstellen. Ich weiß, dass die meisten Menschen Enzo kennen, doch trotzdem möchte ich ihn noch einmal hier willkommen heißen, als Mann an der Seite meiner Tochter und vielleicht sogar als meinen zukünftigen Schwiegersohn.«

Sophian neben Enzo lacht leise und sieht zu mir. »Wenn man die letzten Tage bedenkt, kann das sehr gut möglich sein.« Er spielt auf meine schlechte Laune an, doch weder ich noch Enzo reagieren wirklich, wir sehen uns an und ich kann meine Tränen nicht mehr zurückhalten.

Nur nebenbei bekomme ich mit, wie meine Brüder und mein Vater nach der offiziellen Begrüßung und Bekanntgabe unserer Beziehung alle zum Strand bitten. Ich spüre Sophians Kuss auf meiner Wange, als er an mir vorbeigeht, doch statt zu reagieren gehe ich zu Enzo, der mich in seine Arme zieht, sobald ich bei ihm bin.

»Es tut mir leid, Enzo.« Ich bin tief beeindruckt von dieser Geste. Nicht viele werden verstehen, was es bedeutet, dass er hier steht, doch ich tue das und Mufasa hat recht. Es ist ein tiefer Liebesbeweis. »Nun kommt mir mein Verhalten noch kindischer vor.«

Enzo atmet tief ein, er küsst meine Haare und erst dann entfernt er sich so, dass wir uns in die Augen sehen. Seine Augen fahren einmal mein Gesicht ab und er schüttelt leicht den Kopf. »Nein, du hast recht, enttäuscht zu sein. Das zwischen uns ist viel zu kostbar, um damit so umzugehen, wie wir beide es in den letzten Wochen getan haben. Mir tut es leid, Prinzessin. Ich hätte es gar nicht so weit kommen lassen dürfen. Ich ...« Ich unterbreche ihn und lege meine Arme um seine Schultern. Seine Hände umfassen automatisch meine Hüften. Sein Duft umhüllt mich und sofort füllt sich mein Herz wieder mit Glück. Enzo trägt eine schwarze feine Hose und ein schwarzes Shirt und ich streiche unbewusst über sein Kreuz am Hals.

»Ich habe aber trotzdem übertrieben. Es ist doch normal, dass wir auch Streit haben werden und genau in unserer Situation wird es oft dazu kommen, dass wir vor Problemen stehen ...«

Enzo lächelt und küsst meine Wange. »Ich hoffe nicht, ich habe so schlecht wie noch nie geschlafen die letzten Tage. Du fehlst mir unglaublich schnell und das hat mich noch wütender werden lassen, weil ich noch niemals zu so vielen Kompromissen bereit war wie bei dir und gleichzeitig weiß, dass ich noch viele einzugehen habe. Ich sehe, wie du es tust und hätte dir da entgegenkommen müssen. Ich habe eingesehen, dass ich an der Reihe bin, den nächsten Schritt zu gehen. Dein Vater und deine Brüder besuchen uns bei mir und das bedeutet viel, es ist längst überfällig, dass auch ich diesen Schritt tue und deswegen bin ich hier. Weil es mir ernst ist, weil mir das zwischen uns alles bedeutet, weil du mir fehlst und weil wir beide dafür sorgen müssen, dass uns die Probleme, die noch auf uns zukommen werden, und das werden sie, das wird sich nicht vermeiden lassen, doch wir müssen dafür sorgen, dass uns das nicht trennt.«

Ich nicke und gebe ihm einen Kuss auf den Mund. »Du hast mir so sehr gefehlt, das war ein schreckliches Weihnachten.« Enzo muss lachen und zieht mich noch enger an sich. »Dein Bruder hat mich vom Flieger abgeholt und seine ersten Worte waren: Ich bin so froh, dich zu sehen. Das hat alles gesagt, diese Worte jemals aus seinem Mund zu hören. Da wusste ich bereits, dass es dir so ähnlich erging wie mir die Tage. Es ist wichtig, dass ich hier bin, für uns, für deine Familia und auch für meine, damit sie alle verstehen, was für einen Platz du nun in meinem Leben hast und was ich alles bereit bin zu tun, wenn es um dich geht.«

Ich sehe Enzo in die Augen, ich bin einfach nur erleichtert, dass er da ist. »Deine Familia ist bestimmt nicht begeistert, dass du jetzt hier bist und ihr nicht zusammen feiern könnt.« Enzo lächelt und verschränkt seine Hände an meinem Rücken, er hat nicht vor, mich so schnell loszulassen und ich werde auch nicht wieder freiwillig aus seinen Armen weichen.

»Ich habe ihre Party noch etwas besser … ausgestattet als geplant und nach der Feier hier fliegen wir zurück und morgen Abend feiern wir bei uns eine Neujahrsparty.« Nun muss auch ich endlich wieder lachen, wie sehr ich diesen Mann liebe. »Eine Neujahrsparty, das hast du dir ja gut ausgedacht.« Enzo nickt und wird wieder ernst.

»Wir werden in Zukunft sehr aufpassen müssen, es ist eine besondere Situation, in der wir sind und das zwischen uns ist zu wichtig, um damit so leichtfertig umzugehen.«

Ich nicke, mehr gibt es dazu nicht zu sagen. Im selben Moment beginnt ein atemberaubendes Feuerwerk am Strand. Wir hören die Stimmen und die Musik, doch wir beide sind ganz alleine auf der Terrasse.

Ich nähere mich seinen Lippen und sehe ihm noch einmal in die Augen. »Ein schönes neues Jahr, Enzo. Ich liebe dich und wir werden das Jahr zu unserem Jahr machen.«

Bevor ich unsere Lippen vereine, hält Enzo noch einmal ein und sieht mir in die Augen. »Das werden wir, Prinzessin. Ich bin mir sicher, dass uns beide einiges in diesem Jahr erwarten wird. Ich liebe dich.«

Türchen 10

B.C.-Reihe

Mira & Reign

»Es ist alles fertig, vielen Dank noch einmal für diesen schönen Korb. Fröhliche Weihnachten.«

Mira blickt von ihrem Laptop hoch und lächelt, als die Frau, die jeden Abend nach Ladenschließung sauber macht, zu ihr kommt. Heute haben sie früher zugemacht, weil heute Heiligabend ist und alle Geschäfte nur bis 16 Uhr geöffnet sind. Der Laden wird erst im neuen Jahr wieder aufmachen. Mira hat allen freigegeben und die Kunden informiert. Der Laden ist nun schon über ein Jahr geöffnet und er läuft sehr gut, besser als sie jemals damit gerechnet hätte. So gut, dass sie ohne Bedenken mal ein paar Tage schließen können.

Es war ihr klar, dass dieses Künstlercafé gut ankommen wird, doch dass es so einschlagen würde, damit hat keiner gerechnet. Sie haben jetzt schon eine Warteliste von über drei Monaten für die Künstler und es ist immer voll. Mira hat nun extra jemanden eingestellt, der nach den Rezepten ihrer Mutter am Morgen alles frisch zubereitet und ihre Mutter kreiert in Australien fleißig weitere Rezepte, die sie dort ausprobiert und dann zu ihnen schickt.

Neben Tiffy und ihrer Schwester haben sie jetzt noch zwei weitere Mitarbeiterinnen, sodass Mira nur noch einmal am Tag vorbeikommt und nach dem Rechten sieht oder wie jetzt die Zahlen durchgeht.

Heute macht sie das allerdings nur, weil das Café einige Tage geschlossen hat.

»Ich wünsche dir auch frohe Weihnachten und komm gesund ins neue Jahr.« Die Frau hebt noch einmal ihre Hand und dann ist Mira alleine im Laden.

Es war viel Arbeit, all das so zu gestalten, wie sie es sich vorgestellt hat. Sie haben die Wohnungen oben ausgebaut und darin werden nun auch Bilder und Kunstwerke unbekannter Künstler vorgestellt, die man auch alle hier kaufen kann, aber auch Mode und Bücher, alles, was kreative Leute selbst erschaffen haben, kann man finden.

Die Leute lieben es hier, meistens bestellen sie sich einen Kaffee und Kuchen, laufen durch die Räume, kaufen etwas und setzen sich dann noch eine Weile hin.

Nachdem Mira und Reign beschlossen haben, hier in Kanada zu leben, haben sie knapp zwei Monate für den Umbau und allem Weiteren gebraucht und dann eröffnet. Mira nimmt auch als Dozentin an den Kursen teil und beginnt so langsam schon immer mehr, selbst den Unterricht zu leiten und sie liebt es. Sie ist viermal die Woche an der B.C. University und es macht ihr unheimlich viel Spaß. Die Studenten mögen sie und Mira genießt es, ihnen etwas beizubringen.

Jedes Mal, wenn sie am College oder dem B.C. Eagles-Haus vorbeigeht, muss sie lächeln, besonders wenn sie manchmal die breitgebauten Footballspieler in ihren Shirts mit ihren Freundinnen im Arm umherlaufen sieht.

Auch Reign ist regelmäßig dort. Er schafft es, einmal die Woche mit den Jungs zu trainieren, und auch ihm bedeutet diese Arbeit am B.C. Campus viel, sie werden immer eine ganz besondere Bindung dazu haben.

Reign spielt jetzt für die Lions, Parker und er haben sie in der ersten Saison zum Sieg geführt, und auch wenn er unglaublich viele neue Angebote bekommen hat, bleibt er bei ihnen.

Sie sind glücklich.

Hier in Kanada ist es ein ganz anderes Gefühl. Auch wenn die Spieler viel Geld verdienen und umschwärmt werden, ist es doch anders als in den USA: bodenständiger. Noel schreibt ihr oft, dass sie mit den anderen Spielerfrauen nicht zurechtkommt und es nur ein ständiges Angeben zwischen ihnen ist. Wer hat die meisten Ops? Wer hat das größte Haus? Welcher Mann die meisten Angebote …? Hier in Kanada ist es eher so, dass sie nach einem wichtigen Spiel alle zusammen zu einem der Spieler fahren, mit den Familien zusammen grillen oder gut zusammen essen und so dieses Spiel feiern, ohne dieses ganze Tamtam. In bequemen Sachen, mit dem frischen Wind Kanadas um die Nase und dem Geruch der Wälder um sich herum.

Mira ist dankbar und glücklich, dass sie sich für dieses Leben entschieden haben, auch wenn sie gerade etwas wehmütig ist.

Heute ist Weihnachten und sie hatte sich ihr erstes Weihnachtsfest in ihrem ersten richtigen Haus anders vorgestellt. Das letzte Weihnachten haben sie alle zusammen bei ihrer Mutter in Australien verbracht. Es war anders, sie hatten Koalababys, die gerade geboren waren im Arm und es war heiß, doch sie waren zusammen. Auch ihre Brüder sind aus Berlin gekommen und sie hatten traumhafte zwei Wochen, doch dieses Mal wollte sie hier feiern, mit allen, die sie liebt, in ihrem fertigen Haus, doch nach und nach haben alle abgesagt.

Reigns Familie ist in Mexiko bei der Oma, die sich geweigert hat, noch mal in ein Flugzeug zu steigen. Ihre Mutter und Jonathan haben es wegen einiger kranker Tiere nicht geschafft, aus Australien zu kommen. Violet und Parker, die mittlerweile endlich zusammengefunden haben, sind zu ihrer Familie geflogen. Nolan und Noel konnten wie ihre Brüder wegen der überall herrschenden

Schneefälle nicht losfliegen und Lincon ist mit Triston auch spontan weggefahren.

Sie hatte alles so schön geplant und nun alles abgesagt. Reign wollte sich darum kümmern, dass sie es sich trotzdem gemütlich machen, doch Mira hatte wirklich gehofft, das erste Fest in ihrem Traumhaus wird etwas ganz Besonderes.

Mira schließt den Laptop, schaltet die Weihnachtsbeleuchtung im Schaufenster an und verlässt den Laden.

Als sie in ihren silbernen Mercedes einsteigt und losfährt, fällt ihr Blick automatisch auf ihre Hand und ihren Verlobungsring. Die letzten Monate waren voller glücklicher Momente. Es war viel zu tun, doch es war alles positiver Stress. Mira hat immer gedacht, sie wüsste, was Glück ist, doch jetzt erst spürt sie, wie glücklich man sein kann.

Reign trägt sie auf Händen und das hat er immer getan. Sie spürt jeden Tag seine tiefe Liebe und versucht, ihm das Gleiche zurückzugeben. Zusammen mit ihren Freunden haben sie ihr Haus renoviert, dabei ist Mira auch endlich Reigns Vater nähergekommen, der sie mittlerweile wie eine eigene Tochter liebt und sogar richtig verwöhnt. Gestern hat er ihr einen riesigen Obstkorb geschickt, weil er fand, dass sie in den letzten Tagen etwas blasser gewirkt hat.

Es hat lange gedauert, doch seit einem halben Jahr ist das Haus und das Grundstück fertig. Es ist genauso, wie sie es wollten: eine Mischung aus Range und Landhausstil, aber trotzdem auch sehr modern. Jedes Detail ist mit Liebe ausgesucht und vor allem, weil Reign so viel alleine gemacht hat, ist es etwas ganz Besonderes. Sie haben sogar einen Pool im hinteren Bereich des Anwesens bauen lassen. Und sie haben tatsächlich schon ein paar Tiere, aber nicht wie Reign es gedacht hat, weil sie sich bewusst dazu entschlossen haben, sondern vielmehr hat Mira von einem Bauernhof gehört, wo Tiere unter schrecklichen Umständen gehalten und von den Behörden befreit wurden.

Sie haben für sie einen Unterschlupf gesucht und nun haben vier Hühner, zwei Kühe und ein altes Pferd hier ihr neues Zuhause gefunden. Sie haben extra jemanden eingestellt, der sich mit der Pflege der Tiere auskennt und einen warmen Stall für die Winterzeit bauen lassen. Die Tiere sind alle alt und hatten kein schönes Leben, doch nun genießen sie es, auf ihren Wiesen zu grasen und lernen doch noch die schönen Seiten des Lebens kennen.

Mira liebt es, auf ihrer Terrasse in der Hängematte oder dem Hängesessel zu sitzen und zu lesen. In ihrem Zuhause haben sie sich einen Ruhepunkt erschaffen, der dieses manchmal ziemlich hektische Leben in der Stadt ausgleicht. Sie lieben es, sie haben oft Besuch am Wochenende und tun genau das, was das Wichtigste ist: Sie genießen ihr Leben. Gemeinsam.

Mira ist glücklich und auch Reign ist nur am Strahlen. Er hält sie jede Nacht fest an sich und überrascht sie immer wieder mit Kleinigkeiten. Keiner von ihnen hat noch einen Tag Zweifel gehabt, weder an dem anderen, noch an ihrer Liebe.

In ihrer ersten Nacht im gemeinsamen Haus, als alles fertiggestellt war, hat Reign sie mit Fackeln, Kerzen, Luftballons und Rosenblättern überrascht und um ihre Hand angehalten. Die Hochzeit soll im Sommer stattfinden, doch ob sie das jetzt nicht doch früher machen, weiß Mira noch nicht ganz so genau, erst einmal wollen sie die Festtage genießen, wenn auch ruhiger als geplant.

Jedes Mal, wenn Mira die Stadt hinter sich lässt und in Richtung zu Hause fährt, fühlt sie sich gleich freier und lässt alles hinter sich.

Sie muss vorsichtiger fahren, weil alles zugeschneit ist, auch als sie die Einfahrt zu sich hochfährt, passt sie auf. Ein Lächeln setzt sich auf ihr Gesicht, als sie bemerkt, dass Reign die gesamte Weihnachtsbeleuchtung angeschaltet hat. Es ist wunderschön, sie haben sogar zwei geschmückte Tannenbäume im Garten.

Es ist zur Zeit sehr kalt in Kanada, und eigentlich will sie ihr Auto in ihre riesige Garage stellen, die Reign extra hat bauen lassen, da er ihren Fuhrpark noch ordentlich aufstocken möchte, doch die Garage ist zu und Mira hat heute Morgen den Schlüssel dafür nicht finden können, deswegen hält sie in der Einfahrt und beeilt sich, ins Haus zu kommen.

Ihre zwei Labradorwelpen Beats und Ainu kommen aus dem Haus gerast und begrüßen sie stürmisch. Beats ist komplett schwarz und Ainu hat das typisch weißbeige Labradorfell. Die beiden sind fünf Monate alt und Reign ist voll und ganz mit ihrer Erziehung beschäftigt und er bekommt das ziemlich gut hin. Sie hören mittlerweile recht gut und als er jetzt pfeift, düsen sie auch sofort wieder ins Haus zurück.

Mira schließt die Tür und es duftet wunderbar nach Essen. Auch hier ist alles weihnachtlich geschmückt. Mira wird sich umziehen und …

Sie hört Gelächter und geht aus dem Flur in den großen Wohnbereich, wo Küche und Wohneinheit zusammen sind.

»Überraschung!« Ihr Herz bleibt fast stehen, als im Wohnbereich um den riesigen Tannenbaum, den Reign und Parker zusammen geschlagen haben, alle stehen, die sie liebt und die eigentlich gar nicht da sein sollten.

Mira zieht sich die Mütze vom Kopf und hat sofort Tränen in den Augen, als sie von ihrer Mutter in den Arm genommen wird, die hier ist, genau wie Jonathan, ihre Brüder, Reigns gesamte Familie, Noel und Violet und alle anderen, auch Laura ist da. Sogar Reigns Großmutter, die Mira als Nächstes an sich drückt, hat offenbar doch den Weg auf sich genommen.

»Wie habt ihr … wie habt ihr das alles gemacht? Ich bin …« Mira findet keine Worte. Sie drückt alle an sich und erst jetzt sieht sie die riesige Festtafel, die aufgebaut und schon gut gefüllt ist und Reign, der neben seinem Vater steht und zufrieden beobachtet, wie er seiner Verlobten mal wieder vor Glück Tränen in die Augen getrieben hat.

»Wir wollten alle, dass dieses erste Weihnachten in unserem Haus etwas ganz Besonderes wird und deswegen sind alle hier, die wir lieben. Wir wollten dich überraschen. Ich danke euch noch einmal, dass ihr alle es geschafft habt ...«

Nun unterbricht ihn Reigns Mutter und legt ihren Arm um Miras Taille. »Aber warte, du hast auch gesagt, dass du uns etwas Wichtiges zu sagen hast oder eher ihr. Ich bin schon so gespannt, ich konnte kaum schlafen. Sag mir nicht, dass ihr beide schon heimlich geheiratet habt, weil ihr es nicht abwarten konntet und aus der Hochzeit im Sommer nichts wird.«

Mira lacht und streicht sich ihre Tränen weg, während Reign sie glücklich anstrahlt und nach der Fernbedienung für den Beamer greift. Erst gestern Abend haben sie es sich zusammen auf ihrer großen Leinwand angesehen, weil sie es selbst noch nicht begreifen können, deswegen schaltet Reign den Beamer nun ein.

»Eigentlich wussten wir nicht, wie genau wir euch das sagen sollen, doch was gibt es Perfekteres als den heutigen Heiligen Abend, an dem alle, die uns wichtig sind, hier versammelt sind. Ich denke, wir können euch ... das neueste Mitglied unserer Familie vorstellen ...«

Er schaltet das erste Bild an, was einen winzigen Menschen auf einem Ultraschallbild zeigt und in der nächsten Sekunde ist Mira nicht mehr die Einzige, die Tränen in den Augen hat. Reigns Mutter legt sofort ihre Hand auf Miras Bauch. »Nein, du bist ... oh mein Gott, wir sind gesegnet. Wie weit bist du?« Auch ihre Mutter kommt und hat Tränen in den Augen, genau wie Reigns Großmutter. Violet und Laura kommen auch zu ihr. »Schon im vierten Monat, ich habe das gar nicht so schnell gemerkt wie Reign. Er ist darauf gekommen, als ich irgendwann heimlich sein Lieblingsparfüm versteckt habe, weil ich es nicht mehr riechen konnte.«

Violet lacht und Noel umarmt Mira. »Das kenne ich nur zu gut.« Nun umarmt sie auch Reigns Vater. »Deswegen warst du so blass, ich muss dir jetzt noch mehr Vitamine zukommen lassen.« Mira lacht und begrüßt und umarmt noch so lange den Rest, bis Reign sie alle zum Tisch scheucht, damit sie endlich essen können. Vorher kommt er aber noch zu Mira, sie haben es noch nicht einmal geschafft, sich zu begrüßen.

Es duftet nach Weihnachten, nach gutem Essen, Kerzen und Tannen, es wird gelacht und man hört viele Stimmen durcheinander, doch genau das hat sie sich so sehr gewünscht und Reign hat es ihr ermöglicht.

»Ich liebe dich.« Statt einer Begrüßung sieht Mira Reign in die Augen und gibt ihm einen Kuss. Sie fragt sich, ob ihr Herz eines Tages vor Glück platzen wird, es kommt ihr manchmal so vor. »Ich dich auch, Engel, ich meinte, euch auch.« Er legt seine große warme Hand auf ihren Bauch und gibt ihr einen Kuss auf die Stirn. »Frohe Weihnachten, mein Engel.«

Türchen 11

Catalina

Catalina

»Adam, nimmst du Silas an die Hand?«

Catalina muss lächeln, als ihre beiden Söhne zusammen die Straße hochlaufen. Silas läuft erst seit einigen Tagen und ist noch sehr wackelig, doch sein großer Bruder gibt ihm den nötigen Halt, den er noch braucht. Ein Wagen fährt gerade los vom Haus ihrer Schwiegereltern und hupt neben den beiden. Ihre Söhne grinsen die beiden Cousins von Santiago an und Adam winkt. Catalina hört nicht, was die beiden aus dem geöffneten Fenster zu ihnen sagen, doch sie weiß, wie sehr alle hier ihre Söhne lieben.

Es gibt nicht viele Kinder im Gebiet der Rojos. Nola und Zayn und auch alle anderen aus den inneren Kreisen denken noch nicht ans Heiraten oder Kinder kriegen, ein paar Männer der Rojos haben Kinder, doch es sind nur sehr wenige. Belinda ist müde, die Kleinen müssen gleich schlafen und sie wird sich dazulegen. Sie hat gerade für die beiden gekocht. In der Zeit hat Silas angefangen, mit Filzstiften, die Adam hat herumliegen lassen, ihre cremefarbene Couch anzumalen.

Sie hat es zum Glück schnell gemerkt, doch dabei ist ihr das Essen so stark aufgekocht, dass es durch die gesamte Küche verteilt wurde. Während die Kinder ihre Mahlzeit gegessen haben, hat Catalina das Chaos in der Küche beseitigt. Adam bekommt das mit dem alleine Essen schon gut alleine hin, Silas hilft sie noch und dabei hat ihr Shirt einiges abbekommen, wie sie gerade feststellt.

Sobald sie über ihr weißes Shirt streicht, spürt sie ihren Babybauch. Er ist noch viel schneller gewachsen als bei den anderen beiden und Catalina will sich gar nicht vorstellen, wie das erst in ein paar Wochen aussehen wird.

Erschöpft genießt sie die paar Minuten Ruhe, die sie brauchen, um zum Haus ihrer Schwiegereltern zu kommen. Adam ist jetzt drei, Silas gerade ein Jahr alt geworden. Es ist anstrengend mit zwei so kleinen Jungen, auch wenn Catalina beide über alles liebt, doch sie wollte erst einmal Pause machen. Sie weiß nicht, wie das passiert ist, sie hatte aufgepasst, doch trotzdem ist sie nun schon im fünften Monat schwanger und erwartet eine Tochter. Zunächst war es wirklich eine Überraschung, keiner hat damit gerechnet, doch natürlich freut sie sich jetzt auch auf ihre kleine Prinzessin, wie Santiago sie bereits jetzt schon liebevoll nennt. Doch an Tagen wie diesen, wenn Santiago weg ist, spürt sie, wie kräftezehrend das alles ist.

Natürlich hat sie Hilfe, Nola und ihre Schwiegermutter helfen immer, wenn sie Unterstützung braucht. Sie hat eine Haushaltshilfe, doch Catalina möchte all das so gut es geht alleine machen, wie es ihre Mutter auch für sie getan hat. Zumindest versucht sie es und deswegen geht sie jetzt auch zu ihrer Schwiegermutter, die eine Seife hat, mit der sich solche Flecken, die nun ihre Couch zieren, gut entfernen lassen, wenn man sie schnell behandelt und lange einwirken lässt. Catalina wird die Flecken einseifen und einwirken lassen, solange sie mit den Kleinen schläft.

Santiagos Cousins fahren weiter und heben ihre Hand, als sie an Catalina vorbeifahren.

Sie laufen an den Ställen vorbei und Adam erklärt Silas, dass dort die Pferde sind, es ist zu niedlich, wie die beiden miteinander kommunizieren. Santiagos Mutter sagt oft, dass sie die beiden sehr an Zayn und Santiago erinnern, als sie noch so klein waren.

Als sie bei der Haustür ankommen, holt Catalina auf und öffnet die Tür. Die beiden Wirbelstürme rennen sofort los und rufen nach ihrem Opa. Catalina hört Stimmen von vorne aus dem Gartenbereich, und als sie dort ankommt, sind die beiden schon im

Arm ihres Opas. Auch ihre Schwiegermutter und Nora sind da, außerdem zwei Männer und eine Frau. Catalina wusste nicht, dass Besuch kommt und sieht an sich herunter. Ganz wunderbar, sie sieht aus wie aus einer Essensschlacht entschlüpft, doch um umzudrehen, ist es bereits zu spät, alle sehen ihr entgegen.

»Hallo, entschuldigt, ich wusste nicht, dass ihr Besuch habt. Ich wollte mir nur etwas aus der Kammer holen.« Catalina gibt ihrem Schwiegervater einen Kuss auf die Wange und auch ihrer Schwiegermutter, Nola war heute morgen schon bei ihr und sieht grinsend auf Catalinas Shirt, während Silas zu seiner Oma auf den Arm wechselt.

»Das macht doch nichts, das sind sehr alte Geschäftspartner von uns. Andre, Hermas und seine Tochter Natalia. Catalina lächelt und reicht den beiden Männern und auch der Frau die Hand. »Catalina Delgardo, nein Rojo, wow, es ist uns eine Ehre, dich kennenzulernen. Wie man sieht, geht es Santiago und dir sehr gut.« Einer der Männer lächelt sie warm an, während die Frau einmal an ihr hoch und runter sieht. Die beiden Männer sind so alt wie ihr Schwiegervater und allein daran, wie sie ihren Namen aussprechen, erkennt sie genau, dass sie ihren Vater kannten und ihre Geschichte sicherlich auch. Sie schämt sich nicht dafür, im Gegenteil. Sie weiß, dass sie unter den Familias ein hohes Ansehen hat, sie gehört immer noch zur Führung der Delgardos, auch wenn Armando mittlerweile mit Natia das meiste übernommen hat, doch bei den wichtigsten Entscheidungen wird sie mit eingebunden.

Natürlich sieht sie gerade alles andere als nach einer wichtigen Geschäftspartnerin oder Anführerin aus, doch Catalina nickt trotzdem und bedankt sich. »Ja, es geht uns sehr gut, danke.« Ihr Schwiegervater küsst Adams Wangen. »Wir haben gerade wieder neue große Pläne mit der Firma der beiden und sie kommen morgen zu unserer Feier. Doch sie sind schon heute angekommen und uns spontan besuchen gekommen. Wir alle kennen sie schon ewig. Sie gehören quasi zur Familie.«

In diesem Moment erinnert sich Catalina und weiß, wieso ihr der Name Natalia so bekannt vorkommt. Nola hat ihr einmal von ihr erzählt. Sie ist Santiagos einzige Ex-Freundin, wenn man das so nennen kann. Sie kennen sich lange und sie waren eine Weile zusammen. Auch wenn sie sich nicht oft gesehen haben, hatten alle die Hoffnung, dass das zwischen den beiden etwas Festes wird. Ihre Familie ist zwar keine Familia, doch trotzdem sehr einflussreich und das hätte gut gepasst, doch Santiago hat es wohl nicht geschafft, treu zu bleiben und es hat zu nichts geführt. Ganz genau weiß Catalina das nicht mehr, sie hat nicht so genau hinhören wollen, weil es ohne Bedeutung war, bis sie jetzt in das hübsche Gesicht der Frau sieht, die sie anlächelt.

Es ist, als würde sie das widerspiegeln, was eigentlich sie ausmachen sollte.

Sie ist wunderschön, ihre Figur ist ein Traum, sie trägt einen engen schwarzen Bleistiftrock, wie Santiago es an Frauen liebt und das wird sie wahrscheinlich auch noch wissen. Dazu ein enges rotes, trägerloses Top, ihre glänzenden Haare fallen ihr in weichen Wellen über die Schultern und sie trägt den passenden roten Lippenstift zum Top. Sie ist hübsch und sexy und Catalina wagt es gar nicht, an sich selbst hinabzusehen. Ihre Haare sind zu einem unordentlichen Dutt nach oben gebunden, sie trägt ein weites verflecktes Shirt und eine graue Joggingshorts. Wunderbar, der Tag wird immer besser.

»Das ist schön, ich freue mich. Wie gesagt, ich muss die Kleinen schlafen legen und brauche nur das Mittel. Ich hole es schnell und bin wieder weg. Wir sehen uns dann morgen, viel Spaß noch.« Catalina versucht, so ungezwungen wie nur möglich zu lächeln, die drei verabschieden sich und Nola kommt mit ihr ins Haus, dabei nimmt sie Silas und Adam beide mit, die sich schon an sie kuscheln, weil sie wirklich langsam müde werden.

»Ist alles in Ordnung? Soll ich mitkommen?« Nola ist mittlerweile nicht nur ihre Schwägerin, sondern auch eine sehr gute Freundin, doch sie will ihr nicht zeigen, dass es sie mitnimmt, solch eine hübsche Ex von Santiago vorzufinden und sich zur Zeit selbst gar nicht gerne im Spiegel zu sehen. Catalina zweifelt selten an sich selbst, sie ist eigentlich immer sehr selbstbewusst, doch sie war auch noch nie in solch einer Situation wie zur Zeit. Sie spürt, dass sie an ihre Grenzen kommt.

»Nein, ich bin nur müde. Ich lege mich mit den beiden schlafen und dann geht es mir besser.« Sie nimmt sich die Seife und geht schnell wieder zum Ausgang. Nola gibt ihr Silas auf den Arm und Adam kommt an Catalinas Hand. »Okay, aber wenn ich kommen soll, sag Bescheid. Ich wollte noch mit Natalia ein Kleid für morgen kaufen gehen, sollen wir auf dich warten?« Catalina lächelt. »Nein, ich habe schon eins. Viel Spaß euch.«

Auf dem Weg zurück schläft Silas auf Catalinas Arm ein. Sie deutet Adam, leise zu sein, während sie Silas in sein Bett legt, dann wäscht sie die Flecken am Sofa heraus, dabei hilft Adam ihr. Er bittet sie, sich ein paar Bücher mit ihr anzusehen, sie hat nicht mehr oft Zeit mit Adam alleine und tut ihm diesen Gefallen, dabei schläft auch er ein. Sie versucht zu verdrängen, was für eine hübsche Frau im Haus nebenan ist und dass Santiago mal in sie verliebt war. Catalina will sich nur schnell abduschen und endlich aus ihrer schmutzigen Kleidung herauskommen, doch als sie dann zurück zu den Jungs geht, strahlt Silas sie schon wieder an.

Sie kuschelt mit Silas und zieht sich ein leichtes Sommerkleid über, eigentlich wollte sie mit den beiden zu Hause bleiben. Santiago war drei Tage weg und wollte am Abend zurückkommen, doch während sie sich ihr Sommerkleid aus dem Schrank gesucht hat, hat sie sich ihr Kleid für morgen Abend zu der Silvesterparty noch einmal angesehen. Es ist ein bequemes Schwangerschaftskleid, schön, aber nicht etwas, womit man die Ex des Mannes treffen möchte.

Also macht sie den beiden Kleinen Obst, nachdem beide wach sind, packt sie ins Auto und fährt doch ins Einkaufszentrum. Sie gehen in das Kinder- und Schwangerschaftsgeschäft. Catalina sieht sich alle Kleider an und tatsächlich findet sie eines in hellrosa, ärmellos mit sexy Rüschen, was das Dekolleté gut zur Geltung bringt und dann ist es kurz über die Knie enganliegend. Zwar hat Catalina schon eine größere Kugel, doch ihr Po und ihre Beine muss sie nicht verstecken. Das Kleid ist sexy und passend und ihre Laune bessert sich. Sie kauft noch etwas mehr Kleidung für die nächsten Tage, ein paar Strampler für die Prinzessin, und weil Adam und Silas so lieb waren, darf sich jeder ein Auto aussuchen, sie gehen ein großes Eis essen und noch auf den Spielplatz des Zentrums.

Als sie dann nach Hause kommen, ist es schon spät. Dieses Mal ist Adam eingeschlafen, Catalina legt ihn ins Bett und Silas und sie legen sich daneben, eigentlich will sie nur warten, bis beide schlafen, doch das Nächste, was sie spürt, ist, wie jemand sie küsst. Sie wird nicht einmal richtig wach, als sie dann am nächsten Morgen aufwacht, ist sie alleine im Bett.

Catalina sieht auf die Uhr. Sie hat lange geschlafen und hört von unten ihre beiden Engel lachen. Als sie dann, nachdem sie im Bad war und sich umgezogen hat, nach unten geht, zeigt sich ihr ein vertrautes Bild. Santiago steht im Pool, wirft Adam ins Wasser und hält Silas im Arm, der vergnügt auflacht. Diese drei Chaoten.

»Guten Morgen, mein Schatz. Geht es dir besser?« Santiago strahlt sie an. »Mir ging es nicht schlecht.« Er lacht auf und Catalina nimmt sich ein Croissant vom Frühstückstisch. »Als ich gestern kam, lagen alle Tüten um euch herum und ihr drei lagt völlig angezogen im Bett, als wäret ihr reingefallen und du hast geschlafen wie ein Stein. Du hast offensichtlich Schlaf gebraucht.« Catalina lacht leise auf. »Wann bist du gestern gekommen?« Santiago wirft Adam ein weiteres Mal vorsichtig ins Wasser. Er liebt es.

»Wir sind sogar etwas früher angekommen, aber mein Vater war gerade mit alten Geschäftsfreunden essen und wir sind zu ihnen gefahren. Es war lustig, wir sind länger geblieben, ich habe dir geschrieben, aber du warst seit vormittags nicht mehr am Handy.«

Sofort rumort es in ihrem Magen. Er war also gestern Abend mit Natalia zusammen. Sie stemmt ihre Hände in die Hüfte. »Ja, ich habe sie alle gestern schon kennengelernt. Wie schön, dass du gestern noch mit ihnen zusammen warst.«

Santiago kennt seine Frau mittlerweile genau und sein Blick gleitet einmal über sie. Es liegt so viel Liebe in seinem Blick, dass Catalina sich über sich selbst ärgert, doch trotzdem lässt das ungute Gefühl in ihr nicht nach. »Was ist los, Catalina?« Ihr liegt schon die bissige Antwort auf der Zunge, dass sie es einfach nicht schafft, mal auf ihr Handy zu gucken und er auch einfach nach Hause hätte kommen können, statt mit seiner sexy Ex-Freundin essen zu gehen, doch in dem Moment kommt Zayn ins Haus, gibt ihr einen Kuss auf die Wange und wird von seinem schreienden und klitschnassen Neffen in Beschlag genommen. Sie wendet sich ab und geht ins Haus. Sie will nicht, dass jemand denkt, das hier wächst ihr über den Kopf. Sie hat schon ganz andere Sachen hinbekommen, da wird sie das auch noch schaffen.

Natürlich weiß sie, dass auch ihre Hormone verrückt spielen, doch sie ist trotzdem enttäuscht und genervt, auch wenn sie versucht, es den Rest des Tages niemandem zu zeigen. Zayn und zwei von Santiagos Cousins kommen, sie spielen mit dem Kleinen, aber besprechen sich auch. Santiago nimmt sie immer wieder in den Arm und fragt, ob alles in Ordnung ist, doch sie versucht, sich zu beruhigen und nicht zu zeigen, wie es ihr gerade wirklich geht.

Catalina zieht sich nach oben zurück und packt die Taschen aus. Am Mittag fahren sie mit Nola und ihren Schwiegereltern essen, als kleinen Abschluss des Jahres, bevor die Feier anfängt. Catalina genießt das, doch sie hat nicht eine Minute alleine mit Santiago.

Als sie am späten Nachmittag zurückkommen, zieht Santiago sich um und kümmert sich um die Kinder, damit Catalina Zeit hat, sich fertig zu machen. Und die nutzt sie auch. Als sie dann am

Abend herunterkommt, ist sie zufrieden. Das Kleid passt perfekt, sie hat sich geschminkt und ihre Haare fallen glänzend an ihr herab. Wenn man die Babykugel übersieht, ist es wie früher und sie genießt Santiagos Blick auf sich, als sie zu ihren drei Männern sieht, die an der Haustür auf sie warten.

In diesen Momenten vergisst sie die vielen schlaflosen Nächte und wie erschöpft sie die letzten Tage war und sieht ihre Männer voller Liebe an. Alle drei haben feine Hosen und Hemden an, selbst Silas, sie haben so viel Ähnlichkeit miteinander, auch wenn Silas ihre helleren Haare hat, und sehen sie alle liebevoll an. Dieser Anblick ist einfach alles, was für sie zählt, und trotz ihrer Erschöpfung kann sie es kaum erwarten, dass ihre Prinzessin bald auch auf den Armen ihres stolzen Papas sitzt.

»Wusstet ihr, dass ihr die hübscheste Mama von allen habt?« Santiago zwinkert Catalina zu und Adam nickt, während Silas seine Ärmchen nach ihr ausstreckt und sie ihn auf ihren Arm nimmt. »Ja, meine Mama ist die Schönste und macht die besten Nudeln.« Santiago lacht und gibt Catalina einen Kuss. Es soll nur ein kleiner Kuss sein, doch obwohl sie beide ihre Kinder auf dem Arm haben, vertieft Santiago den Kuss einen Moment und sieht ihr dann in die Augen.

»Ihr drei fehlt mir wahnsinnig, wenn ich weg bin.« Catalina lächelt und wischt ihm ihren Lipgloss von den Lippen, bevor sie zusammen zum Haus seiner Eltern gehen, wo die Silvesterfeier jedes Jahr stattfindet.

Da sie länger gebraucht haben, ist es schon sehr voll und wie auch die Jahre zuvor sind alle fein angezogen. Es wird Pianomusik gespielt, überall laufen Kellnerinnen mit Tabletts herum. Santiagos Eltern halten diese Feier an Silvester immer sehr vornehm. Es werden keine anderen Familias eingeladen, nur sehr große Geschäftskunden und es geht den ganzen Abend nur darum, für die Familia für das nächste Jahr gute neue Deals abzuschließen, damit man gut ins neue Jahr startet.

Diese Feier hat nichts mit den üblichen Feiern hier zu tun. Sie machen ein unglaubliches Feuerwerk um Mitternacht, doch sonst ist all das eher ein großes Geschäftsmeeting. Catalina hat diese ruhigen Feiern vorher gemocht, man kann sich gut unterhalten und auch wenn es eine andere Art von Feier ist, hat sie sich darauf gefreut.

Doch schon als ihre beiden Söhne ins Haus stürmen, ahnt sie, dass die Feier vielleicht nicht so ruhig wie sonst immer sein wird. Santiago hält Catalinas Hand in seiner, während sie durch den Wohnraum in den Garten gehen und die vielen Gäste begrüßen. Sie stellen sich zu jedem einzelnen, jeder versucht, mit Santiago zu sprechen und Catalina hat immer genau im Auge, wie ihre Söhne von einem in den anderen Arm wandern. Sie alle sind verrückt nach ihnen, Nola hat Silas im Arm und Marco trägt Adam auf seinen Schultern.

Sie hört nur mit halbem Ohr bei den Gesprächen zu. Eine ganze Weile sind ihre beiden auch beschäftigt, doch es dauert nicht lange, und sie wuseln um ihre Beine herum. Wegen der Feier wurden alle Spielsachen und Spielgeräte aus dem großen Garten entfernt und sie langweilen sich. Silas hat einige Knabberstangen in der Hand, die er lutscht und er will auf Catalinas Arm. Genau in dem Moment, als Natalia auf sie zukommt, nimmt Catalina ihn hoch und er schmiert ihr den Brei, den er produziert hat, auf ihr Kleid.

»Natalia, ich hoffe, dir gefällt die Feier. Ich möchte dir gerne meine Frau Catalina und meine beiden Söhne vorstellen.« Santiago hält weiter Catalinas Hand und gibt Natalia einen Kuss auf die Wange. Natürlich sieht sie sehr sexy aus mit ihrem engen schwarzen Kleid, sie ist perfekt gestylt und lächelt Catalina freundlich an. »Ich habe sie bereits gestern getroffen. Es freut mich für dich, Santiago, dass du so glücklich bist. Deine Söhne sehen aus wie du. Sie sind sehr niedlich.« Silas klatscht in die Hände, als hätte er das verstanden und wechselt auf Santiagos Arm, der ihm einen Kuss gibt. »Danke, sie sind jetzt schon kaum zu bändigen. Wo sind dein

Vater und dein Onkel, sie wollten doch heute noch die neuen Warenwege mit uns abschließen?« Natalia lächelt ihn an und in diesem Lächeln sieht man, dass sie nicht glücklich darüber ist, auf der anderen Seite zu stehen. »Sie werden sicherlich mal so mächtig und einflussreich wie ihr Vater werden, ich werde die beiden mal holen, die Papiere sind schon vorbereitet, komm doch gleich mit.«

Catalina weiß, dass Santiago sie liebt und sie weiß auch, dass diese Frau nicht die erste und nicht die letzte sein wird, die Santiago umschwärmt, »Geh ruhig. Ich gucke mal, ob ich etwas finde, womit ich die beiden beschäftigen kann.« Santiago gibt ihr einen Kuss und sie nimmt ihm Silas wieder ab. Als er dann aber hinter Natalia hergeht, bereut Catalina ihre Worte bereits wieder. Das Kleid von Natalia hat einen tiefen Rückenausschnitt, so tief, dass er bis zum Steißbein reicht. Catalina wischt sich den Brei vom Kleid und sieht dabei zu, wie Santiago hinter Natalia zu einem Tisch geht, an dem schon andere Männer sitzen. Er muss sich ihren Rücken ansehen, es geht gar nicht anders.

Es ist nicht ihr Tag, weder gestern noch heute. Sie murmelt einen leisen Fluch und drückt Silas an sich, sie geht mit Adam an den Pool, doch da die Kindersicherungen abgenommen wurden, muss sie da auch schnell wieder weg. Langsam vergeht ihr die Lust auf die Feier. Während Silas auf ihrem Arm fast einschläft, rennt Adam von einem zum anderen. Immer wieder fällt jemand fast über ihn. Er rennt übermütig gegen einen Tisch, dabei wird Alkohol auf einige Unterlagen verschüttet. Catalina konnte nicht schnell genug da sein, der Geschäftsmann geht Adam sauer an, doch Zayn, der dabei steht, weist ihn sofort in seine Schranken und nimmt den verschreckten Adam auf seinen Arm. Egal wie wichtig das Geschäft ist, Zayn würde niemals zulassen, dass einer hier Adam anmeckert.

»Ist schon gut. Ich versuche mal, Silas oben schlafen zu legen, es ist nicht gerade optimal für Kinder hier.« Zayn beugt sich zu ihr und gibt Silas einen Kuss. »Soll ich Adam hier unten behalten?«

Adam wendet sich aber schon, um von seinem Arm herunterzukommen. »Nein, ich nehme ihn mit, vielleicht will er oben etwas spielen.« Zayn nickt und Catalina blickt sich noch einmal zu Santiago um.

Er sitzt neben seinem Vater, den Männern von gestern und Natalia um einen Tisch und lacht gerade herzhaft auf. Catalina bekommt einen Stich im Herzen, als sie sieht, wie Natalia ihn anhimmelt, während er sich mit ihrem Vater unterhält und atmet tief aus. Sie sieht an sich herunter. Mittlerweile ist ihr gesamtes Kleid voller Brei, Silas beginnt zu weinen und Adam drängt sich an sie. Sie nimmt ihre beiden Schätze und will nach oben gehen, doch als sie in Richtung Ausgang geht und ihr dabei die Geschäftsmänner mit den nassen Unterlagen entgegenkommen, schüttelt sie nur den Kopf und verlässt das Haus. Das hier ist nichts für Kinder und sie hat gerade auch nicht das Gefühl, dass sie hierher gehört.

Sobald sie auf der ruhigen Straße sind, werden auch ihre beiden Söhne ruhiger. Silas kuschelt sich an sie und Adam hüpft munter vor ihr die Straße hinunter. Sie bekommt eine Nachricht von Natia und wünschte sich in dem Moment, sie wäre heute in Kolumbien. Sie feiern auf dem Hof der Finca alle zusammen, es ist gemütlich, ihre Kinder könnten herumtoben, so viel sie wollen und Catalina würde ohne Druck den Abend genießen können.

Sobald sie zurück in ihrem Haus sind, atmet Catalina aus. Sie zieht sich das Kleid aus und eines von Santiagos Shirts über, das über einem Stuhl liegt, dann sieht sie zu ihren beiden Söhnen, die gerade überhaupt nicht mehr müde zu ihr blicken und warten, was sie jetzt tun.

»Ich denke, wir feiern einfach unsere eigene kleine Party, kommt mit!« Sie nimmt die beiden mit in die Vorratskammer und füllt einige kleine Schüsseln mit Süßigkeiten und auch etwas Gemüse, dann holt sie eine Packung Luftballons heraus, bläst sie auf und lässt sie auf den Rasen herunter und ihre beiden Söhne jauchzen auf und versuchen sie zu fangen. Catalina lächelt und legt sich entspannt auf eine der Liegen. Dann feiern sie einfach alleine. Die Bilder von Santiago und Natalia drängen sich in ihre Gedanken, doch sie versucht, sie von sich zu schieben und sieht lieber dabei zu, wie fasziniert ihre Söhne mit den Luftballons spielen, erst auf dem Rasen, dann ziehen sie sich ihre Hosen aus und spielen im Babypool, wo ohnehin das Wasser nur bis zu den Knöcheln geht. Sie haben mittlerweile einen Baby- und auch einen Kinderpool mit Rutschen und einigen Kinderspielsachen.

»Hier seid ihr. Es ist gleich Mitternacht, ich habe euch gesucht. Zayn meinte, ihr seid oben, doch ihr wart auf einmal weg. Sag mir doch, wenn ihr geht.« Plötzlich steht Santiago neben ihr an der Liege und sieht von Catalina zu den beiden Kleinen.

»Du hättest doch dort bleiben können. Diese Feiern sind nichts für sie, sie haben dort keinen Spaß und es ist nur anstrengend. Das nächste Mal werde ich nach Kolumbien fliegen und du kannst hier in Ruhe deine Geschäfte abwickeln.« Santiago lacht einen Moment auf und öffnet sein Hemd. »Was ist los, Catalina? Denkst du wirklich, das ist mir wichtig? Ich will bei euch sein, ich verzichte gerne auf diese Feier, sieh mich an, Engel ...« Santiago setzt sich zu ihr. »Sag mir, was wirklich los ist, komm schon, du weißt doch, dass du mit mir reden sollst.«

Catalina atmet aus und überlegt einen Moment, ob sie wirklich alles sagen soll, was ihr auf dem Herzen liegt, doch die Vergangenheit hat sie gelehrt, dass es wichtig ist, ehrlich zu Santiago zu sein, deswegen zieht sie ihre nackten Beine an sich und sieht ihm in die Augen.

»Es ist nur ... ich bin müde und erschöpft. Ich liebe unser Leben, doch mit den beiden Kleinen und allem gerecht zu werden und der Schwangerschaft ist es gerade sehr anstrengend für mich. Ich weiß, dass ich nur nach Hilfe fragen muss, doch ich möchte das alleine schaffen und ... ich habe eine Familia unter mir, alle sehen Catalina Delgardo in mir und momentan laufe ich meinen

Söhnen hinterher mit fleckigen Kleidern, unordentlichem Knoten auf dem Kopf und Rändern unter den Augen.«

Santiago sieht sie ernst an und Catalina ist ihm dankbar dafür, dass er ihre Sorgen ernst nimmt. »Und dann kommt deine Exfreundin her und ist all das, was ich mal war und ich bin … ich habe es nicht einmal geschafft, die ganzen Babypfunde von Silas loszuwerden und nun wächst mein Bauch wieder. Ich weiß nicht, ob ich jemals wieder solch eine Frau sein kann und ich …«

Santiago unterbricht sie. »Okay, ich verstehe dich vollkommen. Mir würde das wahrscheinlich auch so gehen, doch wir gehen da zusammen durch. Engel, ich liebe dich über alles. Natalia ist meine Ex, ich habe mich lange vor dir gegen sie entschieden, gegen alle Frauen, ich wollte all das nicht. Die Ehe, Kinder, diese Frauen haben mich gelangweilt nach ein paar Nächten und ja, sie wird dem vielleicht nachtrauern, weil ich es war, der es beendet hat, doch in keiner Sekunde habe ich daran gedacht oder würde ich daran denken, das hier gegen das, was mich dort auf der Party erwartet, einzutauschen. Ich weiß, dass du denkst, du bist gerade nicht die sexy Frau, die in einen Raum kommt und alle Männer sehen auf. Aber Engel, ich schwöre dir, dass ich dieses Bild gerade, dich mit meinen Söhnen, in meinem Shirt und mit meiner Prinzessin unter deinem Herzen gegen nichts und niemanden eintauschen würde und ich liebe dich mehr als jemals zuvor. Eben weil du das tust, weil du mir diese wunderbaren Kinder schenkst, weil du die Nächte wach bleibst und dich um das Wichtigste in meinem Leben kümmerst, weil du all das für uns tust. Ich werde die nächsten Wochen so viel wie möglich hier sein oder ihr begleitet mich, ich möchte, dass wir als Familie alle zusammen alles dafür tun, dass du entlastest wirst und du und unsere Kleine genug Ruhe bekommt, und ich würde für kein Geld der Welt zurückgehen zu dieser Party, hier ist der Platz, wo ich hingehöre und wo ich sein will.«

Catalina hat Tränen in den Augen und weiß wieder genau, wieso sie Santiago über alles liebt. Er lächelt und gibt ihr einen langen

Kuss, dann setzt er sich hinter sie auf die Liege und sie lehnt sich an ihn. Als im selben Moment das Feuerwerk über ihnen beginnt, küsst Santiago sie noch einmal und ihre Söhne kommen zu ihnen, kuscheln sich auch an sie und sie sehen zusammen in den Himmel. Catalina küsst ihre Söhne und Santiago. »Ein frohes neues Jahr.« Santiago umfasst sie alle mit seinen breiten Armen und lächelt glücklich, dabei streicht er über ihren Babybauch.

»Das hier ist alles für mich und das wird sich niemals ändern. Ein frohes neues Jahr und dass es nur das Beste für unsere Familie bereithält.«

Türchen 12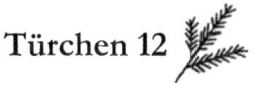

Fuego

Thiago

Thiago öffnet die Augen und setzt sich sofort im Bett auf.

Er hat das Gefühl, keine Luft mehr zu bekommen und atmet tief ein und aus.

Es dauert, bis er richtig wach und im Hier und Jetzt angekommen ist und die Panik aus seiner Brust entweicht. Die Sonne blendet ihn erbarmungslos. Es ist mitten am Tag, er kann sich nicht einmal genau daran erinnern, was gestern war, ob er auf einer Feier zu viel getrunken hat oder wo er war.

Zwar kann er langsam wieder ruhiger atmen, doch das Drücken in seiner Brust ist noch da und Thiago streicht darüber, bevor er aufsteht und sich verwundert umsieht.

Alles sieht anders aus. Ist er in einem fremden Haus aufgewacht?

Mit einem lauten Fluch steigt Thiago aus dem Bett und geht in das Bad. Was geht hier vor sich? Er wäscht sich sein Gesicht, um wacher zu werden, dann geht er in Boxershorts nach draußen. Er kennt dieses Haus nicht. »Ist jemand da?« Thiagos Stimme ist rau und kratzig, er muss gestern einen kompletten Absturz gehabt haben. Er fragt noch einmal nach, doch es ist ganz still im Haus.

Langsam geht er die Treppen nach unten, seine Knochen tun ihm weh, ist er krank? Er fühlt sich merkwürdig und das Stechen in seiner Brust will nicht verschwinden. Ratlos sieht er sich um.

Er ist in einem schön eingerichteten Haus, an der Wand hängt das alte Familia-Bild mit Raphael und den alten Männern. Thiagos Mund wird trocken, wo ist er …? Die Haustür geht auf und er traut seinen Augen nicht, als Kolan und Raphael eintreten. »Dann müssen wir ihnen klarmachen, dass es so nicht geht. Wo steckst du, Fuego? Wir warten auf dich, wir müssen nach New York, hast du das vergessen?«

Das Brennen in seiner Brust nimmt zu und Thiago kann nicht einmal seinen Mund schließen. »Raphael.« Raphael und Kolan bleiben stehen und sehen verwundert zu ihm, als Thiago zu den beiden geht und beide so schwungvoll und kraftvoll umarmt, dass er selbst kaum Luft bekommt.

Kolan lacht laut auf, wie sehr er dieses Lachen vermisst hat, und Raphael sieht einmal an Thiago hoch und runter und hebt die Augenbrauen. »Habt ihr gestern etwas genommen?« Kolan lacht weiter und schüttelt den Kopf. »Ich denke nicht, aber du weißt doch, was man sagt, kurz vor der Geburt bekommen Männer oft so eine komische Phase. Vielleicht ist er alleine noch einmal losgezogen. Zieh dich an, Fuego, wir holen die Autos, beeil dich.« Kopfschüttelnd verlassen die beiden das Haus, Thiago ist erst nicht imstande, sich zu bewegen, doch dann rennt er ihnen hinterher. »Raphael, warte ...« Er läuft auf die Straße und fast in Jemina hinein, die mit zwei Einkaufstaschen gerade aus ihrem Auto gestiegen ist.

»Wieso läufst du hier halbnackt herum?« Sie lacht und Fuego hält sie an ihren Schultern fest. »Jemina, dein Vater, er ist da, er ...« Er blickt an ihr herunter und merkt sofort, dass sie anders wirkt, nicht so befreit und glücklich wie die vielen Male, die er sie gesehen hat.

»Ich weiß, Fuego, ich habe ihn gerade gesehen, sie gehen zu den Garagen, was ist denn los mit dir?« Er sieht ihr in die Augen. »Wo ist Diego, was ist hier los?« Er erkennt sofort den Schmerz in ihren Augen, sie macht sich von ihm los und schüttelt nur den Kopf.

»Ich habe keine Ahnung, was mit dir los ist, du weißt genau, dass ich nächste Woche meine Verlobung feiere und von Diego habe ich seit Monaten nichts gehört, du solltest noch einmal schlafen gehen.«

Wieder brennt seine Brust, als er zusieht, wie Jemina zu ihrem alten Haus geht und da sieht er es. Es ist alles wieder da. Ihr altes Gebiet. Die Nacht, in der alle verbrannt sind, ist niemals gewesen und alles ist wie vorher. Thiago atmet tief ein und spürt, wie Tränen in seine Augen steigen, als er auf all die herumstehenden Männer blickt, auf die alten Häuser, er sieht, wie Raphael an den Garagen steht und laut loslacht, er selbst könnte laut loslachen vor Erleichterung, und gleichzeitig sticht es in seinem Herzen, er spürt eine tiefe Sehnsucht und Unruhe in sich. Bedeutet das, alles andere hat er nur geträumt ... er ...?

Bevor er noch irgendetwas Unüberlegtes tut, dreht er sich um und geht zurück in das Haus, was er nun offensichtlich bewohnt und ein weiteres Mal stockt er. Rosa steht im Eingangsbereich. Wunderschön und kugelrund. Ihre Hände liegen auf ihrer riesigen Kugel. Als er sie das letzte Mal gesehen hat, war sie noch nicht so groß. Er sieht ihr in die Augen und dieses Mal verlassen wirklich Tränen seine Augen.

»Rosa.« Er umarmt sie, küsst ihre Wangen, ihren Scheitel, sieht ihr ins Gesicht und drückt sie wieder an sich. »Es tut mir so leid, du hast keine Vorstellungen davon, wie leid mir alles tut.« Rosa lächelt, sie legt ihre Hände an seine Wange und küsst seine Tränen weg. »Doch, das weiß ich, Thiago, ich weiß es, mein Schatz, und es ist gut, uns geht es gut.«

Sie ist die Erste, die ihn nicht für verrückt erklärt und er sieht in ihren Augen, dass sie weiß, dass all das hier nicht echt ist, dass er träumen muss oder dass er das andere geträumt hat? Thiago hat das Gefühl durchzudrehen.

Das Gefühl, Rosa zu halten, lässt ihn kaum aufrecht stehen, doch das Wissen, dass das bedeutet, Alma und die Fuegos gibt es nicht in seinem Leben, lassen ihn kaum Luft bekommen. »Ich hätte euch niemals dort lassen sollen, wir hätten bei euch bleiben sollen, müssen, wir alle! Dann wäre das nicht passiert. Wenn ich alles anders machen könnte, wenn doch ...«

Rosa lächelt und nimmt seine Hände in ihre. »Dann wäre alles so, wie du es hier siehst, doch so ist es nicht, mein Schatz. Ich weiß, dass du dich schuldig fühlst, auch heute noch und dass du denkst, ich würde dir nicht verzeihen, dass du wieder glücklich bist, doch erkennst du die Sehnsucht, die du jetzt verspürst, wo du zurück bist? Wo du hier bei uns bist und weißt, dass das bedeutet, dass Alma nicht mehr in deinem Leben ist?«

Thiago reibt sich über das Brennen in seiner Brust und Rosa trägt das gleiche milde Lächeln auf den Lippen wie früher immer.

»Du liebst Alma, es ist etwas ganz anderes, als wir es damals hatten und auch Jemina geht es gut. Wir alle wachen über euch, wir wissen, wie sehr wir euch fehlen. Ich konnte es kaum ertragen, dich so leiden zu sehen und es tut mir gut, dich endlich wieder dein Leben leben zu sehen. Wir blicken auf euch herab, hör auf, dir Sorgen zu machen. Und du musst auch aufhören, diese Schuldgefühle in dir zu tragen. Es geht uns gut, uns allen, besonders deinem Sohn und mir. Ich freue mich, dass du Alma hast, sie hat den Hass und die Kälte aus deinem Herzen vertrieben und du wirst wieder Vater. Es ist so weit, du wirst endlich die Chance haben, deinen Sohn im Arm zu halten, Fuego. Lass los, wir alle lieben dich und ich möchte, dass du ab jetzt nur noch mit einem Lächeln an uns zurückdenkst. Alles was passiert, hat seinen Grund und die tiefe Liebe, die du für Alma und dein neues Leben empfindest, sollte nicht durch diesen schwarzen Fleck in deinem Herzen getrübt sein.«

Thiago nimmt Rosas Gesicht in seine Hände. »Ich liebe dich und unseren Sohn, ich will, dass du das weißt.« Sie lächelt. »Das wissen wir und es ist schön, dich wieder glücklich zu sehen.«

Thiago umarmt sie noch einmal, gleichzeitig kommt Panik in ihm hoch. Was ist, wenn er nun Alma verloren hat, wenn er …? Das Brennen in seiner Brust wird wieder stärker, er hat das Gefühl, keine Luft zu bekommen und atmet tief ein und aus.

Als er dieses Mal wach wird, weiß er sofort, wo er ist.

Das Brennen in seiner Brust ist weg und er atmet tief ein, als er beruhigt Alma an sich zieht, die friedlich weiterschläft. Der Traum war so real und so echt, dass er es nicht noch einmal schafft, seine Augen zu schließen. Er bleibt liegen und lässt das gerade noch einmal an sich vorbeiziehen. Auch wenn das nur ein Traum war, war es so real, so echt, und Rosas Worte haben ihm einen schweren Stein vom Herzen genommen.

Er ist glücklich.

Es könnte nicht besser laufen. Er liebt sein Leben, die Familia und vor allem Alma. Er ist dankbar für dieses Glück, von dem er nicht gedacht hätte, es noch einmal spüren zu können, doch gleichzeitig gibt es immer wieder Momente, in denen er ein schlechtes Gewissen hat. Er weiß, dass das immer dazugehören wird, es gehört zum Trauern, sich schlecht dabei zu fühlen, neues Glück zu empfinden, obwohl man doch eigentlich trauert. Es ist nicht schlimm, es ist ein Teil dieser Trauer und doch lässt sich dieser Traum nicht wieder so leicht abschütteln.

Er steht leise auf und zieht sich eine Shorts über, geht hinaus und die Treppen hinab, wo ihm ihr Weihnachtsbaum entgegenstrahlt. Es ist die Heilige Nacht, vielleicht ist er auch deswegen so anfällig für diese übersinnlichen Dinge. Natürlich sind heute seine Gedanken auch bei denen, die sie alle verloren haben.

Thiago geht zum Baum und sieht auf die vielen Pakete, die sich dort stapeln. Alma hat ihre in der Nacht offenbar zu seinen gelegt und da entdeckt er einen Ballon, der in der Luft schwebt und in dem kleine Babysocken liegen, mitten zwischen all den Paketen.

Er spürt, wie sich sein Hals zuschnürt und ihm wirklich Tränen in die Augen steigen.

Der Traum und dass es stimmt, dass er wirklich Vater wird und Alma ihn heute damit überraschen wird, sollten ihn verwundert machen, doch das Gegenteil ist der Fall. Er glaubt an solche

Sachen und dass sie alle nun wirklich über sie wachen. Rosa hat ihn im Traum besucht und ihn wissen lassen, dass es ihr gut geht und er wieder Vater wird. Sein Herz schlägt schneller, als er auf die kleinen Socken sieht. Einen Moment denkt er daran, Alma zu wecken und sein Baby zu begrüßen, doch er will ihr die Überraschung nicht verderben. Stattdessen lächelt er zufrieden und geht durch seinen Garten.

Es ist mitten in der Nacht. Es ist ganz still und friedlich auf ihrem Gebiet.

Er weiß, dass nicht alle schlafen und doch spürt man, dass dies eine heilige Nacht ist. Auch im Garten stehen geschmückte Tannenbäume mit Lichterketten. Thiago sucht sich den schönsten aus, der in einem Topf gepflanzt ist und einen goldenen Stern als Spitze hat, nimmt ihn so vorsichtig hoch, dass der Schmuck und die Lichterkette nicht abfallen, und trägt ihn zu der Grabstätte.

Er ist außer Puste, als er ihn dort mitten zwischen all den Steinen und den vielen Namen hinstellt und die Lichterkette anschaltet.

Einen Moment hält er ein.

Er sieht auf die vielen Namen, streicht über den Namen von Rosa und seinem Sohn und von seinen alten Freunden und Weggefährten, dann sieht er auf den wunderschönen Tannenbaum, der die Grabstätte erhellt, und lächelt.

»Frohe Weihnachten!«

Türchen 13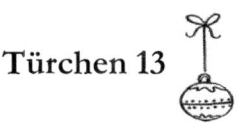

El Destino

Janine & José

»Das ist doch nicht dein Ernst? Es ist Silvester, falls du dachtest, wir diskutieren hier mit dir bis ins nächste Jahr rein, hast du dich getäuscht. Wenn du die Ware nicht willst, Pech gehabt, doch verschwende nicht unsere Zeit.«

José knallt sein Glas auf den Tisch und steht auf, auch Nando erhebt sich. Sein Bruder war von Anfang an nicht begeistert davon, heute Geschäftskunden am Hafen zu empfangen, doch sie sind auf der Durchreise, und wenn sie ihre Ware abnehmen, verdienen sie so viel an ihnen wie sonst von mindestens drei Geschäftskunden. Nur deswegen haben sich José und Nando aufgemacht und sitzen nun schon seit drei Stunden mit ihnen zusammen. Zuerst haben sie akribisch ihre Ware begutachtet, dann erzählt, wie groß das Interesse ist und wie viel Ware sie abnehmen werden, nur um jetzt um jeden Dollar zu feilschen.

Nathan und Gabriel waren heute auch noch auf einem Geschäftstermin und sind bereits wieder zu Hause, wo alles für ihre Silvesterparty vorbereitet wird. Nach dieser gelungenen Weihnachtsfeier ist José echt gespannt, was die Frauen vorhaben, sie sind aus dem Planen gar nicht mehr herausgekommen.

José hat darauf gesetzt und damit gerechnet und als er gehen will, hält ihn der Mann, der die Firmen aus der Ukraine leitet, am Arm fest. »Okay, wir finden einen Weg, wartet noch. Bitte noch eine Runde Getränke.«

Nando und José tauschen einen Blick aus. Seit sie denken können machen sie diese Geschäfte und man kann ihnen hier nichts mehr vormachen.

Sie lassen sich noch einmal auf die Diskussion ein. Die Ukrainer nehmen noch einmal mehr Ware ab, dafür gehen Nando und er etwas im Preis zurück, der aber so hoch kalkuliert war, dass sie trotzdem mehr als sonst an Extragewinn damit machen.

Zufrieden steigen sie eine Stunde später in Nandos weißen Porsche. »Ich dachte wirklich einen Moment, die springen noch ab.« Sein älterer Bruder startet den Motor und José lehnt sich zurück. »Das hätten sie nie, die wollten ihre Finger gar nicht von der Ware lassen.«

Nandos Handy unterbricht sie. Sein Bruder klemmt sich das Handy unters Ohr, weil die Freisprechanlage vorhin den Geist aufgegeben hat. José nimmt auch sein Handy aus der Tasche und schreibt seiner Frau, ob sie noch etwas besorgen sollen. Nando ist kurz angebunden. Er hört nur »Ja, ist er, ja, okayyy, mache ich.« Dann legt Nando auf und José sieht auf die Arbeiter, die hier am Hafen das Feuerwerk vorbereiten. Sie werden ein ähnliches bei sich heute erleben.

»War das Lina? Sollen wir noch etwas besorgen? Ich habe Hunger, wir sollten kurz irgendwo halten, wer weiß, wann wir etwas zu essen bekommen, wenn die Cateringfirma noch nicht fertig ist.«

Er sieht zu Nando, der weiter auf die Straße blickt und ein Lächeln auf den Lippen trägt. Statt ihm zu antworten fährt er durch einen Drive-in und bestellt zwei Burger und etwas zu trinken, wenigstens sind es Josés Lieblingsburger. »Also heißt es, sie sind noch nicht fertig.« Nando reicht ihm beide Burger und das Getränk. »Iss!«

José muss lachen, doch er beißt von seinem Burger ab. »Weißt du, Nathan und ich haben neulich erst darüber gesprochen, ob Arturo und du jemals aufhören werdet mit eurem großer-Bruder-Ding.«

Nun lacht auch Nando und José spürt seinen Blick auf sich. »Bin ich dein großer Bruder?« José nickt und will etwas sagen, doch Nando kommt ihm zuvor. »Werde ich immer dein großer Bruder sein?« José lacht auf und Nando zuckt die Schultern. »Damit hast du dir die Antwort selbst gegeben.« Er will ihm erklären, dass er gerade einen Zwei-Millionen-Dollar-Deal mit der ukrainischen Mafia abgeschlossen hat, doch da merkt er, dass sie eine andere Abfahrt abfahren. »Also müssen wir doch noch etwas besorgen? Willst du keinen?« Er hält Nando den zweiten Burger hin, doch der fährt gerade in die Straße zu der Privatklinik ihres Arztes ein.

»Ich sage doch, iss, du wirst es brauchen.« Als er vor der Klinik hält, sieht José von dem Haus zu Nando. »Was ist los? Janine? Ist es so weit? Wieso sagst du mir das nicht sofort?« José lässt das Papier fallen und steigt aus. Nando lacht auf und tut es ihm gleich. »Damit du nicht in Panik gerätst. Sie sind seit einer Stunde hier, weil die Wehen angefangen haben und der Arzt sagt, so langsam sollen wir kommen.«

José flucht und geht mit schnellen Schritten in Richtung Eingang. »Denkst du, ich verfalle in Panik?« Nando hält Schritt und macht ihm die Tür auf. »Nein, niemals, vergiss nicht zu atmen, José.« José schenkt seinem Bruder einen tödlichen Blick, der ihn nur grinsend erwidert. »Darf ich dich daran erinnern, wie du uns beide fast umgebracht hast, als du dachtest, es geht bei Mateo los und du hergerast bist?« Nando lacht noch immer, als eine Schwester ihnen den ersten Stock deutet. Sie gehen schnell zum Fahrstuhl und steigen ein.

»Deswegen ja, ich weiß, wie aufgeregt man beim ersten Mal ist, sieh mich an.« Die Fahrstuhltür schließt sich und Nando sieht José ernst in die Augen. »Das, was jetzt passiert, wird dein Leben für immer verändern. Du wirst bald deinen ersten Sohn im Arm halten, ja, ich bin dein großer Bruder und ich bin sehr stolz auf dich und ich kann es nicht erwarten, meinen Neffen kennenzulernen, also atme tief durch und hilf deiner Frau so gut es geht.«

José lächelt und will etwas sagen, doch da öffnet sich die Fahrstuhltür und sie sehen auf Lina und Olivia, die mit Arturo und Janines Vater vor einem Raum warten. Sie alle lächeln José aufmunternd zu, als er in den Raum geht, in dem es sehr ruhig ist.

Er weiß nicht, was er sich vorgestellt hat, er hat die schlimmsten Horrorgeschichten gehört: von schreienden Frauen, Blut und allem anderen. Doch in dem Raum ist nur der Arzt, eine Hebamme, Janines Mutter und Janine, die in einer großen Badewanne liegt und ihm erschöpft entgegensieht.

»Wieso habt ihr mich nicht vorher gerufen?« José legt alles ab und kniet sich neben den Kopf seiner Frau. Die Schwester holt ihm einen Stuhl und José gibt Janine einen Kuss. Sie ist nicht ganz nackt, sie trägt im Wasser ein langes Top, ihre Haare sind zu einem Knoten nach oben gebunden und sie schließt erschöpft ihre Augen, während sie ihm antwortet. »Wir hatten jetzt drei Fehlalarme. Als die Wehen begonnen haben, habe ich es gar keinem erzählt, weil ich dachte, das hört gleich wieder auf, doch ...«

Janine öffnet die Augen wieder und atmet schneller. Sie greift nach Josés Hand, und auch wenn sie keinen Ton von sich gibt, sieht man ihr an, was für Schmerzen sie haben muss. Sie drückt seine Hand und José sieht zum Arzt. »Kann man ihr die Schmerzen nehmen?« Der Arzt nickt und sieht zu der Hebamme, die auch ins Wasser greift und Janine untersucht. »Das kann man, aber ihre Frau möchte nichts nehmen, oder möchten Sie jetzt doch?«

Janine atmet wieder aus und öffnet die Augen. »Nein, das schaffe ich ...« Ihre Mutter lächelt, auch wenn sie Ärztin ist, ist noch ein weiterer Arzt dabei. Sie ist als Mutter hier.

José gibt seiner tapferen Frau einen langen Kuss auf die Wange. »Ich liebe dich und ich kann es nicht erwarten, bis unser Sohn da ist.« Er sieht zu Janines Mutter. »Was kann ich tun?« Doch bevor seine Schwiegermutter antworten kann, unterbricht sie die Hebamme und lächelt.

»Jede Frau ist anders. Das Wasser hilft ihrer Frau sehr. Der Muttermund ist schon bei sieben Zentimetern und sie schafft es, sich trotz der Schmerzen zu entspannen.« Doch noch während sie das ausspricht, kommt die nächste Wehe und man merkt, dass die Geburt vorangeht.

José war schon in den ungewöhnlichsten Situationen, doch die nächsten Minuten oder sogar Stunden bringen ihn an seine Grenze. Er kann es kaum ertragen, die Schmerzen in Janines Gesicht zu sehen. Er hat sich niemals vorstellen können, eine Frau so bedingungslos zu lieben, wie er es mit Janine tut. Sie ist sein Ein und Alles, und sie so zu sehen und nichts tun zu können, quält ihn. Er kann nicht einmal sagen, ob Stunden oder Minuten vergehen, er konzentriert sich ganz auf seine Frau, auf ihren Schmerz und wie sie ihn braucht. Bis die Hebamme leise sagt, dass es so weit ist und nun nur die Eltern im Raum bleiben sollen.

Es ist ein sehr intimer Moment und sie möchte, dass José und Janine diesen Moment für sich alleine haben, nur sie bleibt bei ihnen und hilft ihrem Sohn auf die Welt. José registriert, wie erschöpft Janine ist, das gedimmte Licht, die Kerzen, doch alles was jetzt zählt, sind Janine und das Baby.

Die Hebamme greift jetzt ganz in die Badewanne, Janine liegt so, dass sie gut herankommt und sie bittet Janine zu pressen. José atmet tief ein, Janine muss zweinmal pressen, sie lehnt ihren Kopf erschöpft zurück und da zieht die Hebamme lächelnd ein kleines Wesen aus dem Wasser, was sofort laut und kräftig zu schreien beginnt und Josés Herz im Sturm erobert.

Janine weint, als ihr ihr Sohn auf die Brust gelegt wird. Die Hebamme legt zwei Handtücher über ihn und sobald er auf der Brust seiner Mutter liegt, hört er auf zu schreien. José küsst Janine und streicht über die dunklen Haare seines Sohnes. Stolz und Liebe mischen sich in seiner Brust, als er auf seine kleinen Hände blickt, die kleine Nase, die Lippen, er kann sich nicht genug an ihm sattsehen.

»Er ist wunderschön, danke, mein Engel.« José küsst die Tränen von Janine weg, die ihren Sohn immer wieder an sich drückt und küsst. Sie ist erschöpft und glücklich und José sagt ihr immer wieder, wie sehr er sie liebt. Dieser Moment gehört ihnen. Sie beide können nicht aufhören, dieses kleine Wunder anzusehen, und wieder kann José nicht sagen, ob sie Stunden oder Minuten ihren Sohn betrachten. Sie vergessen alles um sich herum.

Irgendwann kommen Janines Mutter und der Arzt wieder herein. Seine Schwiegermutter verfällt ihrem kleinen Enkel auch von der ersten Sekunde an, dann nimmt der Arzt ihn und untersucht ihn, während Janines Mutter und die Hebamme Janine weiter untersuchen und aus der Wanne helfen.

José bleibt bei seinem Sohn, er denkt nicht daran, ihn auch nur eine Sekunde aus den Augen zu lassen.

Er ist gesund und munter und während er untersucht wird, beschwert er sich laut und man erkennt seine blauen Augen. José hofft, dass er die Farbe seiner Mutter behält, wenn man auch jetzt schon sehr viel von José in ihm erkennen kann. Sein Stolz wächst mit jedem Blick auf ihn. Der Arzt zieht ihn an und wickelt ihn in eine blaue Babydecke, die Lina gekauft hat, bevor José ihn an sich nimmt und seine weichen Wangen küsst. Er kann nicht aufhören, seinen Sohn anzusehen, seine Wangen zu küssen und an ihm zu riechen.

Janine ist im Bad mit ihrer Mutter und José geht vorsichtig mit seinem Sohn auf den Flur, wo noch immer Nando, Arturo, Lina und Olivia warten, doch nun stehen auch Gabriel und Nathan dort und sehen gespannt zu ihnen.

José kann sein stolzes Strahlen nicht verbergen und muss an Nandos Worte denken. Er lächelt seinen Bruder stolz an und legt ihm zuerst seinen Sohn in den Arm. »Darf ich vorstellen? Yago.« Nando sieht ebenso stolz zu Yago hinab, sie alle sehen ihn an, er scheint sich wohlzufühlen und hat die Augen geschlossen und man erkennt noch mehr die Ähnlichkeit zu José. Er ist wunderschön und Nando küsst seine Wangen.

»Willkommen in der Familie, mein Schatz Yago.« Genau in diesem Moment beginnt es überall draußen laut zu knallen und Nando lacht leise auf.

»Und ein frohes neues Jahr!«

Türchen 14

Eine Kleinigkeit wie Liebe
Cruz & Lia

»Amalia!«

Lia küsst die kleinen Händchen von Amalia, die gerade anfängt, nach ihren Füßen zu greifen und dabei immer lustige gurrende Geräusche macht. Auch jetzt strahlt ihre kleine Nichte sie aus ihren grünen Augen an und steckt sich doch lieber ihre Hand in den Mund.

»Du bist zum Auffressen, hast du etwas dagegen, wenn ich ein bisschen von dir …?« Lia pustet gegen die Arme ihrer Nichte, was sie aufjauchzen lässt, in dem Moment kommt Lorena zurück ins Zimmer und hält ihr zwei Kleider hin. »Was denkst du?« Lia sieht zu den beiden schönen Kleidern. Eines ist ohne Träger und in einem schönen Karamellton, das andere in einem dunkleren Braunton und mit zarten Bändchen als Träger, beide sehen wunderschön aus, doch Lia hebt nur die Augenbrauen. »Ich passe da nicht einmal mehr mit meinem Arm rein, besonders nicht nach diesem Weihnachtsfest. Ich habe das Gefühl, Cruz will mich mästen.«

Lorena lacht und hält sich beide Kleider vor dem Spiegel an. »Du hast nur eine kleine Kugel, du bist wunderschön wie immer. Du bist gerade mal im vierten Monat, glaube mir, das wird noch mehr. Komm schon, heute ist ein besonderer Tag. Du darfst dir auch aussuchen, welches du tragen willst.«

Lia deutet auf das braune Kleid mit den Schleifen, es ist nicht ganz so enganliegend, und da Lorena wieder aussieht wie vor der Geburt, kann sie das engere Kleid ohne Probleme tragen. »Nach dieser pompösen Weihnachtsfeier wollten wir doch ruhiger und entspannter feiern. Ist etwas Neues geplant worden, von dem ich nichts weiß? Ich dachte, wir bleiben in Jogginghosen, sehen uns eine Serie an, grillen etwas und ...«

Lorena lacht und wirft Lia das braune Kleid zu. »Wir haben die letzten vier Tage nichts anderes getan, als bei dir oder bei mir zu sitzen, Serien zu gucken, mit Amalia zu spielen und zu essen, langsam reicht es. Es ist nichts anderes geplant, aber wir haben die Männer ein paar Tage nicht gesehen, und hier bedeutet selbst ein ruhiges Fest ein großes Fest. Ich habe gehört, was für Essen Savanna alles geordert hat, ich denke, alle sind froh, nach den letzten Monaten dieses Jahr abzuschließen und ins neue zu starten, also lass es uns feiern.«

Lia steht auf und fasst sich an ihre Kugel, seit heute Morgen hat sie immer wieder leichte Stiche im Bauch. Jomar und Cruz sind nach Weihnachten vier Tage weggeflogen, sie kommen heute zurück und Lia kann es kaum erwarten. Für sie ist es mittlerweile wirklich merkwürdig, ohne ihren Mann zu sein.

»Es sind auch gute Dinge passiert. Ich habe geheiratet, Amalia ist geboren. Jomar hat Weihnachten um deine Hand angehalten ...« Lorena sieht automatisch wieder auf den Ring an ihrem Finger und strahlt. Es ist schön, ihre Schwester so glücklich zu sehen.

»Aber es ist auch viel Schlimmes passiert und gerade ist es so entspannt ruhig, alle kommen zur Ruhe. Also lass uns das neue Jahr gebührend feiern. Was denkst du ... ist alles okay?«

Lia hat sich das Kleid angelegt und sieht in den Spiegel, dabei spürt sie wieder diese Stiche im Bauch. »Ja ... es ... seit heute Morgen habe ich leichte Stiche im Bauch. Ich denke, es ist nichts, aber es geht leider auch nicht weg.«

Lorena legt die Kleider zur Seite und nimmt Amalia hoch. »Dann los, wir fahren zum Arzt.« Lia sieht ihre Schwester ernst an. »Hör auf zu spinnen, als wärst du bei jedem Ziepen zum Arzt gerannt.«

Lorena schnappt sich die kleine rosa Tasche, die sie immer mitnimmt, wenn sie mit Amalia unterwegs sind.

»Nein, das bin ich nicht, aber da hatten wir auch nicht die Möglichkeit, jederzeit zum Arzt zu gehen. Du weißt, dass die Ärzte in der Klinik angewiesen sind, jederzeit bereit zu sein, dich zu untersuchen. Außerdem musste ich meinem Schwager versprechen, auf dich aufzupassen und ich mag meinen Schwager sehr.« Lia lacht, doch da sie immer noch das Stechen verspürt, geht sie wirklich mit Lorena und Amalia zur Haustür. »Gut, wir können den Arzt mal nachsehen lassen, aber kein Wort zu Cruz, er macht sich schon genug Sorgen um mich und das Baby.«

Das tut er wirklich, sie beide freuen sich wahnsinnig auf das Baby, Cruz ist schon jetzt der beste Vater. Ihm ist es sehr wichtig, bei jeder Untersuchung dabei zu sein und er informiert sich genau, was man alles braucht und was das Beste für Babys ist. Auch für Amalia besorgt er das dann. Nach den Feiertagen lassen sie ihr oberes Stockwerk für das Baby umbauen.

»Wohoo, meine Hübschen, wohin? Ich brauche eure Meinung zu dem Feuerwerk ...« Lorena schnallt Amalia in Lias Auto fest, als Savanna von nebenan zu ihnen kommt. »Wir müssen noch etwas besorgen, worum geht es und sollen wir dir etwas mitbringen? Fehlt noch etwas?« Savanna zeigt ihnen auf dem Handy ein paar Bilder. Sie zeigen, welche die beste Farbkombination ist und da Savanna nichts weiter braucht, fahren sie direkt zur Klinik, wo auch sofort ein Arzt gerufen wird und sie zu einem Untersuchungsraum gebracht werden.

Wenn man bedenkt, wie Lia und Lorena groß geworden sind, ist es für sie immer noch unwirklich, dass sie so behandelt werden. Jeder weiß, wer sie sind, sie müssen nicht einmal eine Minute warten, bis der Chefarzt kommt und sie begrüßt. Lia sagt ihm, was ist und er beginnt mit den Untersuchungen. Ihr wird Blut abgenommen, ihr Blutdruck wird gemessen und dann beginnt der Arzt mit dem Ultraschall. Sie waren erst vor zwei Wochen hier und es sah alles perfekt aus, dem Baby ging es gut, und als der Arzt auch jetzt versichert, dass alles gut aussieht, fällt Lia doch ein kleiner Steinbrocken vom Herzen.

»Sieh mal, das ist deine Cousine oder dein Cousin.« Lorena deutet zum Bildschirm, auch wenn Amalia schon halb auf ihrem Arm schläft. Lia sieht genauso fasziniert auf den Bildschirm, man erkennt immer mehr. Sie hat das ja bei Lorena bereits kennengelernt, doch ihr Baby so zu sehen, fühlt sich noch einmal komplett anders an. Sie könnte es stundenlang betrachten, auch Cruz war beim letzten Mal ganz fasziniert.

»Das letzte Mal wollten wir nach dem Geschlecht sehen, doch das Baby hat sich so gewendet, dass man nichts sehen konnte, gerade kann ich es ganz genau erkennen, möchten sie es wissen?« Lia sieht zu Lorena. Cruz wollte das letzte Mal unbedingt erfahren, was sie bekommen, er kann es nicht erwarten, nichts was mit seinem Baby zu tun hat. Er streichelt jeden Abend Lias Bauch und gibt einen Kuss darauf, er war schon immer sehr liebevoll zu Lia, doch schon jetzt trägt er sein Baby auf Händen, auch wenn das eigentlich noch gar nicht möglich ist.

»Ich weiß nicht, mein Mann wollte eigentlich …« Lorenas Augen weiten sich. »Wir überraschen ihn! Er weiß nicht, dass wir beim Arzt sind und wir können ihn heute an Silvester überraschen. Ich habe auch schon die perfekte Idee: Du weißt, dass Cruz damit angibt, dass niemand ihn überraschen kann, weil er immer alles vorher erahnt, heute werden wir ihn mit dem schönsten Geschenk überraschen.«

Das stimmt, keiner kann Cruz überraschen, er bekommt alles schon vorher heraus. Lia hat es geschafft, ihn mit ihrer Schwangerschaft zu überraschen, aber nur, weil es so frisch war und noch keiner davon wusste. Danach ist es niemandem mehr gelungen und Lia lächelt den Arzt an, der zu ihnen sieht. »Das ist doch eine gute Idee, was denken Sie?« Lia nickt. »Okay, verraten Sie das Geschlecht.«

Keine halbe Stunde später fahren sie auf den großen Parkplatz der Mall ein, als Lias Handy klingelt und sie über die Freisprechanlage annimmt. »Wo treibt ihr beide euch wieder rum? Wir dachten, ihr erwartet uns hier?« Lorena lacht leise auf und Lia sieht auf die Uhr, sie waren doch länger als gedacht beim Arzt. Sie ist müde, sie hat eine Vitaminspritze bekommen, die Stiche sind nun weg, doch sie ist müde. Der Arzt hat ihr neue Vitaminpräparate aufgeschrieben und gesagt, sie soll sich ausruhen.

»Seid ihr schon zurück? Wir haben die Zeit total vergessen, wir sind noch in der Mall. Wir kommen danach nach Hause.« Es ist laut bei Cruz. »Okay, ist alles in Ordnung? Du hörst dich erschöpft an.« Sofort schwingt Besorgnis in seiner Stimme mit und Lia und Lorena werfen sich einen Blick zu. Wenn er wüsste, dass sie gerade beim Arzt waren, wäre er innerhalb der nächsten Minuten bei ihnen ...

»Ja, es ist alles in Ordnung, ich bin nur müde. Wir kommen gleich. Hast du etwas von Caleb gehört?« Cruz' Stimme wird leiser. Zwei Tage vor Weihnachten hat sich der Mann gemeldet, der in Kanada nach Babsi suchen sollte. Keiner weiß, was er ihm gesagt hat, doch Caleb hat alles stehen- und liegengelassen und ist zum Flughafen gefahren. Seitdem hat keiner mehr etwas von ihm gehört, er hat sein Handy aus. Weihnachten hatte er es kurz an, hat Cruz eine Nachricht geschrieben, dass er allen frohe Weihnachten sagen soll und er sich bald meldet, das war es und nun machen sich natürlich alle Sorgen.

Caleb will wissen, was mit seinem Baby ist und er hat Lia auch gesagt, dass Babsi ihm fehlt. Es ist immer fester zwischen ihnen geworden, und auch wenn er verstanden hat, wieso sie geht, hat er erst so richtig begriffen, wie wichtig sie ihm ist, als er sie nicht mehr erreichen konnte.

Lia hofft so sehr, dass er Babsi findet, dass sie sich aussprechen und eine Lösung finden, sie hofft es wirklich.

»Nein, leider nicht. Ich gehe ins Gemeinschaftshaus, wir halten da gleich noch eine Besprechung ab. Jomar ist auch hier.« Sie verabschieden sich und Lorena grinst immer breiter. »Wenn er wüsste, was heute passiert, ich liebe es, jemanden so zu überraschen und reinzulegen. Ich besorge das schnell. Ich habe erst letzte Woche davon gelesen und in dem großen Laden für die Ausstattung von Festen haben sie das garantiert. Ich habe mich totgelacht, warte hier, leg die Beine hoch und mach die Augen zu, ich besorge die Überraschung und die Vitamine.«

Schon ist ihre Schwester weg. Die Geburt von Amalia hat Lorena wirklich ruhiger werden lassen, doch hin und wieder kommt die alte verrückte Lorena durch. Lia setzt sich nach hinten zu Amalia, die selig in ihrem Kindersitz schläft. Sie legt müde ihren Kopf zu ihrer Nichte, atmet ihren Duft ein und wird wirklich erst wieder wach, als die Tür aufgeht und Lorena einen riesigen runden, bunten Piñata-Ball in den Kofferraum schiebt.

»Bist du ... soll er die Piñata aufschlagen? Ich habe noch nie solch eine riesige Piñata gesehen.« Schon jetzt muss Lia lachen, wenn sie daran denkt, und Lorena hält vier Schlagstöcke in der Hand. »Das ist eine ganz besondere Piñata, sie ist doppelt geklebt, extra, um das Ganze etwas lustiger zu machen, ich denke, wir werden heute viel Spaß haben und deinen Mann schön überraschen.«

Lia vertraut ihrer Schwester da einfach mal. Auf dem Rückweg schläft Lia tatsächlich noch einmal ein und wacht erst auf, als sie vor dem Gemeinschaftshaus parken. Es ist bereits früher Abend, sie müssen sich noch fertig machen, doch erst will sie ihren Mann begrüßen. Mittlerweile ist auch Amalia wieder wach. Im Gemeinschaftshaus wird schon alles vorbereitet. Als zwei Angestellte vorbeigehen, drückt Lorena ihnen die Piñata in die Hand und erklärt, wo sie sie befestigen sollen.

Als sie dann in das Haus gehen, halten sie einen Moment ein. Es passiert oft, dass viele Männer im Besprechungsraum versammelt sind, doch so viele, wie heute auf den Stühlen, auf dem Boden und überall verteilt sind, hat sie noch nie gesehen. Jomar und Cruz stehen ganz vorne und reden mit den Männern.

Es ist verrückt, noch immer hüpft Lias Herz aufgeregt in ihrer Brust, wenn sie Cruz dort stehen sieht. Noch immer ist sie einen Moment von seiner mächtigen Erscheinung eingenommen. Cruz lacht gerade über etwas, was einer der jüngeren Männer sagt, sein Blick gleitet nach oben und trifft auf ihren, und Lia erkennt sofort die tiefe Liebe zwischen ihnen. Doch im selben Moment fragen ihn die Männer wieder etwas und Cruz muss sich darum kümmern, dafür kommt Jomar zu ihnen.

»Da sind ja meine Hübschen.« Er gibt Lorena einen Kuss auf den Mund, Lia einen Kuss auf die Wange und Amalia greift gleich nach ihm und will auf seinen Arm, was er auch sofort macht und sie so lange küsst, bis sie zu lachen beginnt. Zumindest hört sich das so an. Amalia ist verrückt nach Jomar und er nach ihr. »Wir haben noch etwas besorgt, was für eine Besprechung habt ihr?« Auch Lorena sieht verwundert zu den vielen Männern. »Es ist unsere Jahresabschlussbesprechung. Wir gehen noch einmal durch, was im Jahr passiert ist, was gut gelaufen ist, was wir verbessern können und was uns im nächsten Jahr erwartet. Unsere Ziele, und die sind immer hoch.«

Lia lacht leise und Jomar streicht über ihren Bauch. »Ist bei dir alles in Ordnung? Du siehst müde aus.« Lia nickt und sieht noch einmal zu Cruz, sein Blick streift wieder zu ihr. Er hat zu tun, sie weiß, dass sie ihn ablenkt und lächelt ihn noch einmal an, bevor sie sich zu Jomar wendet. »Ich bin auch etwas müde, aber es geht. Ich denke, wir machen uns mal fertig, oder? Wann beginnt die Feier?« Jomar sieht auf sein Handy. »Es ist alles vorbereitet. Die Besprechung geht sicher noch eine Stunde und dann werden wir anfangen zu grillen und mit allem anderen.«

Lorena nickt und will Amalia wieder nehmen, doch Jomar lacht und behält sie auf seinem Arm. »Ich habe meine Tochter vermisst. Kommt einfach rüber, wenn ihr fertig seid.« Er zwinkert ihnen noch einmal zu und geht mit Amalia im Arm wieder zurück, wo sie gleich von Cruz auf den Arm genommen wird. Diese harten Männer der Nechas sind ihr alle verfallen.

Lia und Lorena gehen nach Hause. Sie wollen sich fertig machen, doch statt duschen zu gehen, legt Lia sich aufs Bett und will sich noch ein wenig ausruhen, wobei sie einfach wieder einschläft. Erst als warme Arme sie umfassen, wird sie wieder wach. Cruz drückt sie an sich und Lia kuschelt sich in seine Arme. »Oh nein, ich bin wieder eingeschlafen, es ist schon dunkel, sag nicht, ich habe die Feier verschlafen.«

Cruz' Lippen streifen über ihre Schulter. »Nein, hast du nicht. Sie hat gerade erst begonnen. Ich dachte, ich sehe mal nach dir. Wenn du willst, können wir auch hierbleiben, ich habe gar kein Problem damit, mit dir hier im Bett ins neue Jahr zu starten.« Lia lacht leise und wendet sich zu ihm um. »Das glaube ich dir, doch wir sollten mit unseren Familien feiern, aber danach und morgen können wir gerne einfach nur im Bett ...« Cruz' Lippen erobern ihre und Lia schmiegt sich noch enger in seine Arme. Sie hat ihn vermisst, es ist verrückt, zu was für einem wichtigen Teil in ihrem Leben er schon geworden ist. Er ist ihr Leben, anders kann man es nicht beschreiben.

»Du hast mir gefehlt, mein Engel. Wie geht es euch beiden?« Sobald Cruz ihre Lippen freigibt, wandern sie nach unten. Er schiebt ihr Sommerkleid nach oben und küsst ihre kleine Kugel. »Dein Bauch ist gewachsen. Ich war nur vier Tage weg und das Baby ist gewachsen.« Empört sieht er wieder zu ihr und Lia muss lachen, da klingelt sein Handy und Lia steht auf. »Ich mache mich schnell fertig, die warten bestimmt alle schon.« Doch Cruz ist das offenbar völlig egal, denn er folgt ihr ins Bad. Das ist eine Sache, die sich weder in diesem noch im nächsten Jahr ändern wird.

Sie schaffen es tatsächlich erst eine Stunde später zur Feier, Cruz trägt nur eine Shorts und ein Shirt und Lia das braune Kleid von Lorena, doch sie hat sich nicht sehr stark geschminkt und ihre

Haare nur zur Seite geflochten. Sie sind die Letzten, die eintreffen, und Lorena ist schon ganz nervös, immer wieder sieht sie zu Lia und grinst frech, doch erst essen sie etwas, begrüßen alle und dann, als es schon kurz vor Mitternacht ist, schafft es Lorena endlich, ihrem Schwager einen Schlagstock in die Hand zu drücken.

»Was soll das sein? Wollt ihr testen, wie betrunken wir schon sind?« Lorena lacht und auch Jomar schnappt sich einen Schlagstock. »Wir wollen testen, wie schlagsicher die Anführer der Nechas sind, also los.« Cruz und Jomar machen den Spaß mit, sie schlagen auf den riesigen Ball ein, der über ihnen allen schwebt, merken aber sehr bald, dass es nicht so einfach ist, wie sie es gedacht haben.

Die Piñata ist viel zu stark verklebt, sie schlagen und schlagen, immer wechseln die Schlagstöcke, alle Cousins wollen auch ihr Glück probieren. Sie lachen alle viel und irgendwann machen immer mehr Männer mit. Lorena hatte wirklich recht, sie alle lachen und amüsieren sich. Es wird leise Musik gespielt und es dauert einige Zeit, bis dann Cruz mit einem starken und gezielten Schlag die Piñata einreißt und sofort werden sie alle von hellblauem Konfetti und Luftschlangen eingehüllt und mehrere kleine hellblaue Herzballons gehen in die Luft mit der Aufschrift:

'It's A Boy'.

Damit hat keiner gerechnet.

Sie alle sehen sich verwundert um, bis sie verstehen und alle Cruz umarmen und ihm gratulieren, der stolz zu grinsen beginnt und zu ihr kommt. »Ich wusste es. Ist das sicher? Aber ...« Das gerade war so süß und rührend, noch immer ist Cruz voller blauer Konfetti. Er ist völlig überrascht und gleichzeitig wechselt sich Stolz und Glück in seinen Augen ab.

»Ja, wir bekommen einen Sohn.«

Cruz zieht Lia in die Arme. Sie hören um sich herum, dass alle sich freuen, dass sie nun noch mehr feiern, doch für diesen

Moment gibt es nur Lia und Cruz. Er drückt sie an sich und seine Hand liegt an ihrem Bauch. »Du machst mich zum glücklichsten Mann der Welt. Danke, mein Engel.« Lia gibt ihm einen Kuss und sieht ihm in die Augen, er ist überrascht und gerührt, das bedeutet ihm alles und Lia ist froh, dass sie auf Lorena gehört hat und sie ihn heute überrascht haben.

»Ein fröhliches neues Jahr, mein Herz. Ich kann es nicht erwarten, was alles auf uns zukommen wird.«

Llora por el amor - Reihe

Paco und Bella

»Vielen Dank, das waren sehr schöne Tage, ich schicke die Liste gleich weiter.« Bella beendet das Telefonat und schaltet den Laptop erschöpft aus.

Sie ist erst vor zwei Stunden in Puerto Rico gelandet. Bella ist warm, es ist schon ein gewaltiger Temperaturunterschied und während sie ihr altes Zimmer verlässt, zieht sie sich ihren dünnen Pullover aus und bleibt in einem einfachen weißen Top.

Das nächste Mal, wenn sie wieder nach New York fliegt, wird sie Lando mitnehmen und ihm New York zur Weihnachtszeit zeigen, Bella liebt es. Sie liebt ihre Heimat, doch Weihnachten im Schnee ist schon etwas ganz Besonderes. Dieses Mal war es leider nicht möglich, ihren Sohn mitzunehmen. Sie war eine Woche dort, um auf eine Spielzeug- und Kursmesse für Kindergärten zu gehen. Es war sehr informativ, aber auch sehr anstrengend und sie ist froh, dass sie es geschafft hat, rechtzeitig zu Weihnachten wieder hier zu sein.

Eigentlich wollte Paco sie abholen, doch da ihm etwas dazwischengekommen ist, hat Juan das übernommen und hat sie mit zu ihrer Mutter genommen. Paco will sie von hier abholen, damit sie bei den Weihnachtsvorbereitungen helfen kann, die schon überall im Gange sind.

Bella sieht ungeduldig auf ihr Handy, sie hat noch schnell in ihrem alten Zimmer den Vorstand zurückgerufen, der sich wegen der Reise und der Messen gemeldet hatte, doch da saß sie im Flieger. Jetzt hat sie aber wirklich frei und würde gern beginnen, die Feiertage zu genießen, aber Paco hat ihr noch nicht geantwortet.

Es muss etwas Wichtiges passiert sein, ihr Mann würde es sich nicht einfach so nehmen lassen, sie abzuholen, doch ihr Bruder hat nur die Schultern gezuckt und die Donuts verdrückt, als er sie hergebracht hat.

»Du brauchst doch nicht so viel vorzubereiten, das meiste übernimmt das Catering.« Bella geht zu ihrer Mutter in die Küche, die schon zwei Kuchen und mehrere Töpfe vor sich aufgereiht hat. »Ich weiß, aber gewisse Sachen gehören einfach dazu und die kann nicht jeder. Da steht übrigens die Kiste, die wir beim Ausräumen des Kellers gefunden haben.«

Bella nimmt sich einen Cupcake, der mit grüner Glasur an einen Weihnachtsbaum erinnert und sieht zu der Ablage, auf der ihre geheime Holztruhe steht. »Oh mein Gott, die hatte ich tatsächlich schon vergessen. Bevor ich damals zum Studieren nach New York gegangen bin, habe ich sie im Keller gelassen und danach irgendwie nie wieder in der Hand gehabt.«

Sie muss schmunzeln, als sie die alte Kiste öffnet. Hier hat sie immer alle wichtigen Erinnerungsstücke hineingetan. »Oh nein ...« Sie holt die Konzertkarten heraus, von wo aus sie damals mit Paco auf dem Dach der Uni verschwunden ist. Ein paar Kinotickets von Sara und ihr, eine alte Parfümflasche, ihr Lieblingsparfüm, es wurde aus dem Sortiment genommen und sie wollte sich als Erinnerung daran immer noch etwas aufbewahren, nun sprüht sie sich einen Spritzer auf das Handgelenk und schließt die Augen.

Der Duft führt sie zurück zu den Anfängen von Paco und ihr und in die Zeit, als es die Surenas und die Puntos noch gab. Sie erinnert sich, wie schnell und wie stark sie Gefühle für Paco aufgebaut hat, die niemals schwächer wurden, sondern nur gewachsen sind.

Bella zieht die Unterlagen zu ihrem Gewinn, dem Stipendium, aus der Box. Was sie schon alles mitgemacht haben. Als sie ein

Bild von Paco, Rodriguez, Selena und sich in den Händen hält, treten ihr Tränen in die Augen. Damals wusste sie noch nicht, dass sie Selena verlieren werden.

Bella schließt die Kiste wieder und räuspert sich, um nicht wirklich zu weinen anzufangen. »Ich nehme die mit, Mama. Ich gehe mal rüber ins Punto-Haus und frage nach, ob jemand weiß, was mein Mann treibt.« Auf die Lippen ihrer Mutter legt sich ein seliges Lächeln. »Mach das, bis später, mein Herz.«

Wie früher immer geht Bella über die Straße in das Punto-Haus. Eigentlich kann man das heute nicht mehr so nennen. Es gibt keine wirklichen Puntos und Surenas mehr, klar würden ihr Bruder oder Paco niemals aufhören, sich so zu nennen, doch im Grunde sind sie alle wie die neue Generation Surentos und genau das ist das Richtige.

Natürlich ist das Punto-Haus voller als sonst. Wenn die Vorbereitungen für Feiern laufen, verdrücken sich die Männer nur zu gerne. Leandro hat ihr vorhin noch geschrieben, dass er einen Termin mit Sanchez hat, doch er kommt pünktlich zur Feier. Sie geht zu einem der Tische, an dem Damian und Tito sitzen und zusammen ein Video über irgendwelche neuen Waffen sehen, Juan sitzt auch dort, doch er hat sich zurückgelehnt und öffnet nur minimal die Augen, als Bella auf ihn zugeht.

»Princesa. Was hast du da für eine komische Kiste?« Bella lächelt und gibt ihrem Neffen einen Kuss auf die Wange, dann Tito, und vor ihrem Bruder stellt sie sich genau auf, um ihm in die Augen sehen zu können. Sie sieht sofort, wenn er ihr etwas verheimlicht.

»Das sind alte Erinnerungen, wieso wundert es dich nicht, dass ich noch hier bin?« Juan schließt schnell wieder die Augen und zuckt die Schultern. »Weil ... darum. Wieso sollte es mich wundern? Du bist doch hier zu Hause, hast du in deinen alten Erinnerungen nicht den Beweis dafür gefunden, dass du eine Punto bist? Bella Punto?« Sie hört Titos Lachen und will gerade ansetzen, etwas zu sagen, da hört sie diese tiefe vertraute Stimme, die ihr noch immer direkt ins Herz geht.

»Bei dem Namen bekomme ich selbst heute noch Bauchschmerzen. Bella Surena hört sich so viel besser an.« Nun lacht Damian und Bella dreht sich um und begrüßt ihren Mann, der sie lächelnd in die Arme nimmt. »Hallo Cariño, entschuldige, dass du warten musstest, es hat länger gedauert.«

Etwas enttäuscht blickt sich Bella um. »Wo ist Lando?« Sie hatte erwartet, dass er dabei ist und ihr freudig in die Arme springt. Sie war lange nicht mehr von ihm für mehrere Tage getrennt und sie hat ihn furchtbar vermisst. »Guck nicht so enttäuscht, als hättest du mich nicht vermisst.« Paco grinst sie frech an und zieht sie noch einmal in seine Arme.

»Doch, natürlich habe ich das.« Bella gibt ihrem Mann einen Kuss und sieht ihm in die dunklen Augen, die nach all den Jahren noch immer liebevoll ihr Gesicht entlangfahren. »Oh bitte, mir kommt das gerade wirklich wieder wie damals vor.« Juan verzieht das Gesicht und Paco nimmt Bella lachend an die Hand und hebt noch einmal die Hand. »Bis später und denk an den Wein, Miko!«

Bella will nur nach Hause und endlich zu Lando und den anderen. Als sie zu ihrem Range Rover laufen, legt Paco den Arm um sie. »Weißt du, wenn ich dich mal ein paar Tage nicht sehe, merke ich immer wieder, wie schön du bist. Also ich weiß das natürlch auch so, doch dann fällt mir das immer besonders auf.« Bella lacht und legt ihren Kopf an seine Schulter. »Ich war doch nur ein paar Tage weg, also, wo ist mein Baby?«

Paco gibt ihr einen Kuss auf die Stirn und hält ihr die Beifahrertür auf. »Er ist bei Latizia. Ich habe eine kleine Überraschung geplant und sie hat ihn gestern schon abgeholt, er hat bei ihr geschlafen, sie kommen alle nachher zusammen zum Essen, du bist quasi seine Weihnachtsüberraschung.«

Lando ist verrückt nach seiner Schwester und Bella hat die Tage genug Fotos bekommen, die gezeigt haben, dass er sehr gut beschäftigt wurde, doch trotzdem hätte sie ihn gerne gesehen. »Was für eine Überraschung?« Paco fährt los und das Schmunzeln, was sie noch immer so sehr liebt, liegt auf seinen Lippen. »Das wirst du gleich sehen, ich hatte die Tage viel Zeit nachzudenken und habe mir überlegt, bevor wir mit all den anderen zusammen Weihnachten feiern, nehmen wir uns ein wenig Zeit für uns.«

Etwas überrascht sieht Bella zu ihrem Mann. In den letzten Wochen und Monaten ist viel passiert, sehr viel passiert. Was heißt in den letzten Wochen, in den letzten Jahren, es ist selten ruhig bei ihnen und auch wenn sie beide es probieren, es ist wenig Zeit für sie alleine. Es ist immer jemand bei ihnen, immer ist etwas zu tun. Auch wenn die junge Generation mittlerweile die Geschäfte zum größten Teil übernommen hat, kümmern sich Paco und die anderen noch um den alten Kundenkreis und auch um die Verwaltung vieler Sachen. Es gibt kaum einen Tag, an dem er nicht unterwegs ist. Manchmal sehen sie sich nur ein paar Minuten und jetzt, da Ramon wieder da ist, nehmen sich Rodriguez und Paco besonders viel Zeit für ihn, was ganz normal ist, doch auch Bella spürt oft, dass zu wenig Zeit für sie beide bleibt und wenn sie dann mal Zeit haben, wuselt Lando zwischen ihnen herum.

»Ist alles in Ordnung? Was ist das eigentlich für eine Kiste, die du bei dir hast?« Nun sieht Paco auch zu der Kiste und Bella lächelt. »Ja, ich bin nur gespannt auf deine Überraschung. Die Kiste hat meine Mutter im Keller gefunden. In ihr sind viele Erinnerungen von uns beiden enthalten.« Paco lacht auf. »In der kleinen Kiste? Keine Kiste der Welt könnte groß genug für die Erinnerungen an alles, was wir erlebt haben, sein.«

Bella nickt und greift nach seiner Hand. »Das stimmt. Und wie waren die Tage mit Lando alleine, hat er mich wenigstens ein bisschen vermisst?«

Paco sieht wieder auf die Straße. »Ja, wenn ich ihn ins Bett gebracht habe, wollte er bei mir schlafen und hat mir jedes Mal gesagt, wie sehr er dich vermisst. Ich habe ihm dann gesagt, dass ich dich auch vermisse und wir sind zusammen eingeschlafen. Einen Tag hat er bei deiner Mutter und einen Tag bei Juan geschlafen und jetzt bei Latizia. Ramon und ich haben mit ihm einen Männertag gemacht, wir waren auf dem Rummel und im Spielzeugparadies, er hat einen eigenen Porsche bekommen.«

Bella muss lachen. »Was für einen Porsche?« Paco fährt in die Stadt ein. »So einen elektrischen, wir haben ihn in der Einfahrt fahren lassen; nachdem er in Leandros echtem Porsche gefahren ist, mussten wir dafür sogar die Autos umparken.« Diese Chaoten, wie sehr sie ihre Familie liebt. »Ihr hattet Spaß wie immer.«

Paco hält an einer Ampel und greift nach hinten, zieht ein Bandana nach vorne und deutet Bella, näherzukommen. »Und jetzt wird es Zeit für deine Überraschung.«

»Ist das nicht etwas übertrieben?« Doch Paco hält schon an der nächsten Ampel und bindet es ihr um. Bella versucht, Paco den gesamten restlichen Weg zu überreden, die Augenbinde wieder abmachen zu können, doch sie sollte ihren Mann besser kennen: Wenn er sich etwas in den Kopf gesetzt hat, dann macht er das auch.

Als er dann schließlich hält und sie aussteigen, merkt sie, wie er grübelt, doch sie kann ja nichts Genaues erkennen. »Warte, ich muss dich ...« Ohne Vorwarnung umfasst Paco sie und wirft sie sich sachte über die Schultern.

»Oh mein Gott, Paco, was tust du?« Bella lacht laut los, ihr Mann hält sie an ihrem Po fest. »Sonst weißt du gleich, wo wir sind.« Er setzt sich in Bewegung, steigt er Treppen hinauf? »Lass das, Paco, ich bin keine zwanzig mehr und habe drei Kinder bekommen, ich ...« Er lacht nur auf. »Glaub mir, Cariño, du bist noch genauso leicht wie früher und warte ....« Er setzt sie ab und es hört sich an, als öffne er eine Tür.

»Wohin bringst du mich?« Paco stellt sich hinter sie und küsst ihre Wange. »Meine süße Bella, so langsam solltest du mir aber vertrauen.« Er öffnet das Bandana und Bella blickt überrascht auf ihr altes Uni-Dach. Sie lächelt sofort, sie war ewig nicht mehr hier.

»Was …?« Paco hält ihr eine weiße Plastiktüte vor die Nase und zieht sich sein Shirt aus. Er steckt es sich in die hintere Hosentasche und Bella muss lachen.

»Du hast doch nicht wirklich …?« Paco nimmt Bellas Hand und bringt sie zu ihrem alten Schonstein. Er will sie an diesen einen heißen Tag erinnern, an dem er sie auf dem Unidach vorgefunden hat. Die Klimaanlage in seinem Auto war kaputt und er hatte sich sein Shirt ausgezogen.

Bella zieht schmunzelnd Gummibärchen, Kekse, Nachos, eine Schale mit Obst und Cola-Dosen aus der Tüte. Genau wie damals. »Wie kannst du nur behaupten, dass du nicht romantisch wärst?« Paco lacht, er setzt sich an den Schornstein in den Schatten, wie damals und Bella sich zu ihm. Sie legt ihre Beine genau wie damals über seine und öffnet die Gummibären und die Obstschale, nicht das typische Weihnachtsessen, doch trotzdem perfekt.

»Das hat nichts mit Romantik zu tun. Ich musste die Tage viel an früher denken. Wirklich viel. Gestern saß ich mit Juan in unserem Garten und habe über damals gesprochen und alles, was passiert ist. Ich wollte dich daran erinnern, hier dran, an das, was wir hatten und was daraus geworden ist. Manchmal holt uns der Alltag ein und wir vergessen das hier. Wie verrückt diese Zeit war und wie tief trotzdem schon unsere Gefühle waren.«

Bella pikst sich eine Erdbeere auf und lächelt. »Es war eine harte Zeit, ich wusste nicht, wie ich dich einschätzen sollte, du warst wie … Gummibären und deine Waffe und das hat sich im Grunde auch nie geändert, du schwebst immer noch zwischen Gummibären und deiner Waffe.«

Paco sieht Bella an und zieht seine Augenbrauen zusammen. »Das war damals auch für mich nicht leicht, doch dieser Tag war eigentlich für mich meine Entscheidung. Ich wollte dich vergessen. Eine Punto? Niemals im Leben und ich wusste noch nicht einmal was für eine, doch an dem Tag habe ich ein weiteres Mal gemerkt, dass ich dich nicht so einfach vergessen kann und habe mich wieder bei dir gemeldet. Hier habe ich mich dazu entschlossen, uns eine Chance zu geben, weil ich ständig an dich denken musste.«

Während Bella an diese Zeit zurückdenkt, kommen so viele Erinnerungen hoch. Es ist so viel passiert in ihrer aller Leben. »Und nun sieh uns an. Wir sind verheiratet, haben drei Kinder und kaum mehr Zeit füreinander.«

Natürlich merkt Bella, dass sie sich ein wenig enttäuscht anhört, doch sie muss es ansprechen. »Ich weiß, wieso du mich hergebracht hast. Du hast recht, wir müssen wieder mehr darauf achten, dass wir beide einfach mal aus allem abtauchen und Zeit für uns haben.«

Paco isst ein paar Nachos und sieht ihr in die Augen. »Aber egal was ist, Cariño, egal wie viel Zeit vergangen ist, du bist und bleibst mein Leben. Als ich gestern mit Juan darüber gesprochen habe, habe ich ihm gesagt., dass all das, alles, was wir heute haben, nur wegen uns beiden, wegen unserer Liebe entstanden ist.«

Bella legt die Sachen beiseite und Paco zieht sie ganz auf seinen Schoß. »Stell dir mal vor, wir hätten uns damals nicht getroffen, oder doch gegeneinander entschieden. Du wärst vielleicht irgendwo in der Welt und ich hier mit einer anderen verheiratet oder würde noch immer mit Chicas ...« Bella legt den Kopf schief und Paco lacht. »Du weißt, was ich meine, mein Herz. Sieh auf Sierra hinab, auf das, was durch unsere Liebe entstanden ist. Wie sehr Juan und ich uns damals gehasst haben, und nun ist er für mich ... wie ein dritter Bruder. Ich liebe all meine Neffen und Nichten, es gibt die Trez Puntos und die Les Surenas nur noch in unserer Generation und die Trez Surentos sind mächtiger als alles, was es jemals in Lateinamerika gab. Du bist zu meinem Leben geworden, du bist nur ein paar Tage weg und ich habe das Gefühl, meine ganze Welt dreht sich falsch. Ich habe mir niemals vorgestellt, jemanden wie dich zu finden und ich bin dankbar, dankbar für alles, und deswegen sind wir jetzt hier, weil ich mich daran erinnert habe und ich auch dich daran erinnern wollte.«

Sie sieht Paco in die Augen und lächelt. »Das stimmt und allein der Gedanke, dass es nicht so sein könnte, dass du nicht immer an meiner Seite sein würdest, bricht mir das Herz. Ich wollte und will nie etwas anderes. Es gab immer nur dich.« Bella küsst ihren Mann und er erwidert diesen Kuss sehnsuchtsvoll. Sie haben sich wirklich zu wenig Zeit füreinander genommen und als Paco Bella jetzt mit seiner Kraft hochnimmt und auf den Schornstein setzt, löst er ihre Lippen nur minimal. Sie fahren gleich ihren Hals entlang. »Und du bist noch immer das Schönste und Beste in meinem Leben.«

Bella schließt die Augen, noch immer schafft Paco es, ihr eine Gänsehaut zu verschaffen. »Paco, wir können doch nicht hier … wir sind keine Jugendlichen mehr, wir …«

Paco hat schon ihren BH geöffnet und zieht ihr Top so hoch, dass seine Lippen darunter fahren können, was Bella aufstöhnen lässt. »Cariño, wir sind Paco und Bella, wir haben uns noch nie an Regeln gehalten. Sieh mich an.« Bella öffnet ihre Augen wieder und in Pacos Augen liegt so viel Liebe, dass ihr Tränen in die Augen steigen. »Du warst und bist es immer gewesen, Bella, es gab niemals jemanden, den ich mehr geliebt habe. Sieh, wie viel durch unsere Liebe entstanden ist. Es ist mächtig, so mächtig, dass wir das niemals vergessen dürfen, Cariño.«

Er hat recht, doch statt ihm zu antworten, küsst Bella ihn und zeigt ihm, dass auch er alles für sie ist und weiß jetzt schon, dass dieses Weihnachten etwas ganz Besonderes wird.

Türchen 16

Bittersüßer Herzschlag
Hailey & Javier

»Grüß deine Familie und fahrt vorsichtig.«

Javier umarmt Haileys Mutter noch einmal, bevor er mit Liam einschlägt und Sheila einen Kuss auf die Wange gibt. Ihr Vater begleitet sie noch bis zum Auto und hilft, das Gebäck zu verstauen, was ihre Mutter ihnen für Javiers Familie eingepackt hat.

Als sie dann losfahren, schlägt Haileys Herz immer schneller. Aufgeregt reibt sie ihre Hände aneinander, als wäre ihr kalt, dabei ist es nicht wirklich kalt, es hat geregnet und ist ungemütlich. Hailey war Weihnachten nie hier. Dieses Jahr haben sie das erste Mal darauf verzichtet, in den Schnee zu fahren.

Sheila und Liam werden auch gleich noch zu seiner Familie fahren, genau wie Hailey und Javier es jetzt tun, ihre Eltern fliegen deswegen heute Abend alleine weg. Hailey und Javier haben jetzt zwei Tage hintereinander bei ihr verbracht. Sie haben ein ruhiges und sehr traditionelles Weihnachten gefeiert, waren in der Kirche, es gab herzhaftes Essen, die restliche Familie kam zu Besuch und es gab Unmengen an Geschenken.

Es hat Hailey alles bedeutet, dass Javier bei ihr war. Sie war unsicher, ob ihm das Weihnachten bei ihnen gefällt. Sie kennt seine Familie und ihre warme, herzliche Art mittlerweile sehr gut und weiß, dass das bei ihrer Familie leider nicht so ist, auch wenn alle daran arbeiten, das zu ändern, doch Javier hat sich wohl gefühlt und sie hatten wirklich Spaß die letzten zwei Tage. Sie haben viel gegessen, gelacht und sich alte Weihnachtsfilme angesehen. Dadurch, dass auch Liam und Sheila da waren, haben sie sich gut amüsiert. Liam und Javier sind mittlerweile richtig gute Freunde geworden. Javier hat schon oft bei ihr geschlafen und sie auch bei ihm, doch dieses Mal mit der ganzen Familie, mit Sheila und Liam war es doch noch einmal etwas Besonderes.

Es ist schön, dass ihre beiden Familien ihre Liebe akzeptieren. Ihr Vater hat Javier sehr schnell ins Herz geschlossen, bei ihrer Mutter hat es etwas gedauert, doch jetzt hat auch sie ihn tief ins Herz geschlossen. Sie sind glücklich. Javier und Hailey genießen ihre Beziehung und es könnte nicht besser laufen, doch natürlich weiß Hailey, dass es auch immer noch Sachen gibt, die sich ihnen in den Weg stellen werden. Maison hat sich über die Feiertage wieder bei ihr gemeldet, er möchte mit ihr sprechen, doch sie hat ihm weder geantwortet, noch hat sie Javier davon erzählt. Sie weiß, dass das nur Ärger geben wird und diese Zeit ist nicht die richtige dafür.

Es ist gerade friedlich, wirklich friedlich, doch Hailey ahnt, dass das nicht ewig so bleiben wird.

Nach den Feiertagen gehen die Hollege-Kurse weiter. Javier steht immer mehr unter Druck. Die Universität von Kalifornien möchte ihn unbedingt haben, sie werben wie viele andere um ihn, doch das bedeutet auch, dass er sich weiter gegen alle anderen Spieler und besonders Maison durchsetzen muss. Es wird in nächster Zeit sicherlich einiges passieren und auf sie zukommen, genau deswegen wollten sie diese Tage genießen und nichts anderes haben sie getan. Die letzten Tage haben sich unwiderruflich in ihr Herz gebrannt.

»Ist alles in Ordnung?« Javier greift nach Haileys Hand und gibt einen Kuss auf ihren Handrücken. »Du wirkst so nervös.«

Sie wendet sich zu ihm um und lächelt. Sie gibt sich alle Mühe, damit er nicht bemerkt, wie aufgeregt sie wirklich ist. Javiers Onkel und seine Tante planen eine große Überraschung für ihn und seine Mutter. Schon seit einigen Tagen. Alle haben zusammen daran gearbeitet. Ace, Adam, Raphael, Selena, Hailey, Javiers Tante und sein Onkel. Selena hat ihr gerade noch geschrieben, dass alles vorbereitet ist. Auch Hailey hat alles getan, um diese Überraschung möglich zu machen, doch es war sehr schwer, all das vor Javier geheim zu halten und nun ist sie furchtbar aufgeregt, diese Überraschung aufzulösen und kann nur hoffen, dass alles so klappt, wie sie es sich vorgestellt hat.

»Es ist alles gut. Ich freue mich auf deine Familie. Ich bin gespannt, wie ihr feiert. Deine Mutter war sicher sehr enttäuscht, dass wir nicht mit in die Kirche gekommen sind.« Javier zuckt die Schultern. »Nein, Hauptsache, ich war in einer Kirche, in welcher ist ihr egal und sie findet es sehr gut, dass ich auch bei deiner Familie war. Bei uns bedeutet das sehr viel, dass wir so … fest zusammen sind.« Hailey hebt die Augenbrauen und um Javiers Lippen bildet sich ein Schmunzeln.

»Wir feiern genau wie ihr, nur dass erst heute alle kommen, weil ich nicht da war. Wir essen zusammen, hören Musik, verteilen Geschenke und erzählen uns furchtbar peinliche alte Geschichten. Irgendwann haben alle zu viel getrunken und wenn es so weit ist, dass meine Mutter und meine Tante anfangen, alte mexikanische Lieder zu singen, kommen noch Nachbarn vorbei und die Piñatas für die Kinder werden aufgeschlagen.«

Hailey sieht an sich herunter. Sie hat sich eine schwarze Leggings und ein weißes Hemd darüber angezogen, was mit einem schwarzen Samtband an der Taille betont wird. Javier hat gesagt, sie soll sich nicht zu fein machen und so hat sie einen guten Mittelweg gefunden. »Das hört sich doch gut an, sieh mal, wir werden schon erwartet.«

Sie fahren in die Straße von Javier ein und sehen auf Selenas Schwester, die draußen mit zwei Freundinnen spielt. Hailey weiß natürlich, dass sie dafür sorgt, dass alle wissen, wann sie kommen. Ihr Herz pocht schneller, als sie sieht, dass die Kleine zum Haus von Javier hinüberläuft und nach seiner Mutter ruft.

Javier hält an dem Haus von Selena. Eigentlich feiern sie immer bei Javier im Haus, doch Selenas Mutter hat dieses Mal darauf bestanden, Weihnachten auszurichten und sie weiß warum.

Sie steigen aus dem Auto und Hailey zieht extra umständlich alle Sachen aus dem Auto, sodass sie etwas Zeit gewinnt und genau dann zu Selenas Haustür geht, als auch Javiers Mutter kommt. »Da seid ihr ja endlich, frohe Weihnachten noch einmal, lass dich drücken.« Javiers Mutter küsst ihren Sohn und drückt Hailey lange an sich. Sie verstehen sich sehr gut, sie haben schon einige Nachmittage zusammen verbracht, gekocht, waren einkaufen und haben sich sogar eine Serie zusammen angesehen, die Javier schon nach zwei Folgen nicht weitersehen wollte.

»Ace war gerade da und hat die Geschenke rübergebracht, wo steckt er jetzt? Wo sind alle? Sind alle schon bei euch? Habt ihr doch früher angefangen?« Javiers Mutter fragt Selenas kleine Schwester aus, doch die grinst nur frech und klopft laut an der Haustür. »Wir sind da.«

Hailey kennt Aufregung. Sie ist vor jedem Auftritt aufgeregt, vor jeder Arbeit, es gab einige Anlässe, bei denen sie schon aufgeregt war, doch gerade schlägt ihr Herz laut in der Brust. Aus Vorfreude, weil sie sich für Javier freut. Die ganzen letzten Tage haben sich um diesen Moment gedreht, ohne dass er etwas davon mitbekommen hat. Sie hat ständig daran denken müssen und als jetzt Selena die Tür öffnet und die hübsche Freundin von Aiden ihnen strahlend entgegenblickt, weiß Hailey, dass alles gut gegangen ist.

»Frohe Weihnachten, kommt rein.«

Selena umarmt sie alle. Auch ihre Mutter kommt in den Flur. Hailey kann schon auf einen feierlich geschmückten Weihnachtsbaum sehen, es duftet im ganzen Haus nach leckerem Braten und auch Ace kommt zu ihnen. Sie alle umarmen sich, es wird lauter und dann nehmen Ace und Rafael, der auch in den Flur kommt, ihnen alle Sachen aus den Händen und Selenas Mutter nimmt die Hände ihrer Schwester.

»Ihr beiden … dieses Weihnachten ist etwas ganz Besonderes. Wir möchten uns bei euch beiden bedanken. Ihr tut so viel für uns. Du bist für mich da und für deine Nichten und Neffen. Javier hat immer alles für uns stehen- und liegengelassen, wenn er nicht das Geld für den Arzttermin für Selena besorgt hätte … wir wollten euch endlich mal etwas zurückgeben. Es hat sich viel in diesem Jahr geändert, Selena ist wieder gesund, Javier kann sich bald für ein College einschreiben und seinen Vater zurückholen und wir haben neue gute Aussichten für Kayl. Wir müssen das alles ganz besonders feiern und deswegen haben wir uns alle Mühe gegeben. Wir kennen euren sehnlichsten Wunsch und haben alles getan, damit auch ihr endlich mal euren Wunsch erfüllt bekommt. Wir alle, die hier sind, haben mit den Colleges und den Anwälten gesprochen und getan, was wir konnten, damit wir dieses Weihnachten als Familie zusammen feiern können, was wir seit so vielen Jahren nicht konnten.«

Javier und seine Mutter sehen sich verwundert an, Selena greift nach Haileys Hand und drückt sie. Sie alle sind aufgeregt, als Ace sachte Javier und seine Mutter in den Wohnraum schiebt.

Einen Moment legt sich eine erwartungsvolle Stille über den Raum.

Doch es sind nur drei kleine Sekunden, in denen alle einhalten und das Bild auf sich wirken lassen, dann schluchzt Javiers Mutter laut auf und geht schnell zum Weihnachtsbaum, neben dem Javiers Vater und sein Bruder stehen.

Auch Javier geht dorthin und Hailey und Selena bleiben an der Tür stehen und lassen den vieren diesen Moment für sich.

Sie beide müssen sich bei dieser rührenden Szene Tränen aus den Augen wischen. Für einige Minuten bleiben alle stehen und sehen dabei zu, wie diese Familie sich umarmt und einige Tränen fallen. Sie sind seit Jahren das erste Mal alle wieder vereint.

Sie haben alles dafür getan, um das zu ermöglichen.

Javier, seine Eltern und sein Bruder haben kein Weihnachten zusammen verbracht, seit der Vater ausgewiesen wurde. Javiers Eltern haben sich Jahre nicht gesehen, weil ihre Mutter nicht ausreisen darf und ihr Vater nicht in die USA einreisen darf. Javier und sein Bruder konnten zu ihm, doch die Mutter nie, und so haben sie niemals mehr zusammen gefeiert oder sich als Familie gemeinsam getroffen.

Das College von Kalifornien hat seine Kontakte spielen lassen, als sie mit dieser Bitte zu ihnen kamen und haben es geschafft, dass der Vater ein Besuchervisum für vier Tage bekommen hat. Das war vorher unmöglich, doch sie haben es für Javier geschafft. Und da das Verfahren von Kayl neu verhandelt wird und es so aussieht, dass er in wenigen Wochen freikommt, konnten die Anwälte ihm einen Tag Ausgang ermöglichen. Er trägt eine Fußfessel und muss um 21 Uhr zurück ins Gefängnis, doch er ist hier, sie alle sind zusammen. Das ist nicht selbstverständlich und das schönste Geschenk, was sie ihnen machen konnten.

Alle sind gerührt von dieser Szene: Die Eltern, die sich Jahre nicht gesehen haben, liegen sich im Arm, die Mutter weint. Javier umarmt seinen Bruder, das erste Mal seit Monaten ohne Wachen um sich herum. Ace hinter ihnen räuspert sich leise, niemanden wird das kalt lassen, niemanden, der die ganze Geschichte kennt.

»Darum geht es an Weihnachten.« Hailey wendet sich zu Selena, die sich ihre Tränen wegwischt. Hailey nickt und sieht sich um, wer noch alles da ist. »Wo ist Ava?« Selena deutet zu Kayl. »Sie war gestern hier, sie ist zu ihrer Tante gefahren, sie will ihn nicht sehen. Kayl war ihre große Liebe und er hat sie sehr enttäuscht.« Hailey kennt die Geschichte der beiden ein wenig.

»Das bedeutet, wenn er bald zurück ist, wird da sicher noch einiges passieren.« Selena lacht leise auf. »Das ist garantiert.«

In dem Moment dreht sich Javier zu ihr und winkt sie zu sich. Er steht bei seinem Vater, den er dann fest umarmt. Hailey kennt Kayl, doch Javiers Vater kennt sie nur von Bildern, und als sie den älteren Mann mit den freundlichen Augen und den gleichen Gesichtszügen wie sie Javier und Kayl haben jetzt in die Augen sieht, nachdem Javier ihn losgelassen hat, strahlt er sie an.

»Und das ist mein Engel, Papa: Hailey.« Der Vater umarmt auch sie. Er hat Tränen auf den Wangen und Hailey bricht es das Herz, wenn sie daran denkt, dass man ihn schon so viele Jahre von seiner Familie fernhält.

»Mein Sohn erzählt mir oft von dir. Er scheint wirklich seinen Engel gefunden zu haben.« Hailey lächelt und will etwas sagen, doch Javier kommt ihr zuvor. Auch er hat Tränen in den Augen, doch gleichzeitig strahlt er über das ganze Gesicht und sieht sie ungläubig an.

»Deswegen warst du so nervös. Wie habt ihr das alles nur geschafft? Wie …?« Hailey lächelt und sieht sich im Raum um, bevor sie Javiers Hand nimmt und ihm einen Kuss gibt. »Alle hier lieben dich und deine Mutter, und genau das ist es doch, was am Ende zählt, dass alle da sind, die man liebt. Das ist das einzig Wichtige an diesem Fest.«

Sie gibt ihm einen Kuss. »Frohe Weihnachten, mein Herz.«

Türchen 17

Llora por el amor
Nala & Damian 1

Aufgeregt sieht Nala noch einmal auf ihrem Handy nach, ob durch den Schlaf irgendetwas an ihrer Schminke verwischt ist, doch sie hat Glück gehabt und sie sieht noch genauso frisch aus wie beim Start, was wahrscheinlich auch an den roten Wangen liegt, die sie durch die Aufregung bekommen hat.

Sie war für eine Woche mit ihrem Zeichenkurs in einem Nationalpark in Kanada, wo sie Holzhütten, Schneehänge und Winterlandschaften gezeichnet haben. Nala wollte sich das nicht entgehen lassen. Damian war davor für eine Woche weg, sodass sie sich jetzt schon eine Weile nicht mehr gesehen haben.

Ihre Beziehung steckt eh gerade in einer schwierigen Phase. Am Anfang, als Nala und Damian in sein Haus gezogen sind und sie beschlossen hat, endgültig nach Puerto Rico zu ziehen, haben sie sehr viel Zeit zusammen verbracht. Nala hatte in der Uni noch nicht so viel zu tun und hat Damian immer mal wieder begleitet, doch natürlich hat sich diese Anfangszeit auch wieder gelegt. Zurzeit ist Damian viel unterwegs und Nala hat eine Menge in der Uni zu tun, sodass sie sich immer wieder eine ganze Weile nicht sehen.

Am Anfang haben sie beide es einfach akzeptiert und damit gelebt, doch nach und nach haben sie sich immer häufiger gestritten. Nala hat es nicht gepasst, dass Damian ständig jedes Geschäft feiern muss und jedes Mal, wenn sie ihn angerufen hat, von halbnackten Frauen umgeben war. Sie weiß, dass er sie liebt und sie ist sich auch ziemlich sicher, dass er keine andere Frau anfassen würde, aber trotzdem ist es kein schönes Gefühl, seinen Freund kaum zu sehen und ihn auf solchen Feiern zu wissen. Außerdem nimmt Damian jedes Geschäft mit. Leandro, Sami, Sanchez, sie alle teilen sich die Arbeit auf, sie fahren nicht überall mit, doch Damian muss überall mitmischen und das macht Nala wütend, als würde er nur darauf warten, aus Puerto Rico wegzukommen. Wenn sie ihn darauf anspricht, ist alles, was er sagt, dass sie doch einfach mitkommen kann, als wäre ihr Studium nichts, nichts im Vergleich zu dem, was er macht, und sie muss diejenige sein, die alles stehen und liegen lässt.

Sie haben sich kurz vor ihrem Abflug nach Kanada sehr heftig gestritten und es nicht einmal geschafft, sich wirklich auszusprechen, doch kurz bevor Nala den Flieger nach Kanada bestiegen hat, hat Damian sie angerufen. Er hat ihr versprochen, sie abzuholen und dass sie die Feiertage richtig genießen und sich Zeit nehmen, alles zwischen ihnen wieder in Ordnung zu bringen. Sie möchte das unbedingt. Sie liebt Damian über alles, wenn sie zusammen sind, schweben sie noch immer auf Wolke sieben. Er ist immer sehr liebevoll und aufmerksam zu ihr, aber eben nur, wenn er da ist, doch hoffentlich können sie auch das die Tage klären.

Deswegen ist Nala auch so aufgeregt, sie haben sich eine Weile nicht gesehen und sie hat ihn wirklich vermisst und freut sich auf die nächsten Tage.

Deswegen ist sie auch eine der Ersten, die den Flieger verlässt. Sie hat sich schon ein wenig zu sehr daran gewöhnt, mit einem Privatflieger unterwegs zu sein. Mit dem Kurs sind sie mit einer normalen Linienmaschine geflogen und es war schon etwas merkwürdig, wieder so eng zu sitzen, doch Nala hat sich in der Zeit, in der sie in Puerto Rico lebt, immer wieder gesagt, dass sie jetzt in solch einem Luxus lebt, ist nicht selbstverständlich. Damian ist großzügig zu ihr, mehr als das. Sie muss nicht nach Geld fragen, er hat ihr eine zweite Bankkarte zu seinem Konto gemacht, ohne mit der Wimper zu zucken. Nala benutzt sie kaum. Sie hat einmal die Summe gesehen, die darauf war und hat einen Moment wirklich geglaubt, sie träumt das alles. Doch sie fährt noch immer den Smart und sie hat begonnen, ihre eigenen Bilder zu verkaufen. Erst einmal über das Internet, doch das hat gleich so gut funktioniert, dass sie mit Dilara in ihrem Laden eine Ausstellung plant. Dafür malt sie immer, wenn sie Zeit hat und Damian hat in ihrem Haus extra einen Raum mit einer atemberaubenden Aussicht für sie bereitgestellt, in dem all ihre Werke lagern, in dem sie malt und auch alles andere macht.

So hat auch sie Geld verdient, was auf ihrem Konto gelandet ist, doch es ist nichts im Vergleich zu den Summen, die da drauf sind, obwohl sie für die Anfänge schon einen sehr guten Preis für ihre Werke erhalten hat. Trotz allem ermahnt Nala sich immer wieder, dass sie auch anders leben kann. Sie kennt ein anderes Leben und auch damit kann man glücklich sein, das darf sie niemals vergessen. Sie sagt sich das immer wieder, wenn Damian sie mit einem neuen Armband überrascht oder sie etwas Neues für ihr Haus kaufen.

Nala wartet ungeduldig auf ihren Koffer, dabei verabschiedet sie sich von den anderen Kursteilnehmern. Als sie dann aus dem Sicherheitsbereich tritt, sieht sie sofort auf Banu und Sami, die sie abholen.

»Shaki, zieh deinen Pullover aus, du bist back in Puerto Rico.« Sami gibt ihr einen langen Kuss auf die Wange. Sie liebt Damians Cousins, durch Banu machen sie viel zusammen, aber auch mit allen anderen aus der Familie von Damian versteht sich Nala sehr gut. »Hey, was macht ihr denn hier? Wo ist Damian?« Sami hebt die Augenbrauen. »Hat er sich nicht gemeldet? Es ist eine Geschäftsidee dazwischengekommen. Er ist mit Leandro, Adán und Musa in die Dominikanische Republik geflogen, doch sie kommen Weihnachten wieder. Ich dachte, er ...«

Nala sieht auf ihr Handy, auch um ihre Tränen zu verbergen, die ihr in die Augen steigen. Das darf doch nicht wahr sein, all die

Vorfreude ist gewichen und eine bittere Enttäuschung setzt sich in ihren Bauch. Sie hatte ihr Handy auf Flugmodus und erst als sie den jetzt ausschaltet, kommen Nachrichten herein, auch eine von Damian.

'Guapita, mir ist etwas dazwischengekommen. Ich mache das wieder gut. Ich liebe dich.'

Nala schließt die Augen. »Du weißt doch, wie die Männer sind, wie war es? Hast du neue Zeichnungen dabei?« Nala hat ihre riesige Zeichenmappe in der Hand und ist froh, dass Banu sie damit ablenken kann. Auf der gesamten Fahrt sieht sie sich die Zeichnungen an. Nala erzählt ihr, wie traumhaft die Winterzeit in Kanada ist, doch als sie in das Gebiet der Familia einfahren, sieht sie, dass auch hier einiges geschmückt ist. Sami erklärt, dass sie von einer Eventplanerin die gesamte Dekoration geliefert bekommen und sie dann nach den Wünschen der Hausbesitzer das gesamte Haus weihnachtlich gestalten. Auch die Straßen sind mit geschmückten Weihnachtsbäumen versehen, es stehen Engel und andere Sachen perfekt aufeinander abgestimmt herum. Damian hat ihr davon erzählt, er hat gesagt, dass er sich darum kümmern wird, weil Nala ja nicht da war.

In allen Häusern sieht man die weihnachtliche Beleuchtung und Banu zieht sie in das Haus von Sami und ihr. Sie will ihr unbedingt zeigen, für was sie sich entschieden haben und als sie dann zusammen das Haus betreten, ist Nala wirklich beeindruckt. Ihnen strahlt ein riesiger Tannenbaum mit weißen und goldenen Kugeln entgegen. Überall sind Lichterketten angebracht, Kerzen, es sieht wundervoll aus. Selbst in der Küche stehen gefüllte Cookiegläser, Girlanden sind angebracht und in ihrem Garten ist auch alles eingeschmückt.

Banu überredet Nala noch zu einem heißen Kakao und Cookies, es wartet ja eh niemand auf sie und so erzählt sie ihr, was auf der Uni und hier alles so los war. Kasim hatte Geburtstag und es gab eine so wilde Feier im Cielo, dass man es durch mehrere Straßen gehört hat. Banu und Dania haben Sami und Leandro irgendwann da herausgeholt. Nala atmet nur enttäuscht aus und fragt, was Damian gerade getan hat, als sie auf der Party war, doch Banu versichert ihr, dass er Spaß hatte, aber sie keine Frauen bei ihm gesehen hat.

Als Nala kurze Zeit später das Haus von Banu und Sami wieder verlässt, ist sie enttäuscht. Es ist nicht so, dass sie noch nie in ihrem Leben enttäuscht war, doch dieses Mal ist es anders. Sie hätte nicht damit gerechnet, dass Damian all das so egal ist, sie war mal wieder so naiv und hat gedacht, dieses Mal würde es etwas anderes sein, doch als sie in das dunkle Haus tritt und das Licht einschaltet, verwundert es sie nicht einmal, dass hier gar nichts geschmückt ist. Es liegen Pizzakartons herum, es ist wie immer, es war ihm nicht einmal wichtig, dass ihr Haus geschmückt und für die Weihnachtstage vorbereitet ist.

»Shaki, hör mal, ich habe noch ...« Sami kommt hinter ihr ins Haus und selbst er sieht sich verwundert um. »Wieso ist hier nichts geschmückt?« Er hat einen Topf in der Hand, wahrscheinlich etwas zu essen für sie, weil Damian vergessen hat, den Haushälterinnen Bescheid zu geben, dass sie sich hier um alles kümmern sollen. »Weil es Damian nicht wichtig ist, nichts von alldem hier, Sami, und das wissen wir beide.«

Damians Cousin stellt den Topf auf ein Sideboard und sieht Nala in die Augen. »Nein, das stimmt nicht. Damian liebt dich. Wenn ich etwas weiß, dann das. Er war noch nie ... keiner von uns kümmert sich um so etwas. Wir alle sind noch sehr wild und ...« Nala hebt die Hand. »Sami, ich weiß, wie sehr du Damian liebst und ihn in Schutz nehmen willst, doch wir beide wissen, dass es nicht so ist. Ihr alle wart wild, doch jeder von euch ist die Kompromisse eingegangen, die man für eine feste Beziehung eingehen muss. Ihr teilt euch die Arbeit, damit jeder auch Zeit zu Hause verbringt. Damian fliegt zu jedem Geschäft persönlich, er feiert die wildesten Partys und dann, wenn es ihm mal passt, denkt er an mich, doch nicht genug, nicht vom Herzen und … es ist egal. Ich habe das schon länger gespürt und ich muss einfach für mich entscheiden, ob mir das reicht oder nicht.«

»Shaki … ich bin mir sicher, dass er nicht daran denkt, dass dich das verletzt. Das ist alles.« Nala nickt und atmet tief ein. »Ich werde mich schlafen legen, es war ein langer Flug. Vielleicht sieht das alles morgen anders aus.« Sami lächelt und gibt ihr einen Kuss auf die Wange. »Bestimmt.«

Sobald sie alleine im Haus ist, geht Nala duschen. Sie zieht eines von Damians Shirts über und legt sich in das Bett, in dem noch sein Duft hängt. Kurz danach klingelt ihr Handy immer wieder. Sie weiß, dass es Damian ist, der sicher von Sami erfahren hat, dass sie sauer ist, doch Nala will momentan nichts von ihm hören.

Sie schaltet das Handy aus und es tut gut, doch sie kann nicht schlafen. Sie steht auf und geht durch das Haus, setzt sich auf die Terrasse und lässt alles, was in den letzten Monaten und in ihrem bisherigen Leben passiert ist, an sich vorbeiziehen und kommt nicht mehr zur Ruhe. Wahrscheinlich hat sie dieses Gen von ihrer Mutter geerbt, die ihr Leben mit den falschen Männern verpfuscht hat, und auch Nala scheint sich genau die Männer auszusuchen, die für eine Beziehung am wenigsten infrage kommen. Es geht nicht um Damians Leben, man kann das Leben führen und eine feste Beziehung haben, dafür wohnen allein in ihrer direkten Umgebung mindestens fünf Paradebeispiele, doch Damian zieht das nicht einmal in Erwägung.

Sie ist auch müde, sie ist müde davon, immer wieder enttäuscht zu werden. Wenn man ein Leben wie sie hinter sich hat, wird man einfach irgendwann müde davon, diese Bitterkeit der Enttäuschung immer wieder zu spüren.

Nala ist nicht einmal richtig sauer auf Damian. Er hat es versucht, nicht jeder Mensch ist für eine Beziehung geschaffen, sie hatte auch nicht gedacht, dass sie das mal so richtig wäre, doch diese tiefe Liebe, die sie für Damian empfindet, hat sie alle Bedenken schnell vergessen lassen, aber nur, weil das für sie gilt, muss das nicht auch bei ihm so sein.

Als die Sonne aufgeht, zieht sich Nala an. Heute ist der letzte Unitag, bevor die Weihnachtsferien beginnen. Sie packt die Bilder zusammen, die sie heute abgeben muss, frühstückt in Ruhe, geht ins Schlafzimmer und packt ihre Lieblingskleidung in eine große Reisetasche, dazu ihre Unterlagen und überlegt einen Moment, was ihr noch wirklich wichtig ist, doch sie wird gar nicht viel brauchen. Den Rest wird sie holen, wenn sie weiß, wie es weitergehen soll.

Nachdem sie das Wichtigste eingepackt hat, geht sie zu ihrem kleinen Smart, packt die Tasche und die Bilder ein und fährt vom Anwesen. Sie blickt noch einmal zurück auf das wunderschön geschmückte Areal, wie liebevoll alles aussieht und dann zum einzigen Haus, das diese Wärme nicht versprüht und mehr als dieses Bild braucht es gar nicht.

Nala hat in der Nacht immer wieder geweint, weil sie nicht wollte, dass es so kommt. Den ganzen Flug hat sie sich auf Damian gefreut, doch alles, was sie hier vorgefunden hat, hat ihr klargemacht, dass es nicht anders geht.

Auch jetzt verlassen zwei Tränen ihre Augen, sie wischt sie sich energisch weg, es hat noch nichts in ihrem Leben geschafft, sie umzuhauen, auch das wird es nicht. Deswegen schaltet sie das Radio, aus dem Weihnachtslieder gespielt werden, aus und fährt so schnell sie kann weg.

Als Erstes fährt Nala in eine Bäckerei, bestellt sich einen Kaffee und versucht, einen klaren Kopf zu bekommen. Sie ist übermüdet und die Enttäuschung in ihrem Bauch weicht kein bisschen.

Auch wenn sie sich Zeit lässt in der Bäckerei, ist sie eine der Allerersten an der Universität. Sie geht auf das Dach der Universität, sie kennt die Geschichten von Bella und Paco und dem Dach. Als auch sie nun von hier oben hinunterblickt, auf Sierra, fragt sie sich, was wohl wäre, wenn sie nie hergekommen wäre.

Sie hat sich selbst gefunden, das erste Mal weiß sie, was sie machen möchte, wer sie wirklich ist und doch steht sie jetzt hier und ihr Herz schmerzt. Lucy hat ihr damals gesagt, dass man sich so fühlt, dass man diesen Männern hier nicht widerstehen kann und einen all das niemals kalt lässt. Nicht die Männer, nicht die Stadt, nicht die Familia, doch irgendwie haben sie alle es geschafft. Jeder hat seine eigene Geschichte, jeder einen schweren Weg, doch am Ende haben sie es alle geschafft und das tut Nala am meisten weh, dass sie es nicht geschafft haben, obwohl sich Nala so sicher war.

Obwohl sie als Erste im Kurs sitzt, verkrümelt sich Nala ganz nach hinten. Sie wird auch in Ruhe gelassen und träumt vor sich hin, sie muss dagegen ankämpfen, dass ihr die Augen zufallen. Sie hat noch immer nicht ihr Handy angeschaltet, und als sie sich in der ersten Essenspause mit einem Salat mit Hähnchenbrust in der Cafeteria in eine Ecke verdrücken will, hat sie die Rechnung ohne die Familia gemacht.

Latizia, Dania und Banu kommen zu ihr und setzen sich. Sie sind nicht die Einzigen aus der Familie hier an der Universität, doch vielleicht sind nicht alle am letzten Tag gekommen.

»Damian versucht dich zu erreichen.« Nala pikst sich ihre ersten Stücke auf. »Schön für ihn.« Banu lacht und Latizia legt ihre Hand auf die von Nala. »Ich weiß, dass meine Cousins nicht leicht sind. Und Damian ist da sicher auch noch einmal ganz besonders schwer zu händeln, doch er liebt dich ...« Nala will das nicht, sie will jetzt nicht darüber sprechen, ihr tut all das noch viel zu sehr weh, doch sie ahnt, dass sie keine Wahl hat. »Das weiß ich, doch er ist nicht einmal ... er ist nicht bereit, zurückzustecken, es ist auch nicht so, als wäre es mal so, es ist seit Wochen so, dass Damian alle Arbeit an sich reißt. Er schafft es ja nicht einmal, sich die Zeit zu nehmen, sich zu versöhnen, alle sind bereit, Kompromisse einzugehen, doch ihm ist alles egal. Er hat es nicht einmal geschafft, uns einen Weihnachtsbaum zu besorgen, dabei hatte er das versprochen und … es bringt nichts, ich will auch gar nicht darüber sprechen.«

Nala sieht hoch und direkt in die besorgten Augen ihrer Freundinnen.

Banu nickt. »Ich verstehe das und selbst Sami hat gesagt, dass Damian sich ändern muss, und wenn das selbst den Männern auffällt, will das schon etwas heißen, doch ich bin mir sicher, dass er das auch tun wird. Er braucht einfach nur etwas länger Zeit, aber trotzdem finde ich, hat Nala recht, sie muss ihm jetzt zeigen, dass es so nicht geht. Sonst lernt er nie daraus.«

Latizia seufzt leise auf. »Ich verstehe sie doch auch. Vielleicht solltest du einfach mal für ein paar Tage zu uns kommen, dort hast du deine Ruhe und wenn Damian ...« Ihre Freundin Sania setzt sich zu ihnen, sie haben die nächsten zwei Kurse zusammen. »Ich habe mir noch nicht überlegt, was ich tue, ich weiß noch nicht einmal, wann Damian zurückkommt.«

Latizia lehnt sich zurück und beißt von einem Sandwich ab. Sie sieht etwas blass um die Nase herum aus. »Morgen ist die Heilige Nacht und dann beginnt Weihnachten. Sie wollten auf jeden Fall zur Messe morgen Nacht zurück sein, doch ich kann mir vorstellen, dass sie jetzt früher kommen.«

Nala lacht bitter auf. »Ich bitte dich, du denkst doch nicht, dass Damian einen Termin sausen lässt.« Die anderen scheinen zu spüren, dass sie wirklich sauer ist. »Was willst du tun, willst du nicht mehr mit ihm sprechen, oder …?« Banu sieht sie besorgt an, es klingelt zu den nächsten Kursen und Nala steht müde auf.

»Für mich ist das kein Spiel, ich werde mir keine Sachen ausdenken, um ihn aufzuwecken, dafür ist es zu spät. Ich dachte wirklich, dass seine Gefühle für mich stark genug sind, dass ihm auch so viel an unserer Beziehung liegt wie mir, doch da habe ich mich getäuscht.«

Als sie jetzt Dania, Latizia und Banu in die Augen sieht, weiß sie, dass die drei erst in diesem Moment begreifen, wie weh Nala das alles tut.

El Destino
Nando & Celina

Ich lache und gebe ihm einen flüchtigen Kuss auf den Mund. »Ich habe es von Anfang an gemocht.« Er will sich umdrehen, dann wendet er sich doch wieder zu mir. »Das war zu kurz.« Er grinst und legt seine Hand in meinen Nacken, um meine Lippen erneut zu seinen zu führen. Als ich Fernando wieder küsse, vergesse ich für diesen Moment, wo wir gerade sind, wohin wir unterwegs sind und ich rücke noch näher, um ihn noch mehr zu spüren und zu genießen.

Ich habe es vermisst, ich habe ihn diese paar Tage vermisst. »Das hat mir gefehlt, du hast mir gefehlt«, flüstert Nando leise an meine Lippen, als wir den Kuss lösen. »Du mir auch«, gebe ich zu und Nando sieht mir in die Augen. »Celina, wenn wir jetzt nach Lares fahren, nur heute und hier, will ich, dass es nur dich und mich gibt. Einfach Celina und Fernando, ohne Dinge, die zwischen uns stehen, ohne Los Natos ... einfach nur du und ich.« Lächelnd gebe ich ihm einen kurzen Kuss. »Abgemacht.«

Celina öffnet ihre Augen und muss lächeln, als sie aufwacht und an diese schöne Erinnerung denkt, von der sie in der Nacht geträumt haben muss.

Sie sieht auf die geöffneten Fenster und lauscht der Stille, bei ihnen zu Hause ist es niemals so still, doch hier hört man höchstens ein paar Tiere. Celina lehnt sich wieder zurück und schließt die Augen. Deswegen liebt sie es so sehr, wenn sie sich mal wieder für ein paar Tage hierher zurückziehen, wie sie es nach dem umwerfenden Weihnachtsfest getan haben.

Im letzen Jahr haben sie das erste Mal ein richtiges Weihnachtsfest gefeiert und da es allen so gut gefallen hat, haben sie das dieses
Jahr sogar noch ausgebaut. Es war wunderschön, doch als Nando
und sie am nächsten Morgen ihre beiden Kinder ins Auto gepackt
haben und aufs Land nach Lares in ihr Landhaus gefahren sind,
wussten sie beide, dass sie es wirklich nötig haben.

Sie arbeiten viel und dann die große Familie, die Kinder, es ist
selten Zeit zum Durchatmen, und wenn sie spüren, dass sie diese
Zeit brauchen, bringt Nando sie immer hier aufs Land. Er hat das
Grundstück, auf dem Celina großgeworden ist, zurückgekauft und
sie haben sich ein richtiges Landhaus darauf bauen lassen. Es ist
wie eine amerikanische Ranch gestaltet, mit Holzboden, Vorrats-
kammern, doch alles trotzdem sehr modern.

Celina liebt diesen Kontrast, sie haben ein riesiges Grundstück,
Obstbäume, Klettergerüste und Schaukeln für die Kinder. Alle
kommen gerne her. Nach der Geburt von Yago haben sich José
und Janine für einige Tage hierher zurückgezogen, auch alle anderen waren schon hier und manchmal fahren auch nur die Frauen
mit den Kindern für ein paar Tage her. Gestern waren ihre Mutter
und Marco den ganzen Tag bei ihnen und auch Malik ist gekommen und hat bei ihnen geschlafen.

Sie werden dieses Stück Land immer lieben und Lina schläft
nirgendwo so gut wie hier, deswegen wendet sie sich jetzt auch zu
dem Mann um, der vor einiger Zeit ihr Herz für sich gewonnen
und es nie wieder losgelassen hat. Nando schläft noch, sie beobachtet, wie sich seine Brust gleichmäßig hebt und senkt, sieht auf
seine glatte Haut, seine durchtrainierten Muskeln und den Dreitage-
bart, der gerade etwas länger wird, weil er sich hier immer nicht
rasiert.

Auch wenn Lina das Landmädchen ist, genießt Nando diese
Auszeit mittlerweile genau wie sie. Er geht durch das Dorf, kennt
alle Nachbarn, Nathan und er haben begonnen, ein Baumhaus für
die Kinder zu bauen, sie arbeiten jedes Mal daran, wenn sie hier

sind. Sie könnten auch einfach jemanden beauftragen, doch sie bestehen darauf, es selbst zu tun.

Celina beugt sich zu ihm und küsst seine Brust entlang, bis zu seinem Hals, wo sie ihre Nase vergräbt und seinen anziehenden Duft tief inhaliert. »Da ist offenbar schon jemand wach?« Nandos raue Stimme lässt sie aufblicken und direkt in seine schönen dunklen Augen sehen. Wie sehr sie diesen Mann liebt, er hat einiges wegen ihr mitgemacht, sie beide haben das, doch die starke Liebe zwischen ihnen ist niemals gewichen, im Gegenteil, ihre Kinder haben sie nur verstärkt.

»Ich habe von unserem ersten gemeinsamen Ausflug nach Lares geträumt. Ich wollte damals verhindern, mich in dich zu verlieben, doch es war schon längst zu spät.« Nando lacht leise und Celina stützt sich auf ihrem Arm ab, um ihn ansehen zu können. »Du hast es mir nicht leicht gemacht, doch ich bin froh, dass wir jetzt hier liegen.« Seine Hand schlüpft unter ihr Top und streicht ihren Rücken entlang.

»Ich weiß noch, wie du damals immer von dem Schicksal gesprochen hast, ich habe das nicht ernst genommen, aber jetzt sieh, wo das Schicksal uns hingeführt hat. Stell dir vor, das wäre nicht so gekommen. Ich wäre dir im B.B. nie aufgefallen, unsere Wege hätten sich nie gekreuzt. Malik hätte nicht in deine Autoscheibe geschossen und dir meinen echten Namen verraten ...« Nando ist schnell, das ist er immer, dafür ist er bekannt, auch jetzt ist er schnell, als er Celina liebevoll auf den Rücken drückt und sich über sie legt, dass sie nur leise aufkeuchen kann und ihm lachend auf die Brust haut.

»Davon will ich nichts hören, ich glaube an El Destino, wenn es nicht im B.B. gewesen wäre, hätten wir uns woanders getroffen. Wir gehören zusammen, so soll es sein, so muss es sein ...« Seine Lippen streifen ihre und er lächelt. »Ich kann nichts anderes akzeptieren.«

Nando küsst sie und Celinas Arme gleiten an den Nacken ihres Mannes, um ihn enger an sich zu ziehen. Sie wird niemals genug von ihm bekommen können. Erst als sie leise Schritte über den Holzboden laufen hören, beendet Nando den Kuss und gibt Celina noch einen Kuss auf die Wange. »Guten Morgen, stures Landmädchen.« Sie küsst seine Nase. »Guten Morgen, ungläubiger Stadtjunge.«

Amalia kommt zu ihnen ins Zimmer und sieht sie müde an. Sie schläft in einem angrenzenden Raum, der mit ihrem Schlafzimmer verbunden ist, weil sie noch so klein ist. Mateo hat hier schon sein eigenes richtiges Zimmer. »Papi …«

Nando setzt sich auf und sieht zu seiner kleinen Prinzessin, die sich ihre Haare aus dem Gesicht schiebt. Amalia ist so zart und süß, sie erobert alle Herzen und man könnte wirklich denken, Nathans Tochter und sie sind Zwillinge, sie sind auch unzertrennlich und Amalia hat in den paar Tagen schon ständig nach Amanda gefragt. Sie ist noch zu müde, um zu sprechen, doch ihr Vater ist schon bei ihr und hebt sie auf seine starken Arme. »Was ist los, mein Herz? Hast du Hunger, wollen wir mal nachsehen, ob dein Bruder schon wach ist?« Celina beobachtet, wie ihre Tochter ihren kleinen Kopf an seine Schulter legt. »Papa, Hund ...« Celina muss lachen, Amalia redet die letzten Tage ständig von einem Hund, und auch wenn keiner von ihnen begeistert ist, ahnt sie jetzt schon, dass Nando ihren Bitten nicht lange widerstehen kann, das kann niemand.

Sie hört Mateo und dass er auf den Rücken seines Vaters springt, der verspricht, Pancakes zu machen. Mateo erinnert ihn daran, dass das letzte Mal alle Rauchmelder angegangen sind, doch Nando versichert, dass er immer alles im Griff hat.

Celina muss lächeln, sie ist glücklich, anders kann man ihre Gefühle nicht beschreiben.

Sie geht duschen und zieht sich ein einfaches Sommerkleid über, lässt ihre langen Haare offen und geht barfuß hinaus in den Garten, wo ihre Familie schon um den Frühstückstisch auf der Terrasse sitzt und ziemlich dunkle Pancakes isst. Selbst Malik ist schon wach und erzählt Nando gerade von einer Party heute Abend am Hafen, wo er zusammen mit seinen Freunden Silvester feiern will.

Celina schneidet Obst für die Kinder auf. Sie besprechen, dass sie nach dem Frühstück zurückfahren werden. Sie wollen mit ihrer Familie zusammen ins neue Jahr feiern und heute wird Yago ein Jahr alt. Sie alle lieben das jüngste Mitglied der Familie über alles.

Gerade als sie fertig sind und Nando sein Handy nimmt und Arturo anrufen will, um zu besprechen, was alles für heute geplant ist, wird es lauter und mehrere Sportwagen und Familienlimousinen halten vor ihrem Grundstück. Nando steckt sein Handy wieder weg und grinst glücklich zu seinen Brüdern, die nach und nach aus den Autos steigen.

»Dachtet ihr wirklich, dass ihr euch hier einfach verkriechen könnt und uns entkommt?« Arturo, Olivia und die Kinder steigen aus ihrem Auto. Sie haben blaue Luftballons und Tortenkartons dabei. Lina lacht und geht zu ihnen, um zu helfen, da steigen auch die anderen alle aus. Nathan zwinkert ihnen zu. »Man entkommt den Los Natos nicht, das solltet ihr doch wissen.« Neben Tüten voller Geschenke, Salaten und frischem Brot hat er auch einiges an Holz im Kofferraum, was sicher für das Baumhaus gedacht ist. Lina nimmt die Ballons und Yago aus Janines Armen. Der Kleine sieht aus wie José mit dunkelblauen Augen. Celina könnte ihn auffressen. »Alles Gute zum Geburtstag, mein Engel. Wir wären eh gleich nach Hause gekommen, oder dachtest du, wir verpassen deinen Geburtstag?« Gabriel hat tütenweise Grillfleisch und Knaller dabei, Celina muss über die Chaoten lachen.

»Wir haben spontan beschlossen, hier zu feiern, wir haben euch vermisst, wo ist mein Engelchen?« Gabriel küsst Amalias Wangen, die sich an den Hals ihres Onkels krallt, der ohne Probleme die Tüten und seine Nichte ins Haus trägt, während nach und nach alle kommen, Alonzo und Elisa, Nathan mit Amanda, die sofort auch ins Haus rennt. Celina sieht sich zufrieden um. Es ist augenblicklich wieder laut und chaotisch, doch auch das liebt sie über alles.

Sie steht mitten in ihrer Vergangenheit mit all den Menschen, die sie über alles liebt und mit denen sie nun den ganzen Tag feiern wird, bis sie alle zusammen in das neue Jahr starten und sie weiß tief in ihrem Herzen, dass, egal was sie im nächsten Jahr erwartet, diese Liebe und der Zusammenhalt zwischen ihnen allen niemals vergehen wird.

Türchen 19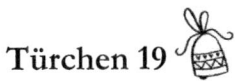

Da Silva-Reihe
Nicky & Sophie

»Dann bleibt mir nur noch zu sagen ... Herzlichen Glückwunsch.« Die beiden jungen Frauen strahlen Sophie an, während sie als Letzte ihre Unterschrift unter den Kaufvertrag setzt.

»Danke, es ist ein großer Traum von uns, der jetzt endlich wahr wird. Dieser Laden ist einzigartig, aber das wissen Sie bestimmt, man sieht Ihnen an, dass Ihnen der Schritt sehr schwerfällt.«

Sophie legt den Stift beiseite und lächelt matt. Sie hat vorhin schon ein paar Tränen verloren und ist sich sicher, dass die beiden das mitbekommen haben. »Es fällt mir sehr schwer, doch es ist besser so. Mein Leben hat sich in den letzten zwei Jahren komplett verändert und ich habe einfach keine Zeit mehr für den Laden. Dieser Laden war immer mein Traum und deswegen ist es mir unglaublich schwergefallen, ihn abzugeben, doch noch schwerer ist es mir gefallen, ihn einfach leerstehen zu lassen, weil ich keine Zeit mehr für ihn hatte. Das ist nicht der Sinn dahinter. Ich bin viel unterwegs. Ich bin gerade erst wiedergekommen, deswegen auch der Termin heute, ich hoffe, das versteht ihr.«

Die Jüngere der beiden Schwestern steckt die Unterlagen weg und Sophie sieht sich noch einmal in dem leeren Laden um. Gott, es kommt ihr so ewig lange her vor, als sie hier im Laden stand und ihre Unterlagen unterschrieben hat.

Sie übergibt der anderen Schwester die Schlüssel. »Absolut. Mich hat das sowieso gewundert, dass die Anzeige so lange schon bestanden hat und niemand dieses Schmuckstück haben wollte. Wir hatten wirklich Glück.«

Zuletzt nimmt Sophie noch das Kreuz ab, was Nicky ihr damals geschenkt hat, so viele Erinnerungen hängen in diesem Laden und ihr Herz fühlt sich viel zu schwer an. »Es gab viele Bewerber, doch ich habe es nichts übers Herz gebracht, den Laden an irgendjemanden zu übergeben, ich habe auf die richtigen neuen Besitzer gewartet und ich denke, ich habe die richtige Wahl getroffen.«

Die beiden Schwestern stellen sich vor der Tür noch einmal zusammen und strahlen Sophie an. Sie muss automatisch an Shay denken. »Für uns war das wie ein Glücksgriff. Wir haben schon immer vorgehabt, nach dem College für ein paar Jahre ins Ausland zu gehen, einen eigenen Laden aufzumachen und neue Erfahrungen zu sammeln, und als wir von dem Laden gelesen haben … er ist wie für uns gemacht. Unsere Eltern sind noch nicht ganz so begeistert von der Idee, doch Ohio ist nicht am anderen Ende der Welt. Wir werden sie oft besuchen. Ich bin überzeugt, dass wir hier eine ganz neue Welt entdecken werden.«

Sophie umarmt die beiden nacheinander und denkt an sich und Shay, es kommt ihr fast so vor, als ständen sie beide hier, wäre nicht dieser eine Moment passiert, der all das verhindert hat. »Dafür seid ihr hier genau richtig. Ihr werdet Puerto Rico lieben, macht's gut und wenn noch etwas ist, ihr habt ja meine Nummer.« Sie lächelt noch einmal, auch wenn es ihr schwerfällt, so weiß sie doch, dass es die richtige Entscheidung war. »Und dir auch viel Glück bei allem, was dich in Zukunft erwartet.« Die beiden sehen an Sophie hoch und runter und lächeln.

Noch einmal wandert Sophies Blick durch den Laden, dann atmet sie durch und wendet sich zum Gehen um, doch die Stimme der jüngeren Schwester hält sie zurück. »Was ist mit der Plakette an der Tür? Sollen wir die dort kleben lassen?« Sophie sieht zur Plakette der Da Silvas und hebt die Augenbrauen.

»Unbedingt. Willkommen in Puerto Rico.«

Sie hebt noch einmal die Hand und verlässt ein letztes Mal ihren geliebten Laden, der nun nicht mehr ihrer ist. Bevor sie allerdings doch noch ein paar Tränen verlieren kann, sieht sie verwundert in vertraute braune Augen, die liebevoll auf sie gerichtet sind.

Nicky steht an seinem Mercedes und wartet vor dem Laden, wie er es früher immer getan hat, wenn sie etwas vorhatten. »Das kommt mir vor wie ein Déjà-vu.« Auch er sieht nachdenklich hinter Sophie zum Laden. Sie haben so viele Erinnerungen hier zusammen gesammelt. Hier haben sie sich das erste Mal getroffen, haben die ersten Unterhaltungen geführt, die ersten Auseinandersetzungen gehabt und waren leider viel zu selten in letzter Zeit hier.

»Aber er ist jetzt in guten Händen. Ich dachte, du kommst erst in einer halben Stunde, ich wollte noch zum Meer und ...« Sophie geht zu ihrem Mann und gibt ihm einen Kuss auf den Mund. Er hat wieder dieses freche Grinsen im Gesicht, das er meistens dann auf den Lippen trägt, wenn er etwas plant.

»Ja, aber heute und morgen ist unser Tag, hast du die Tradition vergessen?« Er geht um den Wagen herum und hält Sophie die Tür auf. Sie setzt sich mühselig hin und lacht leise auf. »Nein, du hast die letzten zwei Jahre immer auf dieser Tradition bestanden. Wie sollte ich das vergessen? Erst zu meiner Familie, dann wir beide alleine und Silvester mit der Familia, doch meine Eltern haben dieses Jahr einfach mal alle Pläne über den Haufen geworfen mit ihrem spontanen Besuch über die Festtage.«

Sophie hatte sich sehr darauf gefreut, Weihnachten wie immer in ihrer verschneiten Heimat zu verbringen, doch ihre Eltern wollten dieses Jahr bei ihnen feiern und fahren danach für zwei Wochen auf eine Karibikkreuzfahrt. Deswegen haben sie gestern alle zusammen bei ihnen gefeiert. Auch wenn es bei fast dreißig Grad warm war, war es trotzdem schön und gemütlich, doch es ist niemals das Gleiche, als wenn sie zu Hause in ihrer zugeschneiten Heimat und der traumhaften Winterlandschaft gefeiert hätten.

»Du weißt doch, dass ich für meine beiden Prinzessinnen alles tun werde und wenn ich sage alles, dann meine ich alles.« Nicky strahlt und streicht über Sophies runde Kugel. Sie muss lächeln und hält seine Hand mit ihrer auf ihrem Bauch fest.

Auch wenn es ihr schwerfällt, den Laden aufzugeben, ist sie glücklich. Wenn sie sich damals ihre Zukunft ausgemalt hat, hätte sie nicht damit gerechnet, dass sie jemals so glücklich sein würde und ihr Glück steckt in der tiefen Liebe, die sie für Nicky empfindet, die sie beide verbindet und für das Leben, was sie sich aufgebaut haben.

Nachdem sie damals wieder zusammengefunden haben, hat Nicky sie niemals wieder losgelassen und an keinem Tag in all der Zeit einen Zweifel daran gelassen, dass Sophie alles ist, was er will. Sie haben die letzten zwei Jahre sehr intensiv zusammen erlebt. Sie ist zu ihm gezogen und in die Welt der Da Silvas eingetaucht, die mittlerweile auch zu ihrer Familie gehören. Sophie fühlt sich sehr wohl und sie würde nichts, nicht eine Sache an ihrem Leben ändern, auch wenn es ihr trotzdem schwerfällt, ihren Laden aufzugeben. Doch es bringt nichts. Sie hatte das gesamte letzte Jahr fast keine Zeit dafür und nun ist sie im sechsten Monat schwanger und wird auch nach der Geburt keine Zeit dafür finden. Als sie die Bewerbung der Schwestern bekommen hat, war ihr klar, dass es nun an der Zeit ist, dass die beiden ihre Geschichte in Puerto Rico erleben, deswegen sieht sie zu ihrem Mann und lehnt sich zufrieden zurück. »Was hast du vor? Und was ist mit meinen Eltern?«

Nicky fährt gar nicht weit. Er hält auf dem großen Parkplatz bei den Lagerhallen am Hafen. Verwundert sieht Sophie sich um, nachdem sie ausgestiegen sind.

»Sie wissen von meiner Überraschung und haben heute Abend Tickets für eine Theatervorführung und morgen holt sie ein Touristenführer ab und zeigt ihnen die schönsten Orte Puerto Ricos. Morgen Abend bringen wir sie zusammen zum Hafen, doch jetzt haben wir unser eigenes kleines Weihnachtsfest. Ich bestehe weiter auf dieser Tradition, neben deiner und meiner Familie gibt es nun auch uns drei und auch wir brauchen diese eigene kleine Tradition.«

Er nimmt Sophies Hand in seine und holt eine Reisetasche aus dem Kofferraum. Sophie sieht sich verwundert um. Was will er hier? Sie laufen zu den Trampolin- und Badmintonhallen.

»Du hast recht, doch unsere Tradition besteht ja darin, sich bei Schnee in eine Hütte zurückzuziehen und sich am Kamin zu wärmen, mit Kakao und dicken Pullovern ...« Weihnachten wird für Sophie nie dasselbe ohne Schnee sein.

»Ja, das ist sie, und da wir dieses Jahr nicht dort sein können, habe ich mir etwas überlegt, es zu uns zu holen, also mach kurz die Augen zu.« Sophie wendet sich zu ihm um, als sie vor einer Halle stehen.

Sophie muss lachen, das macht er immer, wenn er sie überrascht. »Muss das sein?« Nicky grinst und küsst ihre Nase, bevor er ihr mit seiner großen Hand die Augen zuhält. »Unbedingt, das gehört dazu.«

Um ihm die Überraschung nicht zu verderben, schließt Sophie wirklich die Augen. Sie hört, wie er etwas auf- und wieder zuschließt und dass sie durch einen hohl klingenden Raum gehen, dann hält er vor einer Tür in einem dunklen Raum und stülpt ihr einen warmen Pullover über, was Sophie dazu bringt, die Augen wieder zu öffnen. »Was ...? Auch Nicky zieht sich den Pullover über, den er letztes Jahr von Sophies Mutter zu Weihnachten bekommen hat, einen roten mit Lebkuchen drauf. Sophie muss lachen und hebt die Arme. »Was soll das hier werden?«

Er holt zwei Schals aus der Tasche und bindet ihr einen sorgfältig um.

»Das hier, mein Herz ...« Ohne sich seinen umzubinden, öffnet er die Tür vor ihnen und eine angenehme Kälte umschließt sie sofort.

»... ist unsere kleine Auszeit.«

Noch erkennt man nichts, alles ist abgedunkelt, doch es ist kalt und dann schiebt Nicky einen Schalter neben sich um und Sophies Atem stockt.

Sie stehen mitten in einer riesigen Eishalle.

Es ist nicht einfach nur eine Eishalle, es ist die Eishalle, wo die Eisskulpturen präsentiert werden. Eleonora hatte schon davon erzählt, doch sie haben es noch nicht geschafft, hierher zu kommen. Nun sieht Sophie auf eine große Fläche mit Schneehügeln, zugefrorenen Eisflächen, einer Brücke aus Eis, Tieren aus Eis geformt, Eisbäumen und sogar einem Eisschloss.

»Das ist ...«

Keine Worte könnten das beschreiben. Auch wenn überall atemberaubende Eisskulpturen stehen, gibt es auch schneebedeckte Wege, Bänke, geschmückte Tannenbäume und auf einem zugeschneiten Hügel eine Holzhütte. »Schlafen wir dort?« Nicky legt seine Arme um sie. »Ja, es ist ein kleines Luxushäuschen mit Kamin und Whirlpool und allem, was man bei der Kälte braucht. Hier nehmen sich einige ab und zu eine Auszeit. Ich war gestern schon hier, um etwas auf dem Eis zu üben und mich heute nicht komplett zu blamieren und habe mir alles angesehen, willkommen in unserer kleinen Auszeit. Die Halle gehört bis morgen Abend uns. Wir können gleich auf der Fläche eislaufen und dann in den Whirlpool. Ich liebe es hier. Es ist praktisch. Wir haben die Kälte und den Schnee, doch wenn ich möchte, kann ich rausgehen und mir ein paar Leckereien vom Hafen holen oder ins Meer springen, es ist perfekt.«

Sophie muss lachen und dreht sich zu Nicky um. Sie legt ihre Hände um sein Gesicht und sieht ihm in die Augen.

»Du bist verrückt und du bist der beste Mann der Welt. Danke, danke, dass du all das für mich ... für uns tust. Ich liebe dich.«

Nicky wird ernst und sieht ihr in die Augen. »Immer! Ich werde alles für euch beide tun. Frohe Weihnachten, mein Herz!«

Sophie gibt ihm einen Kuss. »Frohe Weihnachten.«

Türchen 20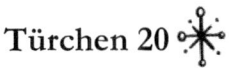

Hijas de la luna
Sora & Dorian

»Wie geht es dir sonst? Man kann das momentan, finde ich, sehr schwer einschätzen bei dir.«

Sora spürt die Blicke von Luna und Saphira auf sich, doch sie erwidert sie nicht, sondern baut weiter mit Elias seine Holzeisenbahn auf. »Es ist alles in Ordnung.« Nun setzt sich Saphira neben sie und sieht ihr in die Augen. »Nein, das glaube ich nicht. Du hast eine Zeit lang so glücklich gewirkt, doch das hat nachgelassen. Deine Augen strahlen nicht mehr. Obwohl wir dich zu Weihnachten eingeladen haben, bist du nicht gekommen und du warst fast vier Wochen nur bei dir zu Hause, du hast niemanden an dich herangelassen, heute ist der erste Tag, wo du wieder mal in der Stadt bist. Ich weiß, dass es im Anwesen des Zirkels schön ist, doch du kannst dich doch nicht so abkapseln. Alle machen sich Sorgen, auch Dorian.«

Sora atmet leise aus, das weiß sie, sie sieht die Sorgen in seinen Augen, er fragt sie immer, ob alles in Ordnung ist, doch sie will ihn nicht mit ihren Sorgen belasten. Sie sind in dieser Situation, an der sie nichts ändern können, keiner von ihnen, und sie möchte ihm diese Last, die sie deswegen in ihrem Herzen trägt, ersparen. Es reicht, wenn sie das mit sich ausmacht.

»Du weißt, dass du mit uns über alles sprechen kannst, wir wussten als Erste von Dorian und dir und haben dich immer unterstützt. Ich werde auch Vlad nichts sagen, doch ich weiß, dass er dich sehr vermisst. Er hat sich Sorgen gemacht, als keiner mehr wusste, was mit dir los ist.«

Sora lacht leise und bitter auf.

»Vlad? ich weiß nicht, ob Vlad mich wirklich vermisst. Wir waren mal eins, wir sind Zwillinge, so wie Elias und Elena, wenn ich die beiden jetzt sehe und mich und meinen Bruder, tut es mir in der Seele weh. Stell dir doch mal vor, Elian verstößt Elena eines Tages, weil sie den falschen Mann liebt.«

Luna lächelt mild und Sora bemerkt den Blick von Saphira auf ihren Zwillingen, gerade wirkt das unvorstellbar, doch genau das ist passiert. »Aber Sora, du kennst doch Vlad, er zeigt es nicht und er ist immer noch sehr wütend, natürlich fällt es ihm schwer, Dorian an deiner Seite zu akzeptieren, doch er geht kleine Schritte auf dich zu. An eurem Geburtstag habt ihr doch zusammen gefeiert, erst danach hast du dich zurückgezogen, dabei waren wir so glücklich, dass ihr wieder ein paar Schritte aufeinander zugeht.«

Nun kann Sora nicht mehr an sich halten, sie mag Saphira und Luna und all das brennt schon viel zu lange auf ihrer Seele. »Es war schrecklich. Diese ganzen Versuche, mir zu zeigen, dass es in Ordnung ist, dass ich mich für dieses Leben entschieden habe. Weißt du, wie weh es tut zu sehen, wie meine Mutter mir bis heute kaum in die Augen gucken kann, wie sie nie wissen will, was ich tue oder mache, dass mein Vater mich nicht mehr in unserem Laden arbeiten lässt, weil es ihm peinlich ist, mit wem ich zusammen bin. Ich konnte das akzeptieren und habe versucht, damit zu leben, doch es tut weh, wenn ich sehe, wie glücklich meine Eltern dich und Vlad anstrahlen, wie sehr sie Elena und Elias lieben und ich ihnen das niemals geben kann, sie niemals zu Großeltern machen kann. Vlad hat sich nach Monaten mal dazu aufgeopfert, wieder in einem Raum mit mir zu sein und ich habe gehört, wie er immer wieder zu meiner Mutter in die Küche gegangen ist und gesagt hat, dass er die Wunde an meinem Hals nicht sehen kann, ohne dass ihm übel wird. Ich ekle ihn an, er will mich nicht in seiner Nähe haben, keiner von ihnen, nicht echt, nicht mit Dorian an meiner Seite und ich werde sie auch nicht mehr in diese Lage bringen. Und ja ...«

Sora hebt verzweifelt die Hände. »Es ist toll, dort zu leben, ein Traum, Dorian hat für uns das Dachgeschoss ausgebaut und wir haben da ein eigenes Reich, ich liebe es und der Zirkel hat mich aufgenommen, doch ich gehöre niemals ganz zu ihnen. Ich bin nicht unsterblich, ich schlafe mittlerweile viel tagsüber und wenig in der Nacht, doch ich brauche das Tageslicht und bin kein Vampir. Wenn ich mit Catalina und Nicola in der Küche stehe, oder egal bei was ... sie sind mir in allem voraus. Ich gehöre auch da nicht hin. Meine Familie will mich nicht, zum Zirkel werde ich so nie gehören ... Dorian liebt mich über alles, und das Einzige, wo ich wirklich glücklich bin, ist in seinen Armen, doch ich weiß, dass auch er Sorgen hat. Er sieht, wie zerbrechlich ich bin, dass es für ihn nur ein Wimpernschlag ist und ich bin nicht mehr da, er sagt deswegen nichts, doch ich weiß, dass ihn das belastet, es gibt ...«

Sie bricht ab. Es gibt eine Möglichkeit, dieses Problem zu lösen und Dorian und sie haben auch schon darüber gesprochen, doch noch schiebt sie das weit von sich, weil dann alles vorbei wäre. Nun sieht sie das erste Mal den beiden Schwestern in die Augen und erkennt darin, was auch in ihrem Herzen steht: Eine Traurigkeit über das, wie es ist, doch auch das Wissen, dass es nicht zu ändern ist.

Saphira nimmt ihre Hand in ihre. »Es tut mir so leid, ich weiß auch nicht, was ich tun kann. Ich habe ewig auf Calin eingeredet und er hat erklärt, dass die Beziehung zwischen euch keine Folgen haben wird, solange du es willst, ich dachte, das verbessert alles.« Sora lächelt mild, doch sie spürt, dass sie nicht mehr lange an sich halten kann. »Das hat es auch, ich bin dir dankbar und ich weiß auch, dass du mit Vlad redest, Luna, doch es ist wie es ist und keiner kann daran etwas ändern.«

Bevor sie komplett auseinanderbricht, steht Sora auf und gibt den Zwillingen einen Kuss. »Ich muss auch los, es wird dunkel, genießt den Abend und grüßt alle.« Saphira und Luna stehen auch auf. »Nein, komm schon, komm mit uns zum See, du weißt, wie wichtig das Neujahrsfest ist ...«

Sora hat keine Kraft mehr und verlässt Anis' Haus, wo sie die beiden Schwestern heute getroffen hat. »Nicht mehr für mich. Ich bin kein Teil mehr davon.«

Im Auto atmet Sora tief durch und statt zurück zum Anwesen des Zirkels fährt sie zu der kleinen Hütte im Wald. Sie hat sich all die Wochen zusammengerissen, sie kann in ihrem Haus nicht zeigen, wie es ihr wirklich geht. Alle Vampire haben ungewöhnlich gute Gehöre und würden sie sofort weinen hören, deswegen zieht sie alles in diese kleine Hütte, wo sie die Tür hinter sich schließt und alles herauslässt, was sich in den letzten Monaten angestaut hat. Sie hat das so dringend gebraucht und nachdem sie erst einmal angefangen hat, kann sie es nicht mehr stoppen.

Sie rollt sich auf dem Bett zusammen, in dem Dorian und sie sich endgültig dazu entschlossen haben, ihr Leben zu teilen, und weint über alles, was sie verloren hat und nie bekommen wird.

Irgendwann spürt sie ihn. Ihr Hals pocht angenehm, sie weiß, dass Dorian in der Nähe ist, doch er wird sie hören, er wird wissen, dass sie das jetzt für sich braucht und auch wenn es ihm wehtut, spürt sie, wie er sich wieder entfernt und ihr diese Zeit gibt. Sie hat selten Zeit für sich ganz alleine und das respektiert er in diesem Moment, auch wenn es ihm noch so schwerfällt.

Es hat sich so viel die letzten Monate angesammelt, dass Sora sich kaum beruhigen kann, gleichzeitig spürt sie aber auch, wie gut es ihr tut, all das herauszulassen. Sie liegt lange zusammengerollt in der kleinen Hütte. Als sie sich dann irgendwann aufrappelt, frisst sie ihr schlechtes Gewissen fast auf. Dorian wird sich schrecklich fühlen, sie weiß, dass er das eh schon tut. Für ihre Liebe hat sie ihr altes Leben aufgegeben. Sie hat am Anfang nicht verbergen können, wie weh ihr das getan hat. Dann ist ihre Mutter ein wenig auf sie zugekommen, und durch Saphira und Luna hat sie auch immer wieder ein wenig Kontakt zum Clan gehabt, doch es hat sie jeden Tag geschmerzt, diese starke Ablehnung ihrer Familie zu dem Mann, den sie über alles liebt. Sie versucht, es ihm nicht zu zeigen, doch heute musste es einfach raus und nun hat sie ein schlechtes Gewissen.

Dorian ist alles für sie. Er macht sie glücklich. Sie verbringen sehr viel Zeit zusammen. Als sie ihre Etage eingerichtet haben, haben sie viel gelacht und sich auch gestritten, wegen der Wandfarben und der Böden, doch sie sind immer, jede Nacht oder eher jeden Tag, zusammen eingeschlafen, Sora fest in seinen Armen und sie will nie wieder daraus fliehen.

Sora steht auf und atmet tief ein, sie wird sehr verheult aussehen. Dorian hat sie gehört, er spürt sie, sie kann ihm nichts vormachen, doch trotzdem will sie noch etwas frische Luft einatmen, bevor sie ihn trifft und so nicht ganz so verheult aussehen.

Als sie gerade die Hütte verlassen will, hört sie jemanden kommen, spürt aber, dass es nicht Dorian ist. Sora öffnet die Tür und sieht in dieselben grünen Augen, die auch sie hat, sofort senkt sie den Blick und geht zurück ins Haus. Sie schämt sich nicht, doch sie kann diese Abneigung, diese Art, wie Vlad sie ansieht, seit sie mit Dorian zusammen ist, nicht mehr ertragen.

»Hey.« Ihr Zwillingsbruder tritt mit ihr in die Hütte und räuspert sich leise.

Sora verschränkt die Arme vor der Brust und wappnet sich für den nächsten Streit, der nächsten Flut von Vorwürfen.

»Was tust du hier?« Sora sieht ihren Zwillingsbruder immer noch nicht an. »Dorian hat mich geholt, ich war gerade bei Luna, die mich wegen dir zusammengestaucht hat.« Nun hebt Sora doch den Blick und sieht ihrem Bruder seit langer Zeit mal wieder richtig in die Augen. Sie erkennt sofort darin, dass auch ihm ihre Distanz nicht leichtfällt.

»Also bist du nur hier, weil andere dich dazu gebracht haben. Wieso ist Dorian zu dir gekommen?« Vlad kommt zwei Schritte näher zu ihr. »Dorian war in den letzten zwei Wochen fast jede Nacht bei uns. Immer nur für eine halbe Stunde, doch er war immer bei Mama und Papa.«

Nun versteht Sora gar nichts mehr und das muss Vlad ihr auch ansehen und reibt sich die Augen.

»Ich gebe es ja wirklich nicht gerne zu, doch Dorian liebt dich wirklich über alles, was wahrscheinlich auch der einzige Grund ist, wieso ich überhaupt mit ihm spreche. Mir war das immer klar, ich weiß, dass ein Vampir sich nicht einfach so eine Gefährtin nimmt und für was das bei ihm steht. Ich weiß, dass es dich verletzt hat, wie ich auf euch reagiert habe, ich selber wäre auch nicht damit klargekommen, wenn du Luna abgelehnt hättest und du hast niemals infrage gestellt, dass sie meine Seelengefährtin ist. Ich weiß das alles, Sora, und du hast keine Ahnung, wie sehr du mir fehlst. Vielleicht hatte ich die Wochen vor unserem Streit nicht mehr so viel Zeit für dich, mein ganzes Leben hat sich auf den Kopf gestellt, doch du fehlst mir wahnsinnig. Wir waren immer unzertrennlich, und nun ...«

Sora kann nicht mehr, sie beginnt wieder zu weinen und endlich nimmt Vlad sie nach so langer Zeit wieder in den Arm. Er umschließt sie fest, seine Wärme beruhigt sie, sein vertrauter Duft hüllt sie ein und sie lauscht seinem Herzschlag, der ihr verrät, dass auch ihn das nicht kalt lässt.

Er küsst Soras Kopf und drückt sie an sich.

»Es hat mich selbst verletzt, dich von mir zu stoßen, das musst du mir glauben, doch diese Feindschaft sitzt so tief unter unserer Haut, es hat gedauert, bis ich den Gedanken zulassen konnte, ich probiere es, Prinzessin, doch manchmal wenn ich dich sehe, macht mich das wieder wütend. Ich weiß, dass du glücklich bist und ... ich weiß auch nicht. Ich habe erst so richtig gemerkt, wie schlecht es dir geht, als du nicht mehr das Haus verlassen hast. Keiner ist mehr an dich herangekommen und dann kam Dorian zu Mama nach Hause.«

Sora löst sich widerwillig von ihrem Bruder, doch sie kann das nicht glauben, sie wusste nichts davon. »So habe ich auch geguckt, doch er ist zu uns nach Hause gegangen, hat Mama Gebäck gebracht und Zigarren für Papa und erklärt, dass egal wie tief die Ablehnung zwischen uns allen liegt, wir alle dich über alles lieben und versuchen müssen, miteinander klarzukommen. Für dich.«

Sora kann das nicht glauben. Vlad hebt die Augenbrauen. »Die ersten drei Tage bin ich bei Mama geblieben, wir saßen in der Küche, Dorian hat mit Mama Kaffee getrunken, Papa saß unruhig daneben und sie haben sich über ein paar belanglose Dinge wie Barnar und das Wetter unterhalten. Es war merkwürdig und das beschreibt es nicht einmal annähernd. Nach drei Tagen hat Mama schon begonnen, für ihn zu kochen, weil er verraten hat, dass er Kürbis mag und Papa hat mit ihm Karten gespielt. Ich habe mir das jeden Abend angesehen und verstanden, was Dorian da tut und was das bedeutet. Gestern kam Dorian eine halbe Stunde später und Mama hat schon ganz nervös auf ihn gewartet.«

Sora schüttelt den Kopf und lacht leise auf, sie hat nicht geahnt, dass Dorian das tut. »Mama mag ihn mittlerweile sehr und auch Papa hat ihn gerne. Ich respektiere ihn dafür und werde ihn zumindest dulden in unserer Familie. Ich wollte dich vorhin abholen und zum Neujahrsfest mitnehmen, es reicht. Ich kann nicht mehr ohne dich sein und ich will es auch nicht, doch Dorian hat mich abgefangen und hergebracht.«

Sora lächelt aus ganzem Herzen. »Das heißt, dass ich mein altes Leben nicht verloren habe?« Vlad lacht auf und streicht ihre Tränen weg. »Niemals, die Jungs haben schon Cola für dich kaltgestellt. Mama hat Kürbiskuchen für ihren neuen Liebling gebacken und da wir eh bei neuen Vorsätzen und so weiter und so fort sind, kommen Catalina und Nicola auch, die sind ja eh kaum noch wegzudenken bei uns.«

Sora lacht erleichtert auf und drückt ihren Bruder noch einmal fest an sich. »Du hast mir so sehr gefehlt.« Vlad legt den Arm um sie und sie verlassen zusammen die Hütte, wo Luna und Dorian zusammen an Vlads Auto lehnen und auf sie beide warten. Vlad küsst noch einmal Soras Wange, während Sora Dorian glücklich und erleichtert anstrahlt.

»Du mir auch, und jetzt lass uns gut zusammen mit diesem verrückten gemischten Haufen ins neue Jahr starten. Ich ahne, dass viel auf uns zukommen wird, doch ich bin mir auch sicher, dass unsere Liebe füreinander und der Zusammenhalt von uns allen am Ende alles besiegen wird.«

Als sie am Auto ankommen, steigen Vlad und Luna schon ein und Sora geht schnell zu Dorian und gibt ihm einen langen Kuss. »Danke … für alles.« Dorian sieht sie liebevoll an, wie immer eigentlich. »Ich weiß, dass du immer an meiner Seite sein wirst, doch es ist nur echt, wenn du auch glücklich bist und ich werde immer alles tun, um dich glücklich zu machen. Immer. Alles!«

Sora lehnt ihren Kopf an seine Brust und Dorian küsst lange ihre Stirn. »Und wenn das bedeutet, dass wir am Strand mit deinen Leuten ein Neujahrsfest feiern, obwohl es eigentlich noch nicht Neujahr ist, tun wir das. Ich habe Karten dabei und Zigarren, Anis hat mich schon herausgefordert.« Sora muss lachen und sie hören auch Vlads Lachen aus dem Auto.

Natürlich ist das auch für Dorian nicht leicht und dass er das alles für Sora tut, bedeutet alles.

Der Zirkel lebt nach einem anderen Kalender, sie feiern keine Feste, nicht so, und er könnte sich den Abend sicher auch anders vorstellen, doch er tut das, damit sie glücklich ist und das bedeutet mehr, als teure Geschenke oder Worte es je ausdrücken könnten.

»Ich liebe dich.«

Dorian gibt Sora einen Kuss und lächelt. »Ich dich auch, dann lass uns ins neue Jahr starten ... also in euer neues Jahr ...«

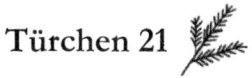
Llora por el amor
Nala & Damian 2

Doch sie hat auch keine Kraft, sich jetzt weiter zu erklären und geht mit Sania in ihren Kurs. »Männer sind Idioten. Wenn du etwas Ablenkung über die Feiertage brauchst, sag Bescheid, in der Sporthalle soll es eine richtig wilde Studentenparty geben, so im totalen Kontrast zu der heiligen Messe, zu der man sonst geht, davon wird jedes Jahr geschwärmt, ich bin auf jeden Fall dabei.« Nala lächelt dankbar und holt ihre Bücher aus der Tasche.

Sie ist einfach nur froh, danach endlich ihre Ruhe zu haben.

Auch wenn sie kaum etwas von den Kursen mitbekommt, bleibt sie noch die nächsten zwei dort, doch auf dem Weg zur Cafeteria erfährt sie, dass die letzten beiden Kurse ausfallen und statt in die Cafeteria setzt sie sich in ihren Smart und atmet tief aus. Sie weiß nicht einmal, ob die anderen wissen, dass sie nicht vorhat, heute nach Hause zu kommen und ihre Sachen gepackt hat, also zumindest das Nötigste.

Erst im Auto überlegt Nala dann, wohin sie fahren soll, was soll sie tun? Die Feiertage beginnen. Einen Moment überlegt sie, zum Flughafen zu fahren und sich ein Ticket zu kaufen, nach Las Vegas oder zurück nach Kanada in eine Schneehütte. Gerade will sie sich aber nur ausruhen und nicht Stunden im Flieger verbringen. Wenn sie etwas Ruhe hat, kann sie entscheiden, was sie weiter machen wird.

Sie fährt zum Hafen, dort gibt es ein Hotel, was sie schon immer geliebt und sogar schon gezeichnet hat. Es ist ein ganz altes Gebäude, mit verschnörkelten Stahlbalkonen und dem perfekten

Ausblick auf den Hafen. Nala hat es sich auch schon von innen angesehen, war aber noch nie auf einem Zimmer, und wenn sie sich schon so miserabel fühlt, dann doch bitte an einem schönen Ort.

Obwohl die Feiertage anstehen, bekommt sie sogar noch ein Zimmer mit Hafenblick, wahrscheinlich wollen die wenigsten Weihnachten bei dreißig Grad in Puerto Rico verbringen. Da der letzte Käufer das Bild bei Dilara im Laden abgeholt und bar bezahlt hat, sie aber vergessen hat, das Geld einzuzahlen, hat Nala noch eine Menge Bargeld dabei und bezahlt das Zimmer für drei Tage. Danach wird sie sich eine neue Lösung suchen. Mit grauschwarzen und lilafarbenen Möbeln ist das Zimmer zwar ziemlich modern eingerichtet, doch auch hier findet man die alten Steinmauern, ein Holzpodest und überall diesen gewissen romantischen alten Flair.

Nala nimmt zuerst ein langes Bad, dabei hat sie ihr Handy in der Hand und überlegt, es wieder anzuschalten, doch wenn sie daran denkt, die Nachrichten und Anrufe zu beantworten, wird sie nur noch erschöpfter, und gerade will sie nichts von Damian wissen. Soll er doch von seiner tollen Reise zurückkommen, mit noch mehr Geld in den Taschen und in seinem leeren Haus sitzen und sich irgendwelche halbnackte Chicas ansehen, ihr ist das gerade alles völlig egal. Sie will von alldem nichts mehr wissen.

Obwohl diese bittere Enttäuschung weiter in ihrem Bauch hängt, so tut diese Ruhe im Hotelzimmer auch gut. Nala bestellt sich Getränke und eine Pizza, legt sich im Bademantel auf das riesige Bett und beginnt, sich eine Serie anzusehen. Da sie die Nacht zuvor nicht geschlafen hat, braucht es nicht mehr, und als sie das nächste Mal die Augen aufmacht, liegt noch eine halbe kalte Pizza neben ihr und die Sonne strahlt sie aus den geöffneten Rollläden von ihrem Balkon an.

Es ist bereits mittags und weil heute der letzte Tag ist, an dem die Geschäfte offen haben und das auch nur bis zum Nachmittag, ist am Hafen viel los.

Nala steht sofort auf, sie verdrängt alle Gedanken, die sie überkommen, zieht sich eine Jeans, ein weißes Shirt und Flipflops an, nimmt sich ihre Handtasche und geht auf die Hafenpromenade. Sie liebt es hier, das hat sie schon immer. Sie kauft sich ein Croissant und einen Kaffee im Becher und läuft einmal bis zum Ende der Hafenpromenade und das dauert fast eine Stunde, so voll ist es. Sie läuft über den Fischmarkt, geht in die kleinen Boutiquen und genießt den Trubel um sich herum.

Sie spürt, dass sich ihr Gefühl im Bauch ändert und sich immer mehr Sehnsucht in ihrem Herzen ausbreitet. Nala will es nicht zulassen. Lieber die Enttäuschung und Wut im Bauch als alles andere. Sie kämpft richtig gegen die Gedanken an und lässt sich von den Gesprächen der anderen ablenken. Als zwei junge Männer sie ansprechen, lächelt Nala nur leicht und geht weiter. Allein der Gedanke, sich irgendwann einem anderen Mann zu öffnen, wie sie sich Damian geöffnet hat, scheint ihr gerade noch unvorstellbar.

Sie bleibt bis zum späten Nachmittag am Hafen, kauft sich dort noch mehrere Leckereien zum Mittag, setzt sich an die Stege und beobachtet die Schiffe. Erst als die Leute beginnen, alle Läden zu schließen und von der heiligen Messe zu sprechen, die heute Nacht stattfindet, kehrt Nala ins Hotel zurück.

Jede weitere Stunde, die vergeht, lässt sie unruhiger werden. Auch wenn Damian wenig Zeit für sie hatte, so hatten sie doch immer viel Kontakt zueinander, haben geschrieben und telefoniert, sie hatte generell immer sehr viel Kontakt zu seiner Familie. Zu allen, selbst mit Melissa schreibt sie jeden Tag, doch jetzt ist einfach alles ruhig und leer. Sie blickt auf ihr Handy, das wie eine tickende Bombe auf dem Bett liegt und schaltet wieder die Serie an, doch sie spürt schnell, dass sie sich nicht konzentrieren kann. Deswegen schaltet sie den Fernseher wieder aus. Stattdessen holt sie ihren Zeichenblock und ihre Zeichenstifte heraus, setzt sich auf ihren Balkon und beginnt, den Hafen zu malen.

Das ist das Einzige, was sie wirklich beruhigt, so schafft sie es auch, mit dem Grübeln aufzuhören, sie achtet auf alle Details, auf die Kerben im Holz der Schiffe, auf die kaputten Bretter im Steg, auf die losen Taue, auf die Crew, die am Deck alles zusammen- räumt. Erst als die Sonne untergeht, beendet sie das wunderschöne Bild.

Als sie sich dann zurück auf ihr Bett setzt, wird sie noch unruhi- ger. Sie blickt auf das Handy, auf den Fernseher und geht schließ- lich duschen, sie wird einfach auf die Feier gehen, sie braucht Ablenkung. Bei der Kleidung, die sie eingepackt hat, hat sie natür- lich nicht an ein sexy Abendkleid gedacht, doch sie hat ein schwar- zes enges Kleid eingepackt, was zwar langärmelig ist, doch Nala schneidet einfach die Arme ab, sodass es ein Bandaukleid wird. Sie lässt ihre Locken offen, schminkt sich und zieht die Pumps an, mit denen sie die ganze Nacht durchtanzen kann, weil sie nur einen kleinen Absatz haben.

Sobald sie fertig ist, muss sie ihr Handy anschalten und es piept sofort los. Nala sieht gar nicht nach den verpassten Nachrichten und Anrufen, sie sucht die Nummer von Sania heraus und fragt, wann sie losgehen. Sania macht sich noch fertig, Nala soll in einer halben Stunde auf dem Parkplatz der Universität sein. Da diese Party so bekannt ist, wollte der Direktor sie verbieten und so wur- de die Party von der Turnhalle auf eine freie Sportanlage verlegt. Sania nimmt sie mit, mehr muss Nala nicht wissen, sie schnappt sich ihre Tasche und fährt los.

Nicht einmal zehn Minuten später hält sie auf dem Parkplatz vor der Uni, wo trotz der Ferienzeit ziemlich viel los ist. Einige, die auf dem Unigelände wohnen, scheinen zu der Party zu wollen. Nala kommt gerade mal dazu, von ihrem Auto wegzugehen, da hält ein ihr nur zu gut bekannter silberner Mercedes neben ihr.

Verdammt, sie wendet sich zum Auto um und sieht direkt in Damians wütende Augen, der aussteigt und die Tür laut zuschlägt. Nala erkennt auch Leandro im Auto, doch sie wendet sich wieder Damian zu und sieht ihm entgegen. Leider ist ihre Wut mittlerweile nicht mehr so stark, sobald sie ihn ansieht, kommt eher die starke Sehnsucht heraus. Damian trägt schon einen Anzug. In einer Stunde beginnt die heilige Messe. Obwohl er wütend aussieht, erkennt Nala auch sofort Reue in seinem Blick.

»Nala … ich suche dich seit gestern. Ich war heute schon sechsmal am Campus. Dass du sauer bist, ist schön und gut, doch du könntest wenigstens mal bei irgendjemandem an dein Handy gehen.« Damian bleibt genau vor ihr stehen und sieht zu ihr hinab. Für einen winzigen Augenblick wünschte sie, sie könnte ihn einfach umarmen, er fehlt ihr, sie haben sich lange nicht gesehen und eine Millisekunde bildet sie sich ein, das auch in seinem Gesicht zu lesen, doch Nala erinnert sich an das Gefühl, was sie hatte, als sie hier angekommen ist und Damian mal wieder weg war.

»Wirklich, Damian? Und nur, weil du jetzt mal hier bist und Lust hast, dich um mich zu kümmern, denkst du, ich muss das auch wollen. Ich bin erwachsen. Ich schulde niemandem Rechenschaft. Wenn ich mit niemandem reden möchte, dann ist das so. Wäre ich dir wichtig genug, dann hättest du schon längst mit mir gesprochen, nun ist es mir nicht mehr wichtig genug. Also weiß ich nicht, was du noch willst.«

Damian atmet laut aus. Er wird sich schon auf so etwas eingestellt haben, doch Nala weiß, wie mächtig Damian ist und dass er es eher gewohnt ist, dass man tut, was er sagt.

»Komm schon, Guapita. Ich habe verstanden, dass ich … ich denke in diesen Momenten nicht nach. Ich höre, was da unten auf uns wartet und will unbedingt dahin. Ich denke nicht daran, dass es dich verletzt. Aber das ist nun mal mein … Leben. Das ist das, was ich tue, doch ich bin gestern zurückgekommen und dann …«

Nala lacht nur bitter auf und unterbricht ihn. Dieses Mal kommt alle Wut hoch und sie geht noch näher an ihn heran. »Du hast es immer noch nicht verstanden, Damian. Das Problem ist, dass ich dir nicht wichtig genug bin, Kompromisse zu finden. Niemand sagt, du sollst aufhören, aber deine Cousins bekommen es doch auch hin, mal die anderen fahren zu lassen, um Zeit für ihre Freundinnen zu finden, du machst das nicht. Du reißt alles an dich, als könntest du es nicht erwarten, von hier und von mir wegzukommen. Und dann komme ich und du hast noch nicht einmal unser Haus schmücken lassen, das spiegelt die Kälte wieder, die ich fühle, weil du so fixiert auf alles andere bist, nur nicht auf mich. Und dann ständig diese Partys. Ich meine, das funktioniert einfach nicht, wenn du eine feste Beziehung führen willst ...«

Damian zieht etwas aus seiner Jacketttasche. »Nala, ich habe das mit Weihnachten einfach verpennt, ich weiß, dass ich ein paar Schritte zurücktreten muss, das habe ich verstanden, doch das war nicht einfach irgendetwas. Es war wirklich besonders. Wir haben Goldminen gekauft.« Er hält ihr eine kleine Kugel Gold entgegen. Nala schüttelt nur den Kopf und nimmt die Kugel in die Hand. »Denkst du, das bedeutet mir etwas? Denkst du, das ist das Wichtigste? Wenn es dir so wichtig ist, so etwas zu besitzen, so wichtig, dass du dafür alles andere vergisst, dann tue das. Mir hätte es etwas bedeutet, wenn der Mann, den ich liebe, sich die Zeit genommen hätte, mich zu sehen. Wenn wir uns an den Weihnachtsbaum gesetzt hätten und unsere Beziehung in den Griff bekommen hätten, und es muss kein mit Gold besetzter Baum sein, ein einfacher kleiner Baum hätte auch gereicht, irgendetwas, Damian, aber nicht diese Kälte.«

Sania kommt mit zwei Freundinnen auf den Parkplatz und winkt Nala zu sich.

Sie wendet sich noch einmal zu ihm und sieht ihm in die Augen. »Aber weißt du, jetzt hast du das wieder alles. Alle Zeit der Welt, um dein Geld um dich anzuhäufen und zu jedem Geschäft zu fliegen und du kannst dich wieder auf deinen Partys amüsieren. Das hört sich doch großartig an.«

Damian wird auch immer wütender. »Du hörst dich so an, als hätte ich nie etwas für dich getan.« Nala schüttelt nur traurig den Kopf. »Doch, das hast du, und ich weiß auch, dass du mich liebst, aber das reicht nicht aus, um eine richtige Beziehung zu führen, du bist nicht bereit, Kompromisse einzugehen …«

Ihr steigen Tränen in die Augen. Sie sieht, dass Damian noch lange nicht fertig ist und dass momentan mehr Wut in seinen Augen lodert als alles andere, doch ihre Tränen lassen ihn einhalten und sie wendet sich ab.

»Jetzt brauchst du das nicht mehr … Frohe Weihnachten, Damian.«

Nala schließt die Augen, während sie zu den anderen zum Auto geht, um die Tränen wieder wegzudrücken. Einen Moment spürt sie Damian noch hinter sich stehenbleiben, als überlege er, sie noch einmal zurückzurufen, doch dann hört sie seinen wütenden Motor aufheulen.

Er hat gesehen, wie sehr er sie verletzt hat. Nala kennt Damian, er hat gedacht, dass sie vielleicht etwas zickig ist, er nimmt sie in den Arm und alles ist wieder gut, erst gerade hat er begriffen, wie weh all das Nala wirklich tut.

»Ist alles in Ordnung?« Sania sieht sie besorgt an, doch Nala lächelt und setzt sich nach hinten. »Natürlich, lass uns feiern.«

Von allen Ideen in den letzten Tagen ist das jedoch die wahrscheinlich dümmste.

Sie fahren zu einem stillgelegten Fußballfeld, auf dem Scheinwerfer den grünen Rasen beleuchten, es stehen überall Kisten mit alkoholischen Getränken herum, eine riesige Musikanlage ist installiert und die Leute tanzen ausgelassen zu den typischen Weihnachtsliedern. Alle tragen rote Weihnachtsmützen und auch sie bekommen beim Betreten eine aufgesetzt.

Am Anfang kann Nala auch darüber lachen, jeder nimmt sich ein Bier und sie tanzen ausgelassen und barfuß zu 'All I Want For Christmas Is You' und anderen Ohrwürmern. Doch nachdem sie eine Weile getanzt haben, wird plötzlich die Musik ausgestellt und man hört in ganz Puerto Rico die Glocken läuten. Was für ein magischer Moment. Die heilige Zeit ist hereingebrochen.

Nala nimmt sich traurig die Mütze vom Kopf und lauscht den Glocken, die von überall her ertönen. Sie weiß, dass nun alle zusammen sind, Damians gesamte Familie und Familia sitzen zusammen in der Kirche, beten und begrüßen diese heilige Zeit. Nala hat das so geliebt. Es war so ruhig und festlich. Danach wünschen sich alle frohe Weihnachten, die Kinder bekommen die ersten Plätzchen und man fährt nach Hause, beginnt diese Zeit sehr ruhig und besinnlich und morgen früh gibt es die Geschenke und zum Abend kommen alle zusammen, essen und trinken … Sie kann sich bildlich vorstellen, wie Damian nun dort sitzt, neben seinen Cousins und seinem Vater und wahrscheinlich alle fragen, wo sie bleibt, falls nicht schon alle mitbekommen haben, dass sie gegangen ist.

Nala nimmt sich noch ein Bier, setzt sich in eine Ecke und nun kann sie ihre Tränen nicht mehr zurückhalten, während Feliz Navidad aus den Boxen tönt und alle laut losjubeln. Reagiert sie über? Sie weiß doch, dass Damian sie liebt und ihr war klar, dass er anders als die anderen ist, vielleicht sind ihre Ansprüche nur zu hoch.

Sie sitzt noch mindestens eine Stunde in der Ecke, ihre Gedanken drehen sich im Kreis und dann beginnt sich alles zu drehen. Nicht mehr nur ihre Gedanken.

Langsam steht Nala auf, sie will nur noch ins Bett, geht zu Sania, die immer noch weitertanzt und sagt ihr, sie nimmt ein Taxi zurück. Vor dem Eingang stehen auch schon einige und warten auf die betrunkenen Studenten. Nala lässt sich zu ihrem Auto auf dem Uniparkplatz fahren, erst als sie fast da sind, fällt ihr ein, dass sie wahrscheinlich kein Auto mehr fahren kann. Sie wird es probieren, notfalls läuft sie zum Hafen hinunter und bekommt wieder einen klaren Kopf.

Sobald das Taxi aber auf den Parkplatz auffährt, sieht sie Damians Auto und dass er an ihren Wagen gelehnt auf sie wartet. Nala bezahlt das Taxi und sieht zur Uhr. Er muss schon lange hier warten.

Damian sieht ihr ganz ruhig entgegen und sie ist sich sicher, dass er bemerkt, dass sie geweint hat und sie betrunken ist. Er hat sein Hemd oben geöffnet, was er immer tut, sobald er das Förmliche hinter sich hat. Nala geht zu ihm und der Wunsch, einfach in seine Arme zu fliehen, ist stark, doch sie schüttelt nur den Kopf. »Ich will nicht reden.« Damian nickt. »Das musst du nicht.« Nala schiebt sich ihre Locken hinter ihr Ohr. »Gut! Und ich will auch nicht an mein Handy gehen.« Damian hebt die Augenbrauen, nickt aber. »Das musst du auch nicht. Doch ich liebe dich über alles, Guapita, und es tut mir leid. Ich sehe, dass ich dir wehgetan habe und das ist das Letzte, was ich wollte. Du weißt gar nicht, wie beschissen es sich angefühlt hat, als ich nach Hause gekommen bin und du warst weg, deine Sachen waren weg und ich habe dich nirgendwo gefunden. Ich weiß, dass ich … dass ich schuld bin und ich respektiere, dass du jetzt deine Ruhe willst, doch komm mit mir nach Hause, oder wir bleiben zusammen im Auto, egal was, aber bleib bei mir, auch wenn du mich anschweigst.«

Wieder verlassen Tränen Nalas Augen und Damian streckt seine Hand nach ihr aus. »Komm schon, mein Herz, es tut mir …« Nala geht einen Schritt zurück. »Ich will schlafen, ich bin müde. Ich muss erst wieder klar denken können.« Damian nickt und öffnet seine Beifahrertür.

Dieses Mal gibt Nalas Herz nach und sie steigt ein. Damian lässt das Fenster herunter und Nala schließt die Augen, als er losfährt. Auch im Auto klingen aus dem Radio leise Weihnachtslieder, am liebsten würde Nala sie abstellen, doch sie sieht einfach weiter aus dem Fenster. Als sie an der Aussichtsplattform vorbeifahren, fragt Damian, ob sie es noch bis nach Hause aushält. Nala sieht aus den Augenwinkeln ein Schmunzeln um seine Lippen und muss selbst daran denken, wie sie schon einmal betrunken in seinem Auto war und sie hier halten mussten. Es war das erste Mal, dass sie sich so richtig miteinander unterhalten haben. Gerade kommt ihr das so ewig her vor, dabei ist es das nicht.

Als Damian dann in das Gebiet einfährt, sieht Nala verzaubert aus dem Fester. Nun brennen alle Lichter, die Einfahrt ist wunderschön beleuchtet, in allen Häusern sieht man die Tannenbäume leuchten, die Veranden sind eingeschmückt, nur ihr Haus ist einfach nur dunkel.

Nala steigt aus. Sie ist froh, dass sie niemanden treffen und als sie in ihr Haus gehen, halten sie beide einen Moment ein, vielleicht wird Damian auch jetzt das erste Mal bewusst, wie kalt es hier im Gegensatz zu den anderen Häusern wirkt.

»Willst du etwas essen und dann ...?« Nala sieht sich enttäuscht um und schüttelt nur den Kopf. »Nein, ich will nur schlafen.« Ohne Damian noch einmal anzusehen, geht sie nach oben. Vielleicht war es doch nicht so eine gute Idee und sie hätte zurück ins Hotel gehen sollen. Nala steift sich die Pumps von den Füßen und legt sich auf ihr riesiges weiches Bett. Sie wird noch schnell duschen und dann ... doch sobald sie liegt, spürt sie, dass sie das nicht mehr schaffen wird.

Als Nala das nächste Mal die Augen öffnet, kneift sie sie gleich wieder zu. Die Erinnerungen an letzte Nacht legen sich über sie und sie zwingt sich, die Augen zu öffnen. Auch wenn die Jalousien halb heruntergefahren sind, sieht man, dass bereits heller Tag ist. Es ist Weihnachten.

Nala sieht sich um, sie liegt noch in ihrem Kleid auf dem Bett, eine Decke ist über sie gelegt. Vorsichtig setzt sie sich auf, doch auch wenn sie gestern wirklich zu viel getrunken hat, geht es ihr noch recht gut. Ihr Kopf dröhnt nicht und ihr Magen rebelliert auch noch nicht.

Sie hört von unten Geräusche und steht auf, geht ins Bad und direkt unter die Dusche. Während sie den gestrigen Tag von sich wäscht, überlegt sie, was sie Damian gleich sagen wird. Sie müssen miteinander sprechen, sie war gestern sehr hart zu ihm. Deswegen cremt sie sich auch nur ein, lässt ihre Haare offen, zieht sich ein Top und eine Shorts an und geht nach unten. Schon auf der Treppe sieht sie die Girlanden, die hier hängen. Im Eingangbereich strahlt sie ein wunderschöner Tannenbaum an, es stehen Laternen auf einem künstlichen Schneehaufen mit Mistelzweigen bestückt. Nala atmet aus und muss lächeln. Wie hat er das gestern mitten in der Nacht noch gemacht?

Sie geht in ihren Wohnbereich, wo ihr Blick gleich auf einen leckeren Frühstückstisch fällt, doch auch hier ist alles wunderschön geschmückt. Es gibt hier einen weiteren Tannenbaum, unter dem Geschenke liegen, eine kleine Krippe ist im Garten aufgebaut, überall hängen Lichterketten und Tannengirlanden. Sogar ihre Couch hat weiße Weihnachtskissen und weiche Decken, Nala sieht zu Damian, der am Esstisch sitzt und seinen Laptop schließt, als sie eintritt.

»Wie hast du das geschafft? Hast du nicht geschlafen?« Damian steht auf und packt den Laptop weg, er trägt nur eine graue Shorts und ein weißes Shirt und man sieht ihm an, dass er müde ist. »Nicht viel, doch das habe ich die Nacht vorher auch nicht. Ich habe mir aus jedem Haus etwas genommen, die haben alle mehr als genug.«

Nala muss lachen, als sie sich vorstellt, wie Damian nachts in die Häuser geht und Tannenbäume für sie klaut. Er kommt zu ihr und Nala sieht ihm in die Augen. Sie liebt diesen Mann, so kompliziert er manchmal auch ist, er ist ihr Leben.

»Aber das ist nicht alles, worum es geht ...« Damian greift nach ihren Händen und dieses Mal lässt Nala es zu. »Ich weiß, doch das

Letzte ist, dass du dich leer fühlst und du hast recht, das war es. Das hier ist unser Zuhause. Ich sollte dafür sorgen, dass du dich hier immer wohlfühlst.«

Nala verschränkt ihre Hände miteinander. »Ich war gestern etwas zu hart zu dir. Du tust sehr viel für mich, ich wollte nicht, dass es sich so anhört, als wäre es nicht so.« Einen Moment sieht Damian sie einfach nur an, bevor er sich räuspert. »Nein, es war richtig, wie du gehandelt hast. Weißt du, ich habe nicht mir dir und unserer Liebe gerechnet. Ich liebe das, was ich tue und ich will alles selbst unter Kontrolle haben. Doch dann bist du gekommen und du bist zu meinem Herzen geworden, Nala. Ich will dich doch niemals verletzen. Ich habe wahrscheinlich einfach verdrängt, dass es das aber tut. Wir beide hatten immer viel zu tun und ich habe irgendwann gar nicht mehr darüber nachgedacht und einfach gesagt, ich fahre mit, aber das muss und werde ich ändern und nicht nur, weil du es dir wünschst. Jedes Mal, sobald ich auf diesen Reisen im Bett liege, spüre ich, dass ich dich vermisse und zu wenig sehe und dass wir das ändern müssen, doch dann kommt wieder etwas und ...«

Damian hebt ihre Hände hoch. »Ich ändere das, Guapita. Für uns, weil es nichts gibt, was ich mehr will, als dass es uns weiter gibt. Wir werden unsere Termine abgleichen und immer Zeit für uns einplanen. Ich wollte zwischen Weihnachten und Silvester noch einmal weg, doch das habe ich jetzt Ciro aufs Auge gedrückt. Wir werden das hinbekommen ...« Nala ist schon lange eingeknickt und überbrückt die letzten Meter zwischen ihnen. »Das weiß ich doch, aber ich war so enttäuscht, dass ich erst einmal wegmusste.« Nala lehnt sich gegen Damian und seine Arme umfassen sie gleich komplett. »Ich verstehe das und alle hier haben mir den Kopf gewaschen, doch deine Tränen haben mich erst richtig wachgemacht, du bist alles für mich, Nala, und ich will dich nie wieder so sehen. Dich zu enttäuschen, hat mir mehr wehgetan als jede Niederlage vorher, ich will das nie wieder sehen.«

Seine Stimme wird leiser und Nala sieht hoch zu ihm. Damian legt seine Hand in ihren Nacken und endlich spüren sie sich wieder, als er ihre Lippen zusammenführt.

Damian küsst sie zärtlich und danach noch viele Male auf ihre Lippen. »Du hast mir so sehr gefehlt ...« Die letzte Zeit hat ihnen beiden sehr zugesetzt.

»Du mir auch, Guapita, ich liebe dich.« Er zieht sie auf die Couch und Nala kuschelt sich an ihn. Bevor sie erneut ihre Lippen vereinen, sieht sie zu ihrem Weihnachtsbaum und lächelt. »Und jetzt noch einmal frohe Weihnachten, mein Herz.«

Türchen 22

El Puerto

Belinda

Seit langer Zeit fühlt sie sich ihrer Mutter und April wieder näher.

Belinda hält ihre Augen geschlossen und spricht ein leises Gebet, sie holt sich das hübsche Gesicht ihrer besten Freundin vor das innere Auge und das ihrer liebevollen Mutter.

Das schlechte Gewissen nagt an ihr und das nicht erst seit heute, die letzten Monate sind nur so an ihr vorbeigerast. Sie hat es nicht einmal geschafft, ihre Gräber zu besuchen, dabei wollte sie es immer wieder, doch es war zu viel los. Ihre Kinder, ihr Leben, alles hält sie auf Trab, doch die Feiertage haben Belinda traurig gemacht und haben ihr zwar gezeigt, was sie alles in ihrem Leben hat, aber auch, was sie vermisst.

Als sie die Augen wieder öffnet, sieht Belinda zu Emilia, die aufsteht und noch eine Kerze anzündet.

»Danke, dass du mich begleitet hast.« Emilia streicht über ihren runden Babybauch und lächelt. »Gerne, es tut uns allen gut, hin und wieder einige Minuten die Zeit anzuhalten und sich zu besinnen.« Das stimmt. Belinda bekreuzigt sich noch einmal in der Kirche, in der so vieles stattgefunden hat. Die ganzen Hochzeiten, die Beerdigungen und nun auch die Taufen.

Erst als sie die Kirche verlassen und ins Auto steigen, bemerkt sie, wie spät es inzwischen bereits ist und sie beeilen sich, zurück in die Cuidad zu kommen.

Mittlerweile hat es sich so ergeben, dass sie Weihnachten immer in der Puentes Cuidad feiern und Silvester bei ihrem Vater. Als sie jetzt hoch zu den Häusern fahren, liegt schon der Geruch von Grillfleisch in der Luft.

Auch wenn alle darauf achten, Weihnachten sehr traditionell zu feiern, haben sie alle seit einigen Jahren eine neue Tradition für Silvester entwickelt. Sie machen immer ein großes Barbecue mit vielen Kinderspielen, Musik und allem, was dazugehört. Um Mitternacht gibt es ein riesiges Feuerwerk und zum Abschluss lässt jeder eine Feuerlaterne mit seinem größten Wunsch für das neue Jahr über dem Meer in die Luft steigen.

Sogar die Musik ist schon zu hören, und je näher sie kommen, desto mehr Kindergelache und Geschrei ist zu vernehmen.

»Da seid ihr ja, dein Mann hat sich schon Sorgen gemacht.« Alejandro treffen sie als Erstes, sobald Emilia und Belinda aus dem Auto steigen und zu den Häusern der inneren Kreise laufen. Er gibt beiden einen Kuss und legt den Arm um Belinda.

»Wir waren noch in der Kirche.« Auch wenn sie beide einen holprigen Start hatten damals, ist Alejandro für Belinda zu einem der allerwichtigsten Menschen geworden. »Wo sind sie?« Sie streicht ihr Kleid glatt. Wenigstens hatte sie es heute Mittag schon geschafft, sich fertig zu machen, sie hat geahnt, dass es jetzt zu spät sein wird. »Bei Papa im Haus, glaube ich, Vidal und dein Vater wollten sich dort etwas ansehen.«

Die gesamte Straße ist eingeschmückt. Belinda begrüßt alle, denen sie begegnet, überall in den Bäumen hängen Piñatas, Salva und die anderen Jungs versuchen, an sie heranzukommen. Belinda sieht Paz allerdings nirgendwo und er ist immer mit den anderen Jungs zusammen, deswegen geht sie direkt in das Haus ihres Vaters, wo tatsächlich nur ihr Vater, Vidal und ihre vier Wirbelstürme um einen Tisch sitzen und sich etwas auf einem Laptop ansehen.

»Da bist du ja, wir haben auf dich gewartet.« Vida und April kommen zu ihr gestürmt, sobald sie Belinda entdecken, während ihre Jungs weiter gespannt auf den Bildschirm blicken. »Das habe ich gehört, wieso spielt ihr nicht draußen?« Paz sieht auf und zeigt seine niedliche Zahnlücke. Ihm sind gerade zwei Vorderzähne herausgefallen. »Weil Papa eine Überraschung für dich hat und wir hier auf dich warten sollten.« Belinda nimmt April auf den Arm und Vida an die Hand, die aufgeregt herumhüpft, wie sie es immer tut, wenn es um eine Überraschung geht.

»Aber habt ihr Papa nicht gesagt, dass Weihnachten vorbei ist?« Wieder ist es ihr wilder Paz, der die Arme in die Höhe streckt und sich endlich ganz zu ihr umwendet. »Doch, das habe ich, aber er hat gesagt, das ist egal und als ich dann gesagt habe, dass mir noch Autos zu meiner neuen Autobahn fehlen, hat er wieder gesagt, Weihnachten ist vorbei, das ist so was von ungerecht.«

Vidal lacht auf und ihr Vater streicht liebevoll über Paz' schwarze Haare. »Aber Opa hat gesagt, er geht mit mir ...« Nun unterbricht ihr Vater ihn. »Das soll doch ein Geheimnis bleiben.« Paz grinst und Belinda sieht sich glücklich ihre Familie an. »... Natürlich hat er das.« Und wenn nicht er, dann einer seiner zahlreichen Onkel.

Ihr Blick gleitet zu Vidal, der sich nun ganz aufstellt und sie ansieht.

Manchmal fällt es ihr immer noch schwer zu glauben, was sie alles mitgemacht haben, um jetzt hier zu stehen.

Vom ersten Tag, als sie sich im Café gesehen haben, über den ersten Kuss in seinem Haus ... Vidal war bereit, für sie zu sterben und ist es immer noch. Aus dem Mann mit dem kalten Blick ist ein liebevoller Mann und unglaublicher Vater geworden. Belinda liebt es zu sehen, wie sehr er seine Kinder liebt. Er ist geduldig und wird nie müde, sich um sie zu kümmern. Er liebt jedes Kind der Familia und selbst wenn um ihn herum vier wilde Stürme herumwirbeln, würde er gerne noch mehr bekommen.

Momentan ist er ganz vernarrt in den kleinen Sohn von Elian und Alena, der auch jetzt gerade auf seinem Arm sitzt und vergnügt einen Keks zermanscht und Belinda aus seinen grünen Augen anstrahlt.

Belinda sieht zu dem Mann, den sie über alles liebt und der auch heute noch tödlich zu allen ist, die sich in den Weg ihrer Familia stellen, der aber voller Liebe zu seinen Kindern und dann zu ihr blickt.

»Es ist nur eine Kleinigkeit. Wir haben gemerkt, dass du in den letzten Wochen kaum zum Durchatmen gekommen bist und dass dir momentan Portland, deine Mutter und April sehr fehlen. Besonders die letzten Tage haben wir gemerkt, dass du oft traurig bist.« Ihre kleine Tochter legt ihre Hände an ihre Wangen und lacht. »Aber ich bin doch da, Mama, sieh doch.« Belinda muss lachen und doch steigen ihr Tränen in die Augen. »Papa meint Tante April.«

Sie sieht wieder zu ihrem Mann. »Ich habe mir die nächsten Wochen freigehalten, die Kinder haben Ferien und wir fliegen morgen früh alle zusammen nach Portland. Ich habe uns dort ein Haus gekauft, die Kinder sollen auch diese Seite ihrer Geschichte kennenlernen und richtige Winterferien haben. Wir bleiben ein paar Wochen dort und ich hoffe ...«

Belinda ist schon bei ihm und gibt ihm einen Kuss. Allein die Vorstellung, als Familie mal einige Zeit eine Auszeit zu nehmen, lässt Belinda gleich wieder neue Kraft tanken. »Danke, das ist gerade genau das Richtige.«

Nun kommen auch die Jungs zu ihr. »Mama, Papa hat gesagt, wir bekommen Skier und er baut mit jedem einen eigenen Schneemann und Onkel Santos hat mir einen so coolen Schlitten gekauft, er ...« Belinda umarmt ihren Mann und ihre Kinder gleich mit und spürt den zufriedenen Blick ihres Vaters auf sich. So schwer der Kampf auch war, am Ende sind sie alle glücklich, wie es jetzt ist.

»Wo bleibt ihr denn? Das Essen ist bereit.«

Gonzales kommt zu ihnen ins Haus und unterbricht ihre Umarmung. Er nimmt April von Belindas Arm, die sich gleich an ihren anderen Opa kuschelt. »Danke.« Belinda küsst Vidal noch einmal, die Aussicht auf ein paar ruhige Tage mit ihm und ihren Kindern im Schnee lässt ihr Herz freudig in ihrer Brust schlagen.

Natürlich ist es nicht leicht, Kinder in einer Familia großzuziehen. Es gibt immer wieder Momente, wo Belinda die Entscheidung ihrer Mutter vollkommen versteht, doch gleichzeitig wachsen sie mit so viel Liebe und Zusammenhalt auf, so etwas erleben die wenigsten Kinder.

Genau das spürt Belinda auch jetzt, als sie zusammen mit Vidal und ihrem Vater auf die Straße zu der riesigen Tafel tritt, die auf der gesamten Straße aufgebaut ist. Die Feier wird später weiter am Strand gefeiert, doch fürs Essen bleiben sie hier.

Sie blickt zu Alejandro und seiner kleinen Familie, Santos und Lilly, Ponce, Elian und Alena und all die anderen, die sich hier versammelt haben, sie reden und lachen. Nichts erinnert mehr an den Krieg, der zwischen ihnen geherrscht hat. Petro kommt und schnappt sich Paz, als er sich ihn auf die Schultern setzt, lacht ihr Sohn laut auf.

Gonzales stellt sich mit April auf dem Arm in die Mitte der Tafel und hebt sein Glas. Ihr Vater tritt zu ihm und beide sehen stolz auf ihre Runde hinab.

»Manchmal kann ich das alles hier immer noch nicht glauben. Es ist viel passiert in den letzten Jahren, wirklich viel, wir alle mussten leiden und haben Menschen verloren, die wir für immer vermissen werden.« Sie alle werden ruhig und ihr Vater räuspert sich und fährt fort, als Gonzales ins Stocken kommt.

»Doch aus Feinden sind durch diese harten Zeiten wieder Freunde geworden und nun auch eine Familie. Wir sind eine Familie, eine Familia, und ganz Lateinamerika fürchtet uns. Ich bin dankbar, dass diese Kinder hier nichts von dem alten Hass erleben und ihnen völlig egal ist, ob sie bei Vidal oder Alejandro auf dem Arm sind ...« Ein Lachen geht durch die Menge, auch Belinda lächelt und drückt die Hand ihres Mannes.

Ihr Vater sieht zu ihnen.

»Besonders die Liebe zwischen Belinda und Vidal hat uns zueinander geführt und nun blicken wir alle stolz auf den zukünftigen Anführer beider Familias, der eine ganz neue Ära einleiten wird.«

Alle Blicke gehen zu Paz, der sich mittlerweile ein Spielzeugschwert geschnappt hat und immer noch auf Petros Schultern sitzt. Er grinst sie frech an und hebt sein Schwert. Dann lacht er auf, weil er als Einzigster nun an die Piñatas herankommt und gleich eine abzuschlagen versucht, was alle anderen Jungs angerannt kommen lässt. Die Männer lachen und Belindas Herz ist erfüllt mit Glück. Pures Glück und sie kann und will sich nicht vorstellen, dass sich das noch einmal ändern wird. Nicht nur ihr geht das so, sie sieht es in allen Gesichtern, als sie zusammen ihre Gläser heben und ihr Vater und Gonzales miteinander anstoßen.

»Ein frohes neues Jahr für uns alle, auf die Familie und die Familia ... für immer!«

Llora por el amor

»Und nun? Was willst du jetzt machen, Punto?«

Paco legt seine Karten auf den Tisch und grinst seinen Schwager frech an. Juan hebt nur die Augenbrauen und wirft seine auch auf den Tisch. »Immerhin ist deine Frau auch eine Punto.« Rodriguez sammelt die Karten wieder ein und mischt sie. »Deine Schwester hat noch nie etwas auf die Nachnamen oder Plakas gegeben.« Nun lacht Juan und Ramon streckt sich.

»Es sind so viele Jahre vergangen. Sicher schon über zwanzig. Wisst ihr noch, als wir das erste Mal friedlich miteinander umgehen mussten, als wir Bella gesucht haben und dann zusammen im Krankenhau warten mussten?« Juan lacht auf. »Friedlich? Ich wollte Paco umbringen, ich schwöre es, ich war so kurz davor.« Rodriguez und Paco lachen ebenfalls auf, sie wissen, wie sehr Juan und Paco mittlerweile aneinander hängen.

»Nur einige Wochen vorher gab es richtig Stress in der Mall, als Tito mit einem eurer Männer aneinandergeraten ist, wir waren so kurz davor, anzugreifen.« Paco zuckt die Schultern. »Und dann kam Bella und hat sich mit Chico in unserer Bücherei angelegt.«

Miko nimmt seinen neuen Stapel auf und kaut wie meistens auf seinem Zahnstocher herum. Er tut das, um nicht so viel zu rauchen, es lenkt ihn ab. »Bella war damals noch sehr wild. Keiner von uns hatte sie irgendwie im Griff.« Paco seufzt leise auf. »Sie ist ruhiger geworden. Sie hat ihre Kinder, ihre Arbeit … mich.« Paco grinst. »Aber wenn ihr etwas nicht passt, dann macht sie uns alle immer noch ohne große Anstrengung fertig.« Dieses Mal legt Juan seine Karten aus und alle werfen ihre genervt auf den Tisch, während sein Grinsen breiter und breiter wird.

»Ich sage doch, sie ist eine Punto.«

Rodriguez knackt seinen Nacken und sieht sich um. »Nur wir alten Säcke sitzen hier herum, als wären wir vergessen worden. Bald sind wir alle Opas und sitzen den ganzen Tag so zusammen, spielen Karten und reden von den alten Zeiten.«

Tito schnappt sich die Chipstüte vom Tisch und verdreht die Augen leicht. »Wenn man euch so anhört, könnte man echt denken, ihr seid alt geworden. Wir könnten ohne Probleme die Familias noch alleine führen. Wir könnten noch genauso feiern wie unsere Söhne und die Chicas sind auf uns genauso scharf wie auf die junge Generation.« Rodriguez sieht Tito in die Augen. »Das denke ich auch. Wir sollten uns einen der nächsten Aufträge schnappen und mal wieder selbst einen neuen Deal übernehmen. Wie wäre es mit den Goldminen?«

Ramon gibt die neuen Karten aus. »Die Jungs sind ganz wild drauf. Es ist ein ganz neues Gebiet und sie streiten sich ständig darum, wer sich darum kümmert.« Paco grinst frech. »Okay, dann fliegen wir alle zusammen nächste Woche runter und sehen uns das mal an.« Miko lacht auf und schüttelt den Kopf. »Da werden sich eure Söhne freuen.«

Im selben Moment klingelt das Handy von Paco, Rodriguez und Juan. Nur Paco nimmt an und sieht dabei auf die Uhr, er deutet den anderen aufzustehen, sie sind schon viel zu spät dran. »Ja, ich habe es gerade selbst gesehen. Wir kommen … wir sind nicht unmöglich, wir sind Anführer, wir haben viel zu tun.« Ramon lacht über seinen jüngeren Bruder, sie lassen die Flaschen und Chipstüten im wilden Haus zurück, in das sie sich vor ein paar Stunden zurückgezogen haben, um ihre Ruhe zu haben. An Feiertagen werden die Frauen immer hektisch, alles wird umgestellt und umgeräumt und sie haben sich angewöhnt, dann einfach ins wilde Haus zu fliehen.

Ramon, Rodriguez und Paco setzen sich in Pacos BMW und Juan, Miko und Tito fahren mit Juans schwarzem Mercedes. Sie sind wirklich spät dran, doch als sie jetzt zusammen durch die ziemlich ruhigen und leeren Straßen Sierras fahren, denkt jeder an ihre alten Zeiten.

Sie haben es geliebt, sie haben dieses Leben geliebt und lieben es noch immer.

Sie haben sich nach ihrer Gefangenschaft ein wenig zurückgenommen, um selbst wieder zu Kräften zu kommen, mental. Körperlich sind und waren sie immer in Topform, dann hatten sie alle Hände voll damit zu tun, zu gucken, wie die Jungs zurechtkommen und dann das mit Ramon, ihren Töchtern, es ist immer viel los in ihrem Leben, doch so langsam brennt es ihnen allen unter den Nägeln, selbst wieder in den Ring zu steigen und es gibt genug für alle zu tun.

Als sie die Einfahrt zum Surena-Anwesen hochfahren, sehen sie auf die geschmückte Einfahrt und das Gelände vor den Häusern. Sie sind mittlerweile so viele, dass die Frauen alle Autos in die Garagen und auf die Straßen verbannt haben und einfach hier die Feier errichtet haben. Sie sehen auf Lampions, Piñatas, es riecht nach Grills, eine Band spielt. Sie steigen aus und einen Moment scheinen alle Anwesenden einzuhalten, auch die Band macht gerade eine Pause und sieht ehrfürchtig zu ihnen, als sie ihre Autos verlassen und geschlossen auf ihre Familien blicken.

Auch wenn sie selbst das gar nicht mehr so mitbekommen, wird das immer bleiben. Sie sehen auf ihre Frauen und die kleinen Kinder, ihre Töchter, ihre Männer und auf ihre Söhne, die ihre Nachfolger sind. Sie alle sehen zu ihnen, zu der alten Generation, den Anführern, die diese Familia hier zu dem haben werden lassen, was sie heute sind, und diesen Respekt sieht man in jedem Gesicht. Es spiegelt das wider, was sie gewohnt sind, wenn sie einen Raum betreten oder irgendwo auftauchen, und in diesem Moment fassen sie alle denselben Entschluss, ohne sich noch einmal abgesprochen zu haben.

Juan klopft Paco auf die Schultern, sie halten einen Moment ein und sehen zu den Menschen, die sie alle über alles lieben.

»Also, ich denke, wir sind zurück und das nächste Jahr gehört wieder uns. Ein frohes neues Jahr, Surenas.« Juan geht als Erstes weiter und Paco lacht. »Das wird ein legendäres Jahr, darauf kannst du dich verlassen, Punto! Ein frohes neues Jahr und freut euch alle darauf, was euch noch erwartet!«

Türchen 24

Eine Kleinigkeit wie Liebe

Babsi & Caleb

Caleb zieht sich einen Hoodie über und schließt seine Jacke, während er die Treppen des Jets hinabsteigt und ihm ein Schneesturm ins Gesicht peitscht. Er hasst das, er hat sich immer gefragt, wieso Frauen Schnee so romantisch finden. Er wirft sich die Trainingstasche über die Schulter und steckt sich seine Waffe ein, während er zu den wartenden Autos und den drei Männern geht, die unter der Fahne Kanadas auf ihn warten.

Der puerto-ricanische Konsul Kanadas mit einem Mitarbeiter und der Geheimdienstmitarbeiter, den er engagiert hat, warten auf ihn. »Willkommen Caleb, was für eine Ehre, dass du persönlich herkommst. Ich habe alles veranlasst, was ihr verlangt habt: hier das Diplomatenauto und der Ausweis.« Caleb nickt und reicht den drei Männern seine Hand. Der Konsul ist wie in jedem Land nur von ihnen eingesetzt, damit er ihnen die Wege für ihre Lieferungen freihält und wie jetzt, falls sie ins Land ein- und ausreisen müssen. »Danke, ich melde mich, wenn ich wieder abfliege, sorgt solange dafür, dass unser Jet in Ruhe gelassen wird.« Der Konsul nickt und Caleb geht zum Mietwagen und deutet dem Geheimdienstmitarbeiter, mit ihm zu kommen.

»Wollen wir etwas essen gehen, wir könnten über die Beziehungen zwischen Kanada und Puerto Rico sprechen und ...?« Caleb dreht sich noch einmal zum Konsul und sieht ihm in die Augen. »Ich bin nicht zum Essen hergekommen, das nächste Mal.« Damit setzt er sich ans Steuer und der Geheimdienstarbeiter setzt sich neben ihn.

Cruz hat ihm den Mann besorgt, er ist eigentlich nicht mehr beim Geheimdienst, er hat sich auf private Aufträge spezialisiert, doch da er noch überall seine Hände mit im Spiel hat, trägt er diesen Titel auch noch.

Der Mann gibt in das Navi eine Adresse ein und Caleb fährt los. »Also, was haben sie alles?« Der Mann nimmt einige Unterlagen aus einer Akte. Wie gesagt, Banesa Stuart, Babsi, wie sie sie nennen, war nicht leicht auffindbar. Hier in Kanada ist es leicht für jemanden, der nicht gefunden werden will, unterzutauchen. Ich habe ihre Eltern ausfindig machen können, doch als ich sie dann gefunden habe, war von ihrer Tochter keine Spur und ich habe mich umgehört und erfahren, dass sie schon vor Wochen den Kontakt zu ihr abgebrochen haben.«

Caleb muss sich auf den verschneiten Landstraßen hier sehr konzentrieren, doch trotzdem hört er ganz genau zu. All das hat die letzten Monate seine Gedanken beherrscht, und allein das Wissen, jetzt in der Nähe von Babsi zu sein, lässt sein Herz schneller schlagen.

»Dann habe ich wieder angefangen, auch in Amerika zu suchen, doch da ich überall meine Fühler ausgestreckt hatte, hat mich mein Kontaktmann bei der Gesundheitsvorsorge angerufen. Das erste Mal ist dort ihr Name aufgetaucht. Sie war zwei Tage im Krankenhaus. Wenn man kein Geld für eine Behandlung hat, muss man sich hier an das Gesundheitssystem wenden und anmelden, und so habe ich ihren Namen gefunden.«

Sie hat gestern Abend das Krankenhaus verlassen, da wo ich sie kontaktiert habe. Ich habe sie bis zu einer Wohnung verfolgt und sie hat diese seitdem nicht mehr verlassen.« Caleb sieht auf die Adresse im Navi und nickt. »Okay, danke. Was hat sie im Krankenhaus getan? Ist das Baby da?« Der Mann schüttelt den Kopf. »Nein, sie hatte zwar einen langen Mantel an, doch man hat noch deutlich ihren Babybauch erkannt gestern Abend.«

In diesem Moment lassen sie die verschneiten, von Wald umgebenen Straßen hinter sich und fahren in eine Stadt ein. Der Mann zeigt ihm eine Abkürzung zu der Adresse und keine zehn Minuten später steigen sie beide aus dem Auto.

Der Mann fragt, ob Caleb noch etwas braucht, doch er verneint und geht schnell ins Haus, aus dem gerade zwei Männer kommen. Er muss Kanada nicht besonders gut kennen, um zu sehen, dass das hier nicht die beste Gegend ist. Caleb sieht auf alle Klingeln, überall stehen Namen, nur an einer Tür ganz oben steht kein Name und er atmet tief ein.

Er ist wütend.

Seit Babsi gegangen ist, beherrscht eine Wut sein Inneres, wie er sie vorher noch nie erlebt hat. Er versteht sie. Es ist nicht so, als würde er nicht verstehen, was in ihr vorging, als sie gegangen ist, doch trotzdem hat ihn das wütend gemacht, weil er es nicht wollte und nicht ändern konnte.

Als er Babsi damals getroffen hat, war es von Anfang an ein Hin und Her. Er hat die auffallend hübsche Blondine hinter der Bar gleich bemerkt, wie eigentlich alle Männer im Club. Als dann die Schießerei losging, hat er ihr geholfen, er hat sie danach zu einem Arzt gebracht und sie haben die Nacht und die nächste zusammen verbracht. Danach wollte er sich wie immer einfach abwenden, doch so ganz konnte er das nicht und hat sie mit zum Präsidenten genommen, mit Lia und Cruz damals. Auch wenn er sich ihren Namen nicht merken konnte, hat sie ihn beeindruckt, und obwohl er sie eigentlich hinter sich lassen wollte, hat ihn irgendetwas immer wieder zu ihr gezogen.

Es war wahrscheinlich ihre mutige Art, sie ist völlig unbeeindruckt, wer die Natos sind und hat es geschafft, jeden in ihren Bann zu ziehen. Caleb weiß gar nicht genau, wie es passiert ist, doch die hübsche Frau mit den langen, blonden Wellen, den herzförmigen vollen Lippen und den leichten Sommersprossen auf der perfekten Stupsnase hat es geschafft, sein Herz zu erobern. Es hat ihn nicht mehr kaltgelassen, wenn sie ihn aus ihren grünblauen Augen mit den langen Wimpern angeblickt hat und es hat ihn tief getroffen, als er das erste Mal Angst in ihre Augen gesehen hat. Sie war immer so mutig, doch dann hat er diese Angst gesehen und wusste, dass es seinetwegen war und das hat ihn damals wirklich getroffen.

Er hat sie gehen lassen und jetzt kann er sich das nicht mehr verzeihen. Auch wenn sie nicht sein Baby in sich tragen würde, hätte er versuchen sollen, sie zu halten, das ist ihm in den letzten Monaten klargeworden. Caleb hat sie versucht zu vergessen, bei Gott, das hat er, doch fast jede Nacht kommt ihm ihr hübsches Gesicht vor das innere Auge und jedes Mal zieht sich sein Herz schmerzhaft zusammen, wenn er wach wird und feststellt, dass es wieder nur ein Traum war.

Deswegen senkt er einen Moment den Blick, versucht, nicht die Wut zu sehr die Oberhand gewinnen zu lassen und klopft an die Haustür.

Das Haus ist laut, von überall hört man Geräusche, doch trotzdem hört Caleb genau, wie sich etwas in der Wohnung bewegt. Es dauert, er klopft noch einmal und dann öffnet sich zaghaft die Tür und sein Herz stolpert unruhig weiter, als er in die erschöpften Augen von Babsi sieht, die ihn überrascht und ungläubig anblickt.

Babsi weicht zwei Schritte zurück, sie trägt einen grauen weiten Pullover mit der blauen Aufschrift California und eine Leggins. Ihre Haare hat sie zu einem unordentlichen Knoten auf dem Kopf gebunden, wie sie es so oft gemacht hat, wenn sie zusammen waren. Ihre Wohlfühlfrisur hat sie das Wirrwarr immer genannt und Caleb hat es geliebt, weil es ihm gezeigt hat, dass sie sich bei ihm wohlfühlt.

Babsi ist noch schöner als in seinen Erinnerungen, er sieht auf ihre vollen Lippen, in ihre schönen Augen, die sich mit Tränen füllen, und auch wenn sie erschöpft wirkt, wird ihm bewusst, dass er keine Frau mehr so angesehen hat wie sie, seitdem sie weg ist.

Noch hat keiner ein Wort gesagt.

Caleb tritt in die Wohnung, er hat sie nicht eine Sekunde aus den Augen gelassen und schließt die Tür hinter sich, dabei sieht er, wie dicke Tränen Babsis Augen verlassen und all seine Wut verfliegt. Er sieht in ihr hübsches Gesicht, auf die große Kugel unter dem Pullover und zieht sie in seine Arme, was sie auch sofort zulässt. »Wieso hast du das getan?«, ist das Einzige, was er über die Lippen bringt, und da hört auch er an seiner Stimme, dass ihn das nicht kalt lässt, während Babsi richtig zu weinen beginnt und sich an seiner Jacke festkrallt.

Egal wie wütend er die letzten Monate war, er umfasst sie stärker. Seine Hand legt sich auf ihren Bauch und Caleb küsst ihren Scheitel. Er setzt an, noch etwas zu sagen, doch er will sie sich erst einmal beruhigen lassen. Fast als hätte sie nur darauf gewartet, gehalten zu werden, scheint einiges bei ihr herauszukommen. Es dauert, bis ihre Tränen weniger werden. Dann atmet sie tief durch und sieht ihm in die Augen.

Babsi ist nur noch schöner geworden. Caleb will seine Hand heben und ihre Tränen wegwischen, doch Babsi dreht sich um. »Du dürftest gar nicht hier sein.« Caleb geht ihr hinterher. »Ich dürfte … ist das dein Ernst?« Erst jetzt kommt er dazu, sich die kleine Wohnung anzusehen. Es gibt einen Flur, in dem man nur vier Schritte machen kann. Davon geht ein Zimmer ab, in dem ein weißes Babybett steht und ein Regal mit einigen Körben darin, eine Küche, in der man sich nicht wenden kann. Ein Wohnzimmer schließt sich an, mit einer wahrscheinlich ausziehbaren hellblauen Couch, auf der gerade einige Kissen und Decken liegen, dazu ein Tisch und ein Fernseher, auf dem gerade eine Serie läuft, die Babsi jetzt stoppt.

Er hat im ersten Moment Rücksicht auf Babsi genommen, doch jetzt kommt seine Wut mit voller Wucht zurück, während sie sich auf ihre Couch setzt und eine Decke um sich ausbreitet.

»Was tust du hier, Babsi? Hast du alles aufgegeben für das hier? Ich habe deine Entscheidung damals akzeptiert, doch ich bin davon ausgegangen, dass wir trotzdem weiter in Kontakt bleiben, und nicht, dass du erfährst, dass du schwanger bist und komplett abtauchst. Ich habe Leute auf dich angesetzt, die dich finden und das hat Monate gedauert. Denkst du wirklich, ich lasse es zu, dass mein Kind aufwächst und ich nicht weiß, wo es ist und wie es ihm geht?«

Babsi streicht über ihren Bauch und senkt ihren Blick. »Ihr, Ava … das bedeutet die Starke. Die Kleine hat schon sehr kräftige Tritte drauf, deswegen dachte ich, der Name passt. Ich wollte dieses Leben … das ist so. Ich stand total unter Schock, nachdem was passiert ist, Caleb. Wir sind gejagt worden, Savanna ist fast in unseren Armen verblutet, ich habe noch Wochen danach davon geträumt, von diesem ekligen Gefühl im Rücken und dass du rennst und rennst und nicht schnell genug bist ...«

Caleb setzt sich neben sie und seufzt leise aus. »Das weiß ich doch, Babsi. Ich weiß, dass das schwer zu verkraften war, doch wie ich es dir damals im Krankenhaus gesagt habe, ich hätte dir geholfen, damit umzugehen. Ich hätte alles getan, damit du dich sicherer fühlst. Wir haben die Sicherheit in unserem Gebiet verstärkt. Es leben jetzt Frauen und Kinder dort. Lorena und Amalia, Lia ist schwanger, wir tun alles, um sie zu schützen. Wolltest du wirklich, dass Ava ihren Vater niemals kennenlernt?«

Nun beginnt Babsi wieder zu weinen und hebt die Arme. »Ich weiß nicht mehr, was ich wollte oder will. Ich war so sicher, als meine Familie auf mich eingeredet hat und mich nach Amerika geholt hat. Ich lag im Bett und bin nach und nach geheilt und habe mir jeden Tag die Vorwürfe angehört, wie ich je etwas mit dir anfangen konnte und wie froh ich sein kann, jetzt da raus zu sein und irgendwie … ich habe das geglaubt, es hat sich aber nicht so angefühlt. Ich dachte, jetzt ist alles gut, doch mein Herz hat sich schwerer und schwerer angefühlt.« Babsi wischt sich fast schon trotzig die Tränen weg.

»Irgendwann habe ich gesagt, dass ich noch einmal mit dir sprechen möchte, weil du mir so sehr gefehlt hast.« Caleb sieht sie einfach an. Sie hat ihm auch wahnsinnig gefehlt, doch er lässt sie weitersprechen. »Doch sind wir mal ehrlich, das zwischen uns war ja auch keine feste Beziehung, dieses ewige Auf und Ab. Du wolltest nie eine Freundin, hast mich aber auch nicht gehen lassen. Das ist ja auch nichts, worauf man eine Familie aufbaut und dann habe ich erfahren, dass ich schwanger bin und irgendwie ist das eine zum anderen gekommen.«

Babsi legt ihre Hände an ihren Bauch. »Es bricht mir das Herz, das zu sagen, doch ich wollte das Baby nicht behalten, ich habe gedacht, dass es unmöglich ist, so ein Baby großzuziehen, mit dem Chaos zwischen uns, der Angst vor diesem Leben …« Caleb nickt und räuspert sich leise. »Ich weiß, Savana hat mir davon erzählt. Ich bin froh, dass du es nicht getan hast.« Babsi sieht ihm in die Augen.

»Ich wollte es und es gibt nichts, was ich mehr bereue. Als meine Eltern dann erfahren haben, dass ich sie behalte, habe ich mir jeden Tag anhören müssen, wie falsch meine Entscheidung ist, dass unser Baby keine Chance hat, dass ich mein Leben wegwerfe. Jeden Tag … ich habe es nicht mehr ausgehalten und dann war es ganz klar für mich. Ich musste mich nicht mehr für ein Leben mit oder ohne dich oder für meine Familie oder sonst etwas entscheiden. Ich habe mich für Ava entschieden. Ich habe mich dafür entschieden, mein Leben für meine Tochter in den Griff zu bekommen. Ich habe meine Sachen gepackt und bin gegangen. Ich habe den Kontakt zu meiner Familie, einfach zu allen abgebrochen. Jeder hat auf mich eingeredet, was das einzig Beste für mich ist, jeder wollte wissen, was das Richtige für mich ist, doch dann habe ich alles abgebrochen, bin hierhergekommen und habe neu angefangen. Ich habe die Wohnung gemietet, in einem Supermarkt als

Kassiererin angefangen und mir nach und nach alles gekauft. Es ist nicht perfekt, aber ich habe das alles selbst geschafft. Vor ein paar Tagen hatte ich dann schon Wehen und musste zwei Tage im Krankenhaus bleiben. Ich darf nicht mehr arbeiten, es kann jeden Tag so weit sein, doch ich habe es geschafft, Geld zur Seite zu legen und ...«

Caleb schüttelt nur den Kopf. »Das kann doch nicht dein Ziel sein, immer und überall alles abzubrechen und davonzulaufen. Ich kann dich nicht zwingen, mit mir zu sprechen, wenn es um uns beide geht, aber ich kann dich zwingen, mit mir zu sprechen, wenn es um Ava geht. Sie ist auch meine Tochter und ich will ein Teil ihres Lebens sein. Sie ist ein Teil von mir und du hast kein Recht, alles über meinen Kopf hinweg zu entscheiden.«

Babsi sieht ihn genauso wütend an, wie er sie gerade angegangen ist. »Weißt du, du hast es so leicht, es ist so leicht, aus deiner Position dazusitzen und Entscheidungen zu fällen. Dieses Leben, was mir solch eine Angst macht, ist für dich ganz normal, du schwimmst in Geld und Macht, von da oben auf jemanden herab-zusehen und nicht zu verstehen, wieso man gewisse Entscheidun-gen trifft, das ...« Caleb unterbricht sie laut. »Ist das dein Ernst? Dass es leicht ist? Ich hatte gar keine Möglichkeit, Babsi. DU bist gegangen. DU hast entschieden, dass du mir nichts von Ava erzählst. DU hast mir nicht einmal die Chance gegeben, zu Wort zu kommen. Wenn ich das höre, ich könnte ...« Caleb würde am liebsten etwas zerschlagen, er spürt, dass er eine Pause braucht, bevor er durchdreht und sieht Babsi ernst an. »Ich brauch einen freien Kopf, bevor ich Dinge sage, die ich nicht sagen will. Wenn du auch nur eine Sekunde denkst, dass das alles leicht für mich war, dann kennst du mich wirklich nicht!«

Mit diesen Worten geht Caleb aus der Wohnung und knallt die Tür hinter sich zu. Er rennt fast die Treppen hinab und stoppt erst, als er auf der Straße ist und die kalte Luft ihn wieder frei atmen lässt. Er atmet tief ein und aus und hört seinen Herzschlag in seinen Ohren.

Es war klar, dass ihr erstes Aufeinandertreffen nicht leicht wird, doch das gerade wäre beinahe eskaliert. Caleb zieht sich die Kapuze über den Kopf und läuft einfach drauf los. Er sieht niemanden an, seine Gedanken rasen, er weiß nicht, wohin er läuft, irgendwann klingelt sein Handy. Es ist der Konsul. »Ich wollte nur fragen, ob alles in Ordnung ist?« Caleb ist noch immer stinksauer.

»Du benimmst dich, als hättest du Angst, dass ich Kanada auseinandernehme.« Der Konsul räuspert sich. »So wie du aussahst, könnte man das denken ...« Caleb lacht bitter auf. »Ich werde Kanada stehen lassen.« Dann legt er auf und schaltet sein Handy aus. Er ist an einem zugefrorenen Fluss angekommen und legt den Kopf in den Nacken.

Er hat so viel erlebt in seinem Leben, er stand vor so vielen Situationen, wo er einen klaren Kopf behalten musste und dass ihm den Boden unter den Füßen weggezogen hat, doch nichts hat ihn so sehr mitgenommen wie das hier. Nichts. Babsi ist tief in seinem Herzen, das wird ihm immer bewusster und er will seine Tochter, sie ist sein Fleisch und Blut. Er weiß noch, wie es sich angefühlt hat, Babsi zu lieben, er hat es genossen, so mit ihr verbunden zu sein, immer, jede Sekunde. Er war verrückt nach ihr und niemals kann er etwas bereuen, was daraus entstanden ist. Niemals.

Deswegen dreht er sich um. Er sieht einen Supermarkt und geht hinein. Er hat gesehen, dass die Küche von Babsi nur spärlich bestückt war, ein Apfel lag im Obstkorb und Babsi sah erschöpft und müde aus.

Egal wie reich sie waren und wie viele Hausangestellte sie hatten: Wenn es Caleb schlecht ging, hat er sich immer selbst eine Hühnersuppe nach dem Rezept seiner Oma gekocht. Sie hat ihm diese Suppe beigebracht. Es ist das Einzige, was Caleb kochen kann. Deswegen geht er in den Supermarkt, er kauft frisches Obst,

Schokolade, alles für die Suppe, einige fertige Pasten, frisches Brot und noch einige Getränke. Als er fertig ist, hat er zwei große Tüten vollgepackt und geht zurück. Er ist ein ganz schönes Stück gelaufen, in seiner Wut hat er das nicht einmal bemerkt, und als er dann wieder an Babsis Haustür klopft, ist er fast zwei Stunden weg gewesen.

Sie öffnet ihm sofort und man sieht, dass sie wieder geweint hat, sicherlich wegen ihres Streits, doch sie tritt trotzdem zur Seite und lässt ihn herein.

Caleb zieht seine Jacke und seinen Hoodie aus und geht in die Küche. Babsi folgt ihm erschöpft, sie will etwas sagen, doch Caleb deutet ihr, dass es in Ordnung ist, sie sollten beide erst einmal durchatmen, bevor sie diese Unterhaltung fortführen. Sie müssen sie fortführen, doch nicht jetzt.

»Ich bin jetzt hier. Ich werde mich um dich und um unsere Tochter kümmern. Ich habe dir damals vielleicht nicht das Gefühl der Sicherheit geben können, was du gebraucht hast, doch ich bin jetzt da. Leg dich hin und ruh dich aus. Du brauchst Schlaf. Wir reden später noch einmal.« Babsi lächelt matt, doch sie hört auf ihn und legt sich zurück auf die Couch. Sie scheint wirklich erschöpft zu sein.

Caleb schneidet ihr einen großen Obstteller, mit Ananas, Orangen und allem anderen, was er an Obst finden konnte. Er stellt ihn ihr auf den Tisch, sie liegt auf der Couch und schläft schon halb, setzt sich aber hin, bedankt sich und isst etwas. Währenddessen räumt Caleb die Einkäufe weg und bereitet die Suppe zu. Als er das nächste Mal nach ihr sieht, schläft Babsi tief und fest, doch sie hat die Hälfte des Obstes aufgegessen.

Caleb sieht sich in der Wohnung um, während die Suppe kocht. Babsi war die ganzen Monate alleine, es muss sehr hart für sie gewesen sein. Savana hat erzählt, dass sie, als sie sich das letzte Mal gemeldet hat, gesagt hat, wie schwer es ihr fällt, ohne Caleb zu sein und es ging ihm nichts anders. Im Regal des kleinen Babyzimmers steht ein eingerahmtes Bild von Babsi und ihm, auf dem sie beide in die Kamera strahlen. Es war an ihrem Geburtstag und Caleb ist mit ihr nach Barbados geflogen. Sie haben ein paar sehr schöne Tage dort verbracht und wahrscheinlich ist sie dort auch schwanger geworden, zumindest müsste es ungefähr zu der Zeit passiert sein. Er weiß, dass sie noch einmal miteinander sprechen müssen, doch zunächst muss die erste Wut weg sein, damit sie all das nicht noch schlimmer machen.

Als die Suppe fertig ist, weckt Caleb sie. Er bringt zwei Schüsseln und Brot und sie essen zusammen, dabei fragt Caleb Babsi nur über die bisherigen Untersuchungen aus und ob mit der Kleinen alles in Ordnung ist. Babsi war nicht so oft wie man sollte beim Arzt, doch es scheint alles in Ordnung zu sein. Sie bestätigt ihm, dass sie in Barbados schwanger geworden sein muss. Caleb würde so gerne weiter mit ihr sprechen, doch Babsi gähnt immer wieder, je mehr sie im Magen hat.

Caleb geht nach dem Essen erst einmal duschen, und als er zurück in das kleine Wohnzimmer geht, hat sie die Couch ausgeklappt und liegt eingerollt und schlafend im Bett. Er muss lächeln, er hat es geliebt, wenn er von einem Auftrag zurückkam und Babsi in seinem Bett lag. Sie ist die erste Frau, die er so oft um sich hatte und bei der es ihn niemals gelangweilt hat.

Einen Moment zögert er, doch dann legt er sich zu ihr ins Bett. Er ist auch müde und er ahnt, dass er hier noch einige harte Tage vor sich hat, bis Babsi und er eine Lösung gefunden haben, vorher wird er nicht gehen.

Sobald sich Caleb neben Babsi legt, wendet sie sich zu ihm um und kuschelt sich an ihn. Caleb hält einen Moment die Luft an, als er sie wieder bei sich hat. Sie legt ihren Kopf an seine Brust und atmet zufrieden ein, Caleb küsst ihre Stirn und schließt auch die Augen. Die ganzen letzten Monate wusste er nicht, ob er sie wiedersieht, was mit seiner Tochter ist, doch in diesem Moment weiß er, dass alles gut wird.

Auch wenn das Bett schmaler ist, als er es gewohnt ist und auch nicht ganz so gemütlich, schläft Caleb sehr gut. Irgendwann in der Nacht wird er allerdings wach. Mittlerweile liegt er an Babsis Rücken und hat seine Hand an dem großen Babybauch und das ist es, was ihn auch wach gemacht hat. Er spürt immer wieder einen leichten Stupser an seiner Hand.

Caleb lächelt, als er seine Tochter im Bauch spürt, die wach ist und sich bewegt. Es ist das erste Mal, dass er sie spürt, er war bei keiner Untersuchung dabei, weiß nichts, doch sie ist wach und stupst an seine Hand.

Er streicht über die Stelle und lächelt. Als die Tritte stärker werden, beugt er sich zum Bauch und gibt einen Kuss auf die Stelle. »Es tut mir leid, Prinzessin, dass Papa bisher nicht da war, aber das ändert sich jetzt. Ich bleibe bei dir.« Er gibt noch einen Kuss auf den Bauch, als der nächste Stupser kommt. Babsi spricht perfektes Spanisch, doch er ist sich sicher, dass seine Tochter jetzt das erste Mal seine Sprache hört.

Als Caleb wieder nach oben sieht, liegen Babsis müde Augen auf ihm. Sie ist wach geworden und lächelt und er hat noch nie etwas Schöneres gesehen und gespürt. Er kommt wieder nach oben und Babsi legt sich automatisch auf den Rücken. Caleb drängt all die Wut beiseite und seine Hand legt sich an ihre Wange. »Ich liebe dich, Engel. Du weißt gar nicht, wie sehr du mir fehlst.« Er sieht die Tränen in ihren Augen. »Du mir auch, du fehlst uns beiden.« Er küsst sie. Auch wenn noch so viel zwischen ihnen liegt, vergisst er alles andere und vertieft den Kuss sofort, als er sie endlich wieder so intensiv spürt. Seine Hand bleibt in der Zeit bei seiner Tochter, Caleb genießt diesen Moment so sehr, dass er immer wieder ihre Lippen zusammenführt, irgendwann küsst Babsi seine Wangen.

»Ich lebe die ganze Zeit mit dieser Last in meinem Herzen. Ich habe das Gefühl, dich verlassen zu haben, war der größte Fehler meines Lebens, doch gleichzeitig sagt mein Verstand, dass es das

Beste war, was ich tun kann für meine Sicherheit. Ich weiß nicht mehr, was ich …«

Caleb küsst ihre Nase und legt sich wieder neben sie. Dabei zieht er sie an sich und behält sie fest in seinen Armen und immer wieder geht seine Hand zu seiner Tochter. »Wir werden eine Lösung finden, vertrau mir. Das hättest du die ganze Zeit tun sollen.« Sie nickt an seiner Brust und küsst sie. »Ich liebe dich, Caleb, und ich bin froh, dass du mich gefunden hast.« Er zieht sie noch einmal enger an sich, bevor sie beide ihre Augen wieder schließen und weiterschlafen.

Sie schlafen bis zum nächsten Mittag, dann frühstücken sie, und Babsi beginnt, in der Wohnung auf und ab zu laufen, weil sie wieder Senkwehen hat, wie der Arzt es ihr erklärt hat.

Da heute Nacht die Heilige Nacht ist, will Babsi noch einkaufen gehen, doch sie hat immer wieder Schmerzen, sodass Caleb den Konsul anruft, einen Arzt über ihn bestellt und auch Lebensmittel und Essen. Es ist ihm egal, wie er das alles hinbekommt, er lebt hier ein gutes Leben, dafür, dass er kaum etwas zu tun hat.

Eine halbe Stunde später kommt ein Arzt, der Babsi untersucht. Er sagt, dass es nicht mehr lange dauert und sie darauf achten sollen, wie schnell die Wehen hintereinander kommen. Caleb fragt nach der besten Privatklinik und lässt dort gleich ein Zimmer für Babsi bereitstellen, was sie alles kaum mitbekommt. Sie läuft hin und her und konzentriert sich auf die Schmerzen. Als der Arzt weg ist, lassen die Schmerzen langsam nach. Sie bekommen eine große Lieferung mit Lebensmitteln und Getränken und zehn Minuten später wird ihnen ein sechsgängiges Menü geliefert.

Babsi schüttelt nur leicht den Kopf, als ihr Tisch vollgestellt wird mit Salaten, Suppen, Fleisch und Desserts. Sie machen es sich gemütlich und sehen sich einen Film an. Es bringt nichts, jetzt das Gespräch zu führen. Babsi ist erschöpft, sie schläft immer wieder ein. Doch sie suchen die Nähe des anderen, keiner lässt einen

Zweifel daran, dass er den anderen vermisst hat und Caleb genießt es, seine Tochter immer wieder zu spüren.

Am Abend schaltet Caleb sein Handy wieder an. Er hat es immer wieder ausgeschaltet, weil alle versuchen, ihn zu erreichen. Er muss sich jetzt auf Babsi konzentrieren, deswegen schreibt er allen nur, dass es ihm gut geht und dass er allen frohe Weihnachten wünscht und sich meldet, sobald er kann.

Erst am Abend verlassen sie die Wohnung. Sie gehen zur Kirche. Babsi weiß, was die Heilige Nacht für Caleb bedeutet und sie laufen durch den hohen Schnee in eine gemütliche Kirche, wo sie die heilige Nacht einläuten. Er hält die ganze Zeit Babsis Hand und hat auch nicht vor, sie wieder loszulassen.

Als sie dann mitten in der Nacht zurücklaufen, lassen sie sich Zeit. Es ist kalt, doch die Magie der Heiligen Nacht liegt in der Luft und Caleb legt den Arm um Babsi und versucht diesen Moment zu nutzen, damit sie alles zwischen sich klären können.

»Was hast du jetzt vor? Ich werde um Ava und dich kämpfen. Ich weiß, dass dir mein Leben Angst macht, doch es hat sich einiges geändert. Ich möchte, dass du mir und Puerto Rico noch eine Chance gibst. Ava soll in meiner Heimat aufwachsen, zwischen meiner Familie. Ich will aber natürlich auch, dass du dich wohlfühlst und dass deine Gefühle ...«

Babsi bleibt stehen und sieht ihm in die Augen. »Meine Gefühle waren niemals das Problem, ich liebe dich, Caleb, das hat sich nicht verändert und ich möchte doch auch, dass Ava mit ihrem Vater groß wird, doch ich würde auch lügen, wenn ich sage, dass ich keine Angst mehr habe. Ich weiß nicht, was wir tun sollen.«

Caleb küsst Babsis weiche Lippen. »Was hältst du davon, wenn ich erst einmal hier bleibe, bis Ava kommt, dann bleiben wir hier, bis du wieder auf den Beinen bist und dann fliegen wir zurück. Dann kannst du in Ruhe gucken, wie du dich fühlst, du kannst Lia und alle anderen wiedersehen, und wenn du dich immer noch unsicher fühlst, kaufe ich ein Haus außerhalb des Gebietes, wo wir leben. Ich werde immer ein Teil der Familia sein, doch wenn es dir besser dabei geht, können wir auch außerhalb des Gebietes leben und ich fahre nur jeden Tag dahin.«

Babsi zieht verwundert ihre Augenbrauen hoch. »Das würdest du tun?« Caleb nickt, ja, das würde er. »Ava und du sollen bei mir sein, für alles andere finden wir eine Lösung.« Babsi küsst ihn, er spürt ihre Erleichterung und auch er fühlt sich besser. Er wird Kompromisse eingehen müssen, doch er ist bereit dazu.

Es beginnt zu schneien, am liebsten würde Caleb sich nicht von Babsis Lippen trennen, doch er will nicht, dass sie krank wird. Sie beeilen sich, nach Hause zu kommen, doch sobald sie die Treppen hochsteigen, beginnen die Schmerzen wieder.

Caleb spürt schnell, dass es anders ist, Babsis Gesicht ist schmerzverzogen. Sie schafft kaum mehr als zwei Stufen und bricht dann wieder ab. »Okay, das reicht, wir fahren in die Klinik.« Babsi hebt die Hand. »Das ist wahrscheinlich besser, ich … im Wohnzimmer die schwarze Tasche, ich brauche sie und …« Babsi bekommt kaum mehr einen Satz zusammen, hält ihm aber die Schlüssel hin. »Okay, ich hole sie. Geh schon zum Auto, aber langsam.« Caleb geht schnell die Tasche holen, doch Babsi hat es nicht die Treppen heruntergeschafft und da weiß er, dass es Zeit wird. Er hebt sie hoch und bringt sie zum Auto, auch wenn sie sich beschwert, dass sie viel zu schwer ist.

Während der Fahrt sieht Caleb immer wieder besorgt zu Babsi, die die Augen geschlossen hält und schnell atmet. Er fährt zu der Privatklinik, wo Babsi gleich in einen Rollstuhl gesetzt und untersucht wird. Caleb ist sich absolut sicher, dass Ava jede Minute kommt, doch er hat sich schwer getäuscht.

Sie werden in einen großen, modern eingerichteten Raum gebracht und zwei Ärzte und zwei Schwestern kümmern sich um sie. Caleb bleibt in jeder Minute bei Babsi. Sie wird in eine Badewanne gelegt, dann wieder heraus. Sie läuft umher, wird auf einen

Ball gesetzt und Caleb hat das Gefühl, den Verstand zu verlieren, als er sieht, was für Schmerzen sie hat.

Es dauert noch sechs Stunden, bis es plötzlich hektisch wird und die Ärzte und die Krankenschwester sich um sie versammeln und Babsi ermutigen zu pressen. Caleb sitzt an ihrem Kopf und küsst ihre Stirn.

Sie ist erschöpft, wirklich erschöpft. »Komm Schatz, du schaffst das und wir haben endlich unsere Princesa bei uns.« Babsi presst noch einmal und der Arzt sagt, dass er schon viele dunkle Locken sieht und keine zwei Minuten später hört Caleb einen Schrei, der sein gesamtes Denken verändert.

Als wäre er erstarrt, sieht er dabei zu, wie dieses kleine Wesen in ein Handtuch und eine Decke gehüllt wird. Er erkennt ihre Arme, die in die Luft greifen und hört ihr herzzerreißendes Schreien. Als Ava dann Babsi auf die Brust gelegt wird, spürt er eine Liebe, die er noch niemals zuvor erlebt hat.

Seine Tochter hat seine dunkle Hautfarbe, vielleicht etwas heller als er und seine dunklen Locken, sie hat die Augen geschlossen, aber sobald sie auf Babsis Brust liegt, hört sie auf zu schreien und Caleb erkennt Babsis herzförmige Lippen.

»Mein Engel, oh mein Gott.« Babsi weint und streichelt Ava. Sie küsst sie und Caleb kann nichts anderes tun, als sie anzusehen. Sie ist ein Wunder, wunderschön und so klein und zerbrechlich. »Sieh doch, wie schön sie ist.« Erst als Babsi sich an ihn wendet, kann Caleb wieder reagieren. Er beugt sich zu seiner Tochter und küsst sie, küsst ihre Wangen und verliert sein Herz an sie. »Sie ist perfekt, sie ist …«

Babsi lacht leise und Tränen laufen ihre Wangen herunter. »Danke, dass du da bist. Ich liebe dich.« Sie hebt Ava an und reicht sie Caleb, der seine kleine Prinzessin vorsichtig in seine Arme nimmt, dabei gibt er Babsi einen langen Kuss auf den Mund. »Danke für dieses Wunder. Es war all die harten letzten Monate wert. Ich liebe dich.« Babsi lächelt erschöpft und Caleb sieht auf seine zuckersüße

Tochter, die es zu genießen scheint, als er ihre Wangen küsst, einen Moment öffnet sie die Augen und er erkennt, dass sie hell sind.

Er wird sie niemals wieder aus seinen Armen lassen. Einer der Ärzte kommt zu ihnen und lächelt. »Herzlichen Glückwunsch. Sie wissen, dass es etwas ganz Besonderes ist, in dieser Heiligen Nacht geboren zu werden. Alles Gute und frohe Weihnachten.«

Caleb nickt und sieht noch einmal zu seinem kleinen Weihnachtswunder. Er weiß, dass sich alles gelohnt hat, alles, was in seinem Leben passiert ist, einen Sinn macht, jetzt wo sie in seinen Armen liegt und ihre Lippen zu einem Kussmund verzieht. »Ja, sie ist ein Wunder, frohe Weihnachten.« Er sieht zu Babsi, die ihn anstrahlt und weiß aus ganzem Herzen, dass am Ende alles gut werden wird.

Frohe Weihnachten an euch alle, genießt diese heilige Zeit.

Jaliah

Los Nasillas
Jaliah J.

Sie sind gefürchtet und sie haben Macht, doch ein Abkommen aus vergangenen Tagen verfolgt sie und lässt sie nicht zur Ruhe kommen.

Liara

Sie lebt ein Leben inmitten des gefürchteten Nasillas Clans, und auch wenn sie gern mehr Freiheiten hätte, liebt sie dieses Leben und ihre Familia. Deswegen weiß sie auch, was ihre Pflicht in diesem Leben ist und dass sie für das Wohl ihrer Familie ihr eigenes weit nach hinten stellen muss. Diese Entscheidung war schon lange gefallen und sie hat gelernt, damit zu leben, doch dann überstürzen sich die Ereignisse, und plötzlich bekommt sie eine letzte Chance.

Levana

Levana Nasillas hat niemals infrage gestellt, ihr Leben für das Wohl ihres Clans und vor allem für das Glück ihrer Zwillingsschwester zurückzustellen. Sie hält an diesem Plan ohne Zweifel fest, bis eine Begegnung alles ins Wanken geraten lässt. Bevor sie das Leben beginnt, was für sie vorgesehen ist, hat sie allerdings noch eine letzte Bitte.

José

Als Anführer des Nasillas Clans hat José alle Hände voll zu tun und auch das Glück seiner beiden Cousinen haben ihm einige schlaflose Nächte bereitet, bis er die Entscheidung getroffen hat, die Last der Vergangenheit auf seine Schultern zu nehmen. Er willigt in ein Abkommen mit der von ihm am meisten gehassten Familia ein. Als er dann seiner zukünftigen Braut in die Augen schaut, erkennt er allerdings, was das Ganze für sie bedeutet, für sie ist es eine letzte Hoffnung.

B.C. 1

Mira begleitet ihre Mutter von Berlin nach Vancouver, um dort den beliebten Campus der B.C. zu besuchen und ein Jahr im Ausland zu studieren. Freudig stürzt sie sich in dieses Abenteuer, lernt neue Menschen kennen und verliebt sich in die bunte Stadt. Sie ahnt nicht, dass die nächsten Wochen und Monate viel mehr sein werden als nur ein kleiner Abschnitt ihres Lebens und sich für sie alles ändern wird.

B.C. 2

Mira hat kaum Zeit, darüber hinwegzukommen, dass Reign sie belogen hat, da geht es auch schon weiter an der B.C. und sie muss den Campus wieder betreten. Alles, was sie wollte, war es, ein schönes Austauschjahr in Kanada zu verbringen, und das lässt sie sich nicht von Reign und ihren Gefühlen für ihn nehmen. Deswegen versucht sie, alles rund um die B.C. Eagles zu umgehen, doch schneller als ihr lieb ist, bemerkt sie, dass das nicht so einfach geht und dass hinter einigem mehr steckt, als sie es geglaubt hat.

B.C. 3

Zwei Jahre nachdem ihr Austauschjahr in Kanada und auch die Beziehung zu Reign geendet hat, steht Mira beruflich genau dort, wo sie es immer wollte. Sie hat all das erreicht, was sie vorhatte, und doch gibt es keinen Tag, an dem sie nicht an dieses Jahr in Vancouver zurückdenkt. Sie hat gelernt, mit dieser pochenden Sehnsucht im Herzen zu leben - dachte sie zumindest - bis ein einziger Anruf alles ändert.